22歳の扉

青羽悠

集英社

CONTENTS

一章　スペア　5
二章　少年少女　55
三章　Everything Goes On　115
四章　長い夢　171
五章　Wonderwall　225
六章　勇敢なこども　289
エピローグ　328

装幀＊アルビレオ
写真＊青羽　悠

22歳の扉

一章　スペア

四月一日。

朝の七時にアラームが鳴り、僕は寝袋で目を覚ました。何も敷かなかったから、背中が少し痛んだ。体を起こすと、何もないがらんどうな部屋が目に入った。

昨日、引っ越してきたばかりのこの部屋には、まだベッドすら揃《そろ》っていなかった。

京都で迎える初めての朝だった。

僕は何だか落ち着かず、パーカーを羽織って家を出た。下宿のアパートは川沿いに建っていた。鴨川《かもがわ》、京都盆地を南北に流れる川だった。その河原は遊歩道として綺麗《きれい》に整備されていて、僕はそこに降りてあてもなく歩いた。頭上には満開に近い桜が続き、散歩やランニングをする人々が横を過ぎていった。

僕はベンチに座ってぼおっと空を見つめた。鳥が鳴きながら頭上を飛んだ。もう息は白くなかった。深く息を吸っても、地元で感じた遠くの焼き畑の匂いはしなかった。春の穏やかな気配は変わらないはずなのに、それすら知らないものに思えた。

不安なほど身軽で、困るほど自由だった。

これまでのことは何一つ役立たない。そんな気がして、十九度目の春が始まった。

僕が入学したのは理学部だった。地に足のつかない気分で入学ガイダンスや入学式を過ごし、そのまま授業が始まった。

大学にも高校と同じくクラスなるものはあったけど、その中で誰かと仲良くなることはなかった。授業はそれぞれが好きに選び、講義が終われば学生はすぐ散り散りになるからだった。話すきっかけも見当たらず、僕はいつもそそくさと教室を出た。

かと言って、向こうから勇んで話し掛けられるのも苦手だった。とりわけ困るのはサークルの勧誘で、構内を歩けば右から左からビラが差し出され、ウェルカムという顔で先輩が僕を覗《のぞ》き込んだ。初めはどうにか頑張って話を聞いていたけれど、両手を広げて迫る彼らを前にすると僕は言葉が出なくなり、愛想笑いを浮かべながら逃げてしまった。

結局、僕が居ついたのは図書館だった。無数の本たちは物静かに並び、手に取られる日をのんびりと待っていた。『多様体の基礎』『現代物理学』『力学・場の理論』……。本のタイトルの一つ一つに僕の胸は高鳴った。理解もできないまま、それらの本を流し見ていると時間が過ぎた。

一回生のうちに取るべき授業に出席し、あとは図書館に籠るような日々だった。時折、教科書に向かって俯《うつむ》く僕のつむじを、じっと見られているような気分になった。はっと顔を上げた。しかし誰かが、もっといえば沙山《さやま》さんがいるはずもなかった。

かつて、沙山さんは僕の向かいの席で言った。

「朔《さく》くんの目よりつむじの方がよっぽど見慣れてるよ」

あのときも、僕は本を見つめるふりをして俯いていた。彼女と目を合わせるのが恥ずかしかった。きっと今だって変わらず、僕はいつまで経《た》っても堂々と前を向けなかった。

高校三年生のある日。隣の席だった沙山さんは、邪気も遠慮もなく僕の前に立った。

「ね、私、数学を教わりたいの」

一学期末のテストが近づく頃だった。僕はしばらく目をしばたたかせた。沙山さんは僕のことを他の誰かと間違えているのだと思った。

沙山さんのイメージは、学校から配られる学生生活のハンドブックに載った、制服の着方を説明するイラストの女の子という感じだった。彼女の髪色はどんな光を浴びても真っ黒だったし、ブレザーはいつまで経っても新品であり続けているように見えた。

「田辺《たなべ》くん、数学得意でしょ。いつも成績いいし、数学の雑誌みたいなの持ってるし」

それは『大学への数学』という月刊誌。高校生のレベルでも解ける数学の問題に対して、綺麗で奥深い解き方を紹介する雑誌で、その巻末の懸賞問題に僕はいつも応募していた。

「たまたま田辺くんのカバンの中が見えちゃって。この人ならうまく勉強を教えてくれるかもって思ったんだ」

指定されたファミレスの一角で沙山さんはそう言った。僕らが通うのは小さな街にある普通の高校で、彼女の志望校は周りよりずっと背伸びをした東京の大学だった。

案の定、沙山さんが持ってきたのは難題ばかりで、午後の時間を使っても二問しか解説できなかった。それでも彼女はひどく嬉《うれ》しそうだった。

「すっごいよ。これまでで一番いい説明だったかも。先生よりずっと分かりやすい」

「……そうかな。その、何というか、分かりやすいやり方じゃないと、僕が分かんないから」

褒められ慣れていない僕は、しどろもどろになっていた。

「やっぱり私の見立て通りだ。朔くん、周りが思ってるよりずっと賢いって気がしてたの」

沙山さんは自分を誇るように鼻を撫《な》でた。

僕はまた沙山さんに頼まれ、ひと月に一、二度のペースで一緒に勉強するようになった。

沙山さんはいつも清廉な気配を纏《まと》っていて、周りには自然と人の輪ができた。帰宅部の僕とは違って文武両道で、僕が放課後に学校を出るときには、ノースリーブのユニフォームを着た彼女をグラウンドのトラックで見かけた。彼女は陸上部で短距離走をしていて、県大会に出るほどの実力者だった。

「いつも何を考えて走っているの？」

いつしか僕はそう尋ねた。沙山さんはアイスティーの氷をストローの先で触りながら言った。

「じゃあ朔くんは何を考えて数学を解いているの？」

僕は答えに詰まり、その様子に沙山さんは笑った。

「多分、同じだよ。走っているそのときは、何というか、言葉にならないものが体を占めてる気がする。そいつらはただ速く走りたがってるの。で、私にはそれが分かるだけ」

数学を教えるたび、沙山さんはどんどん賢くなった。グラウンドを走り去り、問題を黙々と解く彼女に、僕は胸がちりちりと焼けるような気持ちを覚えた。ぐんと進んでいく彼女が魅力的で、その速度が僕を焦らせた。

夏休みに入ると沙山さんは陸上部を引退した。僕らはそれぞれ別の夏期講習に通いながら、週に一度はいつものファミレスで顔を合わせた。一時間ほど黙々と問題を解き、少し喋《しゃべ》って休憩してから勉強に戻る、そういう周期を午後の太陽が出ているうちに繰り返した。

「朔くん、結局どこ受けるの」

沙山さんに聞かれ、僕が地元の公立大の名を挙げると、すぐに「えー」と文句が聞こえた。

「そんなの勿体《もったい》ないよ。数学と物理だけならどこでも受かるレベルなんだから、他の教科も頑張ってみなよ」

「いいよ、別に。やりたいこともないし」

「本当に？」沙山さんはむっとした。「寂しいこと言わないでよ」

僕は志望校のレベルを上げた。

沙山さんの勤勉さに引きずられて、僕もよく集中して勉強するようになった。季節は容赦なく過ぎ、互いにマフラーを巻いてファミレスから出るようになった。一番深く話し込むのはいつも帰り道だった。すでに日がどっぷり沈んだ頃、沙山さんが身を震わせながら呟《つぶや》いた。

「陸上やってたときは寒いとか感じなかったんだけどな。走り始めたらすぐ汗が出てきたし、集中すると寒さも感じなくなるの。こう、内側からエネルギーが出ていく感じ」

僕らは駅のホームにいた。端にあるベンチはいつも人気《ひとけ》がなくて、僕らはそこに腰掛けて自販機で買ったコーンポタージュを飲んでいた。

「沙山さんは大学に入ったらまた走るの？」

「どうだろう。走ること、上手《うま》く想像できないな」

「あんなに夢中で走ってたのに」

「そうかな」沙山さんは手に息を吹きかけた。「それにしても、私は何で走ってたんだろう」

「……体が走りたがってたからじゃないの？」

「そんなことも言ったっけ。よく覚えてるね」僕は恥ずかしくなった。沙山さんは笑って続けた。

「でも引退したら、その走りたいって気持ちがどこかに消えちゃったんだ。走ることの何が好きだったのか、分かんなくなっちゃって」

沙山さんの方向の電車が来た。僕らは帰る向きが違った。

「まだ中身、残ってるから」

沙山さんはベンチに座ったままだった。発車ベルが鳴って電車が去ると、ホームに冷たい風が吹き込み、音ごと拭い去るように過ぎていった。

「なんか、この高校の三年間も同じだったかも。楽しかったけど、過ぎちゃえば結局は何だったんだろうって不安になる。ねえ、朔くんは中学のときのこと、ちゃんと覚えてる？　どうだった？」

「どうって。……難しい。色んなことを忘れてる気がする」

「そうだよね」

沙山さんは笑った。僕の方向の電車が来た。「まだ残ってる」と言って、僕もベンチから立たなかった。電車が走り去り、車輪の音が遠くなっていった。それを確認するように黙っていた沙山さんが、また口を開いた。

「でも、そんなこと、いちいち理解してる暇なんてないのかもね」

「そんなことって？」

「これまでやってきたことの意味とか、過ぎていった時間とか、そういうこと」

沙山さんは一人で頷《うなず》いていた。彼女はいつも、僕を追い越すように色んなことに気付いた。

「理解するより早く、新しいことが目の前にやって来る。私たちは今ってものに剝《む》き出《だ》しになって、曝《さら》されてるんだ。だから、いつだって不安になってる場合じゃない」

その言葉は明瞭にならないまま、不思議な響きを持って僕まで届いた。ただ分かったのは、沙山さんはいつだって走り去る途中にいて、僕らは進学すれば離れ離れということだった。彼女は東京にある大学を目指していた。受かるんだろうな、と何となく思った。

ホームにアナウンスが流れた。沙山さんの方向の電車の合図だった。彼女は缶を捨てた。

「ねえ、朔くん。頑張って受かろうね」

「うん」

「新しい場所でもっと、色んなものを見よう。……また忘れちゃうとしてもね」

沙山さんは白い息を吐いて笑った。


最後にあのファミレスで会ったのはいつだっただろう。二人とも背伸びした志望校へどうにか合格した。卒業式の日に久々に会い、少しだけ話した。お互い頑張ろうと誓って握手をした。

京都に来て周りの人間が一新されたというのに、僕は沙山さんのことばかり思い出した。

大学一回生の前期はあっという間に終わり、長い夏休みに入った。

僕は自動車教習所に通い始め、それから大学周りの古本屋で数学の本をいくつか買い込んだ。勉強と運転、麦踏みのように同じ作業を繰り返した。

教習所からの帰り道、僕は鴨川沿いに自転車を漕《こ》いでいた。西日が強く差し、額は汗で濡《ぬ》れていた。出町柳《でまちやなぎ》駅の交差点で信号につかまった。

出町柳は京都と大阪を繋《つな》ぐ京阪《けいはん》電鉄の始発の駅で、大学の最寄りの駅でもあった。とはいえ周囲には住宅街が広がっていて、のんびりとした空気がいつも流れていた。この時間、駅の辺りは通勤通学の人々で混んでいた。

ふと光が強くなり、僕ははっと顔を上げた。空は一面の茜《あかね》色だった。千切れ雲が浮かび、燃えるように光っていた。通行人の誰もが西の遠いところを見つめていた。五感が鋭敏になって、蟬《せみ》の鳴き声も土の湿り気も何もかも分かる気がした。

『私たちは今ってものに剝き出しになって、曝されてるんだ』

僕は弾《はじ》かれるように、その言葉を思い出した。

駅から出てきた人たちが同じ景色に足を止めていた。信号が変わり、原付が車を抜き去っていった。次いで薄い緑色の市バスが過ぎ、濃い排気ガスの匂いがした。その奥には川の匂いが立った。鴨川の水面《みなも》は揺れながら、空の光を反射し続けた。田舎道の匂いとは違った。盆地を囲む四方の山が、大きな影を湛《たた》えていた。逃げ場のない蒸し暑さと蟬の声が辺りに満ちていた。

ここは京都。見知らぬ街、僕の新しい街だった。

◇

夏休みが終わって久々に大学まで出てくると、葉の色がわずかに変わり始めていた。心地よい風が建物の間の日陰を吹き抜けた。夏が過ぎ、次の季節はもうそこまで来ていた。

後期に入って初めての授業は火曜二限の「位相と集合」だった。二回生向けの授業だったけど挑戦してみようと思った。教室には見慣れない先輩たちばかりがいて、僕は少しびくつきながら後ろの席に腰掛けた。

授業が始まる直前、僕の横に男が座った。ガタイがよく、エヴァンゲリオンのTシャツを着ていた。僕はその服に見覚えがあった。確か、僕と同期の理学部生のはずだった。

しかし、僕はそんな彼を二度見した。彼は突然、髪を剃《そ》り上げて坊主になっていた。

授業が始まり、先生の話に集中しようとした。しかし比叡山《ひえいざん》から下りてきた僧兵みたいな彼の存在が引っ掛かり続け、まだイントロダクションのはずの授業内容も頭に入りづらかった。

　授業が終わり、ノートを片付けているときだった。

「ビラいる？」

　坊主の彼が僕に話し掛けてきた。彼の手元には大学院のオープンキャンパスのビラがあった。教授が先ほど配ったものだが、枚数が少なくそれぞれの机に一枚だけ回されていた。

　僕が首を振ると、坊主はビラを机に放置してiPadを仕舞い始めた。これまでなら僕はすぐに立ち去っていた。でも今日の僕は口を開いていた。

「髪型、変わったね」

　坊主は初めに驚いた顔をしたが、それから頷いて言った。

「お前は伸びたな」

　僕が最後に髪を切ったのは六月で、今では耳がすっぽり隠れるほどになっていた。大学にロン毛の男が溢《あふ》れる理由を僕は知った。人間の摂理に逆らわなかったまでのことだ。

「俺、北垣晴也《きたがきはるや》。よろしくな」

　昼を一緒に食べることになり、食堂に並ぶ列で改まって挨拶をされた。

「あ、えっと、田辺朔。よろしく」

　僕は油淋鶏《ユーリンチー》を、北垣はささみチーズカツを選んだ。席につくと、北垣はすぐ口を開いた。

「で、田辺は物理がやりたいの？」

「……数学のつもりだけど、物理も面白いと思ってる。そっちは？」

「俺は逆。物理がしたい。でも、数学も格好いいよな。分かる分かる」

　本当に分かっているかはともかく、僕らはどちらも二回生の授業に出てくる物好きだった。

「俺、ファインマンが学者で一番好きなんだよ。田辺、知ってる？」

「うん、量子力学の人だよね。変わり者で有名な」

「そう。で、あの人の逸話で、ストリップバーで論文を書いてたってのがあってさ。だから俺、この前、観《み》てきたんだよ。ストリップ」

「え」

「それを観ながら教科書開いて、問題解いてみた」

「……どうだった？」

「無理だわ。目の前でおっぱいがブルンブルン揺れてるのに、ばねがブルンブルン揺れてる問題解いても虚《むな》しいぜ」

僕は思わず笑ってしまい、「いいなあ」と呟いた。

「お、意外にむっつりか」

「いや、いいって言ったのはそういう意味じゃなくて」

僕は慌てて首を振り、北垣は「隠すなって」と僕をからかった。

翌日の「力学続論」の授業でも、僕は北垣と顔を合わせた。授業後に時間割を突き合わせてみたら、週に四日は同じ授業を取っていると分かった。

僕らは一緒に昼ご飯を食べるようになった。学食は混んでいていけ好かないと北垣が言うので、彼が教えてくれた『喫茶船凜《せんりん》』という店によく行った。そこは古いアパートの一階にある店で、柔らかい化繊の張られた青いソファがずらっと並んでいた。オーセンティックな純喫茶だけど、定食の盛りがよくて、大食漢の北垣も満足できる量が出てきた。

たらふく食べた後にはいつもそのまま眠くなってしまうから、僕らはコーヒーを頼んで午後を潰した。いつも鼻歌を歌ってるマスターが「お前らまたサボりか」と溜息《ためいき》をついて、常連の持ってきた土産だというクッキーをくれた。

「そういえば、北垣は何で坊主にしたの？」

ある日、僕は北垣の頭を見つめて尋ねた。その頃には、彼の髪もよく整えられた人工芝のように快く茂っていた。かくいう僕も、彼に教えてもらった理髪店で髪を切っていた。

「……別に大した理由もないけどな」

「大した理由もないのに、いきなり坊主にしたの？」

「やってみると気持ちいいぜ。田辺もどうだ？」

北垣は目の前で手を横に伸ばし、僕の髪を視界から遮った。僕が首を振ると、彼は笑って続けた。

「俺、もともと中学の頃、野球部だったんだよ。全然強くないくせにルールだけはいっぱしの運動部でさ、その頃は強制的に丸刈りだったんだ」

北垣の出身は山形だった。本当はサッカー部に入りたかったのに、中学校の運動部は野球か剣道か柔道しかなかったのだと溜息をついた。

「でも、野球も楽しかったんだよな。意外に打ち込めた。髪も刈っちゃったし、仕方ないからやったるかってな。自由度が少なければ色々と明確になるんだ。物理系も同じだろ」

「そっか」僕はコーヒーを飲んだ。「坊主にしたのは、その頃を思い出したかったから？」

「そういうこと。今の俺にはそういう強制的な力が足りねえんだ」北垣は大きな鼻息を漏らし、小さく笑った。「それにしては、この午後だって自由でのんびりしすぎて困るけどな」

「……でも、多少は時間が動き出した気がする」

北垣が首を傾《かし》げた。僕は小さく笑った。見知らぬ景色にちゃんと向き合おうと僕は決めた。そうしたら一人、友だちができた。

後期は履修する授業の数を減らした。秋が深まり紅葉が始まると、僕は毎日と言っていいほど自転車を漕いで方々の景色を観に行った。近場なら金戒光明寺《こんかいこうみょうじ》や真如堂《しんにょどう》、清水寺《きよみずでら》に南禅寺《なんぜんじ》、それから少し足を延ばして、嵐山《あらしやま》や上賀茂《かみがも》神社にも行った。自転車で少し頑張れば、京都のどこへでも行けた。その適度な広さが心地よかった。授業のサボり方の塩梅《あんばい》も覚えた頃だった。

十一月も半分が過ぎた。『喫茶船凜』でいつものように北垣と昼を食べているときだった。

「なあ田辺、うちのサークルの製本作業、手伝ってくれないか？」

北垣は読み聞かせサークル『やじろべえ』に所属していた。主な活動内容は子どもたちへの読み聞かせとなっているが、それより部誌制作に熱を入れているという話だった。

「部員が読み物とか絵とかを出し合って、部誌にして、それを学祭で売り捌《さば》く。で、その製本は若い部員の仕事らしいんだけど、今年は新入生も少なくて困ってるんだよ。だから手伝ってくれよ。どうせ暇だろ？　サークル入ってないし」

「……暇だけど、もう少し言い方があると思う」

文句を言ったが結局は引き受けた。どうせ暇だった。

約束の日は土曜で、朝から雨が降っていた。集合場所の旧文学部棟は、色褪《いろあ》せた石膏《せっこう》の壁に雨を受け、いつにも増して年季を醸し出していた。

旧文学部棟は背の高い建物が集まった中央キャンパスの、さらに真ん中に鎮座していた。『ロ』の字の構造をした三階建てで、『やじろべえ』はその地下に部屋を持っているという話だった。

その日は一段と冷え込んで、この冷たい雨も季節を冬へと推し進めているようだった。僕は身震いしながら北垣を待った。京都の寒さには風情があるけど、その分、冷たさもひとしおだった。ところで、北垣は約束の時間を三十分過ぎても現れなかった。そういえば前にも似たようなことがあり、昼食の約束を遅れるどころか連絡も寄越《よこ》さなかった。僕は溜息をつき、ひとまず地下にあるという部室へ行こうとした。

しかし、地下がなかった。

そもそも地下への階段が見当たらないのだ。建物の案内図を見ても、地下のことは書かれていなかった。他の建物とは違う古びた気配も相まって、化かされているような気分になった。

僕は途方に暮れて中庭を眺めた。建物が持つ『ロ』の字の構造を『日』の字にするようにコンクリートの道が敷かれ、その両脇には疎《まば》らに草が茂っていた。その空間で目を引くのは真っすぐ伸びた一本の木で、建物の背を越える大木だった。

その幹の横には灰皿が置かれ、脇のベンチで女の子が煙草《たばこ》を吸っていた。ベージュのチェスターコートを羽織り、手元のスマホを見つめていた。木が雨除《あまよ》けになるのか傘を差していなかった。しばらく待っていたけれど、他の誰かが現れる気配はなかった。僕は意を決して喫煙所の彼女に近づき、「あの」と声を掛けた。

彼女は顔を上げた。髪が横に流れ、どこか怜悧《れいり》な瞳がこちらを向いた。どぎまぎしたが、話し掛けたのは僕だった。どうにか尋ねた。

「……この地下、どこから入れますか？　あ、案内を見ても、どこにも書いてなくて」

彼女は驚いた顔をしたが、すぐに「ああ」と呟いて中庭の角を指差した。

「あそこに階段があるやろ」彼女は中庭の角を指差した。よく見れば、中庭の角に地下へ降りていく手すりがあった。「確かに分かりにくいなあ。ここの地下、学生が不法占拠してた名残でサークルの部屋になったたから、案内図から消されちゃったんやって」

関西弁よりどこか丸いイントネーションの京都弁で話す彼女は、また煙草を咥《くわ》えてその角を見つめていた。何だか物騒な話だった。

「うちだけぷかぷかふかしてて恥ずかしいわ」

彼女は一人で笑った。それは、早くどこかへ行ってくれということだろうか。僕は恐縮し、頭を下げてその場を離れた。階段を下りるときに彼女の方を一瞬振り返った。まだ煙草をふかしていた。その煙が雨を縫って渦を巻き、背後の木の枝を掠《かす》めて消えていった。

階段を下りると、開け放たれた鉄の粗野な扉があった。

そして、その奥には雑多な空間が続いていた。

薄暗い蛍光灯で照らされた廊下には物が散乱し、行く手を緩やかに阻んだ。左右の壁には古いビラが堆積し、天井は配管が剝き出しになっていた。本棚からは本が溢れ、雨の匂いが溜《た》まって古臭い気配を醸していた。

思わず足が竦《すく》んだけれど、人の気配を遠くに感じて僕は先へ進んだ。

廊下沿いにいくつか扉があった。『大学倶楽部自治連盟執行部』『破壊部』『Dear Hant's』……。繁華街の雑居ビルのように得体が知れなかった。いくつか扉を過ぎたとき、唯一半開きになっていた扉に行き当たった。コルクボードでできた可愛《かわい》らしい看板に『読み聞かせサークルやじろべえ』と書いてあって、僕はやっと胸を撫で下ろした。

ノックすると返事があった。扉を開けると、そこは小教室の半分くらいの大きさで、白い壁に囲まれた至って普通の部屋だった。手前にはソファが、奥にはテーブルが置かれていた。そのテーブルの周りで五、六人が立ったまま作業をしていた。

「あれ、どちら様？」

「あ、あの、北垣に手伝ってって言われて来たんですけど」

そう言うと、彼らは困った顔を浮かべた。

「北垣、まだ来てないんだよね。連絡してるんだけど、返事がなくて」

結局、部屋を去るしかなかった。「あー」と僕は曖昧に呟き、それから居場所をなくした。

状況は僕と同じだった。僕は廊下でスマホを開いた。北垣からの連絡はやはりなく、『やじろべえ』の部室から聞こえる話し声が雨の中で響くばかりだった。

僕は溜息をついた。口を尖《とが》らせ、踵《きびす》を返したそのときだった。

目の前に影が現れ、それが僕にぶつかった。

僕は何が何だか分からないまま、地面に倒れ込んだ。かび臭い匂いがして、次いで床のコンクリートの湿り気に身が震えた。男の声が聞こえた。

「うわ、大丈夫か？」

男が僕に手を差し伸べていた。黒々とした縮れ毛を長く伸ばしていて、それに負けないくらい黒いコートを羽織っていた。その手を摑《つか》むと、彼は僕を勢いよく起こした。

「ごめん、前まったく見えてなかったわ」

彼は片手で大きな段ボール箱を抱えていた。僕の視線に気付いて彼が言った。

「ああ、この瓶な。捨てに行かなきゃいけねえんだよ」

段ボール箱の中には瓶が積み重なっていて、どれにも見慣れない英語が記されていた。

彼は『Dear Hant's』の看板が掛かる扉から出てきたようだった。やけに豪勢な造りの扉で、革張りの表面が濡れたように光った。僕は瞬《まばた》きをしながら彼とその扉を交互に見つめた。彼は咳払《せきばら》いと唸《うな》り声《ごえ》の間みたいな音を鳴らして、僕に言った。

「中、見てく？」

「え、あ、大丈夫です」

「いや、見てけよ。見ていった方がいい」

僕は断る機会を与えられず、そのまま部屋に招かれた。

扉の向こうは薄暗い空間だった。壁は一面が黒く塗り潰されて、部屋を照らすのは間接照明だけだった。手前にいくつかのソファが、奥にはカウンターがあり、その向こうには様々な酒が並んで、背後の照明によってそのカラフルな色が照らし出されていた。

端的に言えば別世界だった。彼は僕の肩に手を置いた。

「ようこそ、バー・ディアハンツへ」

カウンターに座るよう言われ、僕は恐る恐る腰を下ろした。部屋を見渡している間に彼はカウンターの奥へ回ると、手際よく数本の瓶を取り出した。銀のカップに氷を入れ、瓶の中身を注ぎ入れ、蓋をしてそれを振り始めた。氷のぶつかって砕ける音が響き、最後にその中身を三角のグラスに注いだ。目の前にそのグラスが差し出された。

「これ、さっきの詫《わ》びな」

彼はまた有無を言わせなかった。僕は恐る恐るグラスを手に取った。注がれた透明の液体を口に運んだ。冷気が鼻に触れ、口の中で液体がわずかな粘度を持って広がった。数百万年前の氷河のように冷たく、濃く、澄んでいた。

「美味《おい》しい、です」

彼は「だろ」と口の端に笑みを浮かべた。彼の自然体と飲み物の味が、この混沌《こんとん》とした光景の中で際立っていた。

彼は夷川《えびすがわ》歩《あゆむ》と名乗った。

「この大学院生。で、このディアハンツでマスターをやってる。キューチカにはよく来るの？」

夷川さんはいつの間にか缶ビールを開け、僕に尋ねた。

「キューチカ？」

「旧文学部棟地下の略。この廊下沿いのサークルはまとめてそう呼ばれてる」

僕は、友だちのサークルを手伝いに来たが予定をすっぽかされたと、恨みを交えて答えた。

「ここにいると時間の感覚が希薄になるからな」

夷川さんは愉快そうに笑った。僕は尋ねた。

「この場所は何なんですか」

「学内バーみたいなもんだな。まあ、今は俺しかマスターがいないけど」

すでに四半世紀は歴史があるサークルとのことだった。部屋には十年前の日付が書かれた展覧会のポスターが貼られ、本棚には手に取られないまま風化した文庫が並んでいた。

「何だか、変な場所ですね」

「まあな。でも、いい場所だぜ」飄々《ひょうひょう》としていた夷川さんの目に、初めて優しい気配が滲《にじ》んだ。「場所っていうのは大事なんだ。人は人を救えない。でも、場所は人を救える。俺はそう思っている」

「どういう意味ですか？」

夷川さんは「自分で考えてみろよ」と言った。僕が唸っていると、「さては何かに救われたことがないな」と笑った。

「いいか、俺たちを救えるのは酒か女か場所だけだ。どっかでちゃんと痛めつけられたら、そのありがたさがよく分かる」

「……あまり分かりたくないです」

「でも分かる羽目になる」

僕がグラスの中身を飲み終える頃、夷川さんは何本目かの煙草を灰皿に潰した。

「よし、飲んだな。確かに飲んだ」

「……そうですけど」

「なら、この一杯分、手伝ってくれ。ゴミを捨てなきゃいけないんだよ」

僕はふわついた頭のまま、ゴミ袋を二つ持たされて外に出た。

「一人でやるのに気が滅入《めい》ってたら、ちょうどお前が来た。ラッキーだったよ」

夷川さんの声は弾んでいた。……これはつまり、いいように手伝わされたということか。そう理解するまでには時間がかかって、僕は自分が酔っ払っていると初めて気付いた。

「夷川さん、強引って言われませんか？」

「別に、一回生なんてどうせ暇だろ？」

どうせ暇だった。階段を上ると、そこに僕らを見下ろす目があった。

「遅いんやけど」

先ほどキューチカの場所を教えてくれた女の子だった。不機嫌です、と顔に書いてあった。僕と目が合うと瞳に驚きの色が混じったが、それもすぐ苛立《いらだ》ちに追いやられた。

夷川さんは頭を小さく下げ、その子の脇を抜けた。彼女は僕と目を合わせたが、何の反応も寄越してくれなかった。

「ほっとけ。焼きもちだろ、どうせ」

夷川さんがぼやいた。彼は段ボール箱を抱えて僕の前を歩き、女の子は後ろをついてきた。僕は看守に挟まれて連行される囚人のように歩いた。状況を説明してくれる者はおらず、小雨が降り続く中で傘を使う権利もないらしかった。

ゴミ捨て場に袋を置き、旧棟まで戻ってくると、夷川さんはようやくまともに口を開いた。

「意外に降ってたな。すっかり濡れちまった」

「うちも濡れました」

女の子がむっとしながら夷川さんに詰め寄った。背の低い彼女は、必然的に上を睨《にら》む格好になった。彼は突き上げる視線から目を逸《そ》らし、少し考える顔をして言った。

「俺もだ。平等ってのは悪くないな」

夷川さんはぺろっと舌を出した。女の子は大きな溜息をつき、傘を開いた。それを夷川さんが何食わぬ顔で手に取り、彼らは一つの傘に収まった。

「今日、ありがとな。じゃあ」

夷川さんは歩き出した。僕は彼らが去っていくのをただ見つめていた。

それは不思議と、沙山さんを前にしたときと同じ気持ちだった。言葉を発する器官が詰まってしまったような感覚。僕は何かを言いたがっていた。突如として目の前に現れた夷川さん、それからあのディアハンツという空間が、このまま去って欲しくなかった。

「あの」「そうだ、お前さ」

僕が破裂するような気分で口を開いたとき、夷川さんはちょうど僕の方へ振り向いていた。声が重なり、僕らの視線は音が鳴るほどにかち合った。彼が眉をひそめ、それから口をへの字にして笑った。

「お前、次の金曜の夜、暇?」

「……暇です」

「なら、また来いよ。二十一時に集合な」

夷川さんは再び踵を返し、投げやりに手を振りながら去っていった。横の女の子に何かを詰められている様子だったが、彼はしなやかな後ろ姿で雨の中を歩き続けた。

◇

『喫茶船凜』でから揚げ定食を前にしながら、北垣は言った。

「それで、ディアハンツの中に入ったのか」

「北垣は行ったことある?」

「ないない。人の出入りは見たことがあるけど、いきなり入っていける雰囲気じゃないだろ」

金曜の夜、僕らは授業後に『喫茶船凜』でご飯を食べていた。北垣は先日のお詫びだと言って僕の会計を持とうとした。結局、から揚げを一つ譲り受けて手打ちにした。

「この前はごめんな」

「気にしてないよ。でも、何か急用でも入ったの?」

「寝坊したんだ」北垣は堂々と言った。「それはもう、ぐっすりと」

店を出て、北垣と別れた。僕は図書館で時間を潰し、閉館の少し前に外へ出た。

夷川さんとの約束の日だった。文学部旧棟の前に自転車を停《と》め、僕はキューチカへ降りた。廊下の照明はつきっ放しで、いくつかの部室に光が灯《とも》っていた。ディアハンツの重厚な扉を開くと、前と同じように怪しげな薄暗い部屋が広がっていた。

「あ、本当に来たんや」

拍子抜けした京都弁が聞こえた。カウンターにこの前の女の子が座っていた。カウンターの奥にいた夷川さんが「そりゃ来るだろ」と呟いた。夷川さんはよく糊《のり》の利いた黒いシャツを着て、長い髪の毛は後ろでくくっていた。背丈の高さも相まって整った気配がした。

女の子が「ここ、座れば」と横の席を叩《たた》いた。僕は言われるがまま、彼女の横に座った。少し甘い香水の匂いがした。

「よう来たね。夷川さんとはこの前初めて会ったんやろ？」

「え、あ、はい」

「この人、ほんまに人たらしやな」女の子は夷川さんを横目に見てから、僕を見た。「あ、うち、野宮美咲《のみやみさき》。君と同じ一回生。……えっと、名前は」

「あ、田辺朔です」

「朔くんね。覚えたわ」

野宮さんは僕に微笑《ほほえ》んだ。細い目が綺麗にたわんでいくのを、僕はじっと見つめていた。同学年なのに、僕はひどく幼くなったような気がした。それから慌てて顔を逸らした。

「さ、田辺も来たし、始めるか」袖を捲《まく》った夷川さんが手を叩いた。「今日は練習な」

「練習？」

「そう。まだ客は入れない。今日はカクテル作りだな」

夷川さんは僕にノートを渡し、メモを取るよう言った。それから「ギムレット。ジンが三から四、ライムが一。シロップ少し」と呟き、そのレシピ通りの分量でカクテルを作り上げた。

「これ、この前のやつな。どんどん作るから、一口だけ飲んで置いとけばいい」

僕はグラスを口にした。相変わらず抜群に美味しかった。

夷川さんは「シェイクって面倒なんだよな」とぼやきながら、どんどんカクテルを作った。僕は言われた通りにメモを取り、それから差し出されたグラスに口をつけた。

「いっつも納得いかない」僕の飲みかけのグラスを野宮さんも手に取って飲み、それから口を尖らせた。「こんないい加減な人やのに、カクテルはちゃんと美味しい」

「本当はずっと繊細な男なんだぜ」

夷川さんは野宮さんからグラスを奪い、残りを一息に飲んでしまった。

一通りシェイクするものを作ると、今度はステア、マドラーで混ぜるカクテルを何杯か作り、続いてビルド、注ぐだけで作るものにも取り掛かった。夷川さんが「こんなもんだな」と満足する頃には、空いたグラスがカウンターを埋めていた。大半を彼が飲んだはずなのに、その手捌きに乱れはなかった。

「じゃあ、そろそろお前も作ってみるか」

「え」

夷川さんは僕を見ていた。野宮さんを見ると、彼女は首を振った。

「うちは飲む専門やからええよ」

僕だって飲んでいるだけでよかったのだが、夷川さんは僕をカウンターの内側へ招いた。

「で、何作る？　好きなやつにしろよ」

「……じゃあ、あの、最初のを」

「ギムレットな」夷川さんは三本の瓶を目の前に並べた。「オッケー、まずジンを四十五ミリ」

「……その、どうすれば」

「ちゃんと見てなかったのかよ。そこに入れて、氷を詰めて、シャカシャカすりゃいいんだ」

「ええ？」

「ほら、メジャーで量る」

夷川さんは煙草を吸いながら顎でしゃくった。目が愉快そうに笑っていた。

僕は言われるがままにどうにかやってみた。覚束《おぼつか》ない手つきでお酒と氷を詰め、蓋を閉め、見よう見まねでシェイクした。

「わ、何か飛んだんやけど」

野宮さんが声を上げたけれど、僕はそれどころではなく、その光景に夷川さんだけはゲラゲラ笑っていた。

どうにかグラスに中身を注いだ。とろりとした液体がグラスのぎりぎりまで溜まり、震えた。そっと口に運んで舌に広げると、あまり美味しくないことがすぐに分かった。氷の粗い粒が舌に刺さり、味も何だかぼやけていた。アルコールの嫌な感じが際立った。

夷川さんはグラスを僕の手から摘まみ取り、一口飲み、深く頷いた。

「難しいだろ？　だからあんまり作りたくないんだ」

僕はそのグラスを覗き込んだ。レシピが同じでも、そこには確かに技術があった。

「私も飲む」

野宮さんがグラスを手に取り、口をつけた。僕はすぐに言った。

「そんなに美味しくないよ」

野宮さんは首を振った。

「ううん、ちゃんと美味しいやん」

そう言って微笑んだ。僕は顔が熱くなるのを感じていた。

「こいつ、何飲んでも美味《うま》いって言うしな」

夷川さんがからかい、野宮さんが「サイテー」と口を尖らせた。僕は妙に恥ずかしくなって、残りの液体を一気に飲み干した。頭にガツンと刺激が上って、脳が揺れた。

それでその日はおしまいになり、僕らはディアハンツを後にした。

「来週も同じ時間に集合な。よろしく」

夷川さんはそう言って、また野宮さんと帰っていった。僕は帰路について鴨川沿いを歩いた。

そういえば野宮さんのことを聞きそびれた。僕と同学年で、夷川さんの彼女、なのだろうか。

『ううん、ちゃんと美味しいやん』

その声の余韻が未《いま》だに耳の奥に残っていた。

翌週、また僕たちはディアハンツに集まった。「今日はこっち」と言って、ウイスキーの瓶が並ぶスペースの前に立った。ざっと二十本以上はあった。

「ウイスキーの練習って何ですか？」

「味見だよ。どんな味か説明できないとダメだろ」

野宮さんは「飲みたいだけやろ」と呟いたが、夷川さんは首を傾げただけだった。

僕はウイスキーについて何も知らなかった。夷川さんはそれならと瓶を選び、グラスに少量を注いだ。彼は液面を転がすように揺らし、深く匂いを嗅いでから飲んだ。それに倣って僕も鼻を近づけると、アルコールの刺激が鼻に上った。僕はそのまま口に含んだ。

そして、盛大にむせた。

「ちょっと大丈夫？」

野宮さんが僕に水を差し出した。夷川さんはケラケラ笑っていた。僕は水を飲み、胸を叩きながらどうにか言った。

「これ、飲み物なんですか」

「おうよ。飲んでりゃすぐ美味くなる」

野宮さんは首を傾げながら、グラスを手に取って香りを嗅いでいた。

「美味しさ、うちはまだ分からんけどな」

僕はひとまず試せるだけ試そうと決め、夷川さんに勧められたものを飲んでいった。どれも舌が焼けるような強い味だった。今まで知らない濃さの飲み物で、舌先で舐《な》めるのが精いっぱいだった。

「朔くん、そんなたくさん飲んで大丈夫なん？」

野宮さんが心配そうに僕を見た。一方の夷川さんは「飲め飲め」と上機嫌で笑った。

「俺はウイスキーが何よりも好きなんだ。初めて飲んだのも、古いジョニーウォーカーの黒ラベルだった。何十年も前の瓶のやつ。高校生のとき、友だちが親の棚からくすねてきた。あれは楽しかったなあ」

今日の夷川さんはよく喋った。出したお酒に合わせて、その解説をしていた。生産地はどこか、どんな味なのか、樽《たる》は何か、どれだけ貴重か……。僕に言い聞かせているようだったけれど、その話はどんどん遠のいた。

どんどん、どんどん、遠のいた。

……朔くん？

「朔くん？　あ、起きた。ほら、水、飲んでな」

目の前に野宮さんがいた。僕は慌てて体を起こしたが、そのまま反対側に体勢を崩して、椅子から崩れ落ちそうになった。わ、と彼女は慌てた。

「酔ってるんやから。そこのソファで寝てたら」

僕は重たい体を起こして、どうにかソファまで辿《たど》り着いた。天井がゆっくりと捻《ねじ》れて回るようだった。野宮さんはまた僕を覗き込んだ。

「夷川さんな、朔くんが寝てる間に、飲んでる知り合いから呼び出されたとか言って出ていきはったんよ。こいつの面倒見とけーとかうちに言って。ほんまにテキトー」

野宮さんは大きく溜息をつきながら、グラスに残っていたウイスキーへ口をつけた。僕は水を飲み、額に重たい鉛を載せられたような気分になりながら尋ねた。

「ねえ、野宮さんは、夷川さんと付き合ってるの？」

「え？　何、突然。……うーん、難しい質問やね」

「難しいの？」

僕にとっては、それが難しい質問になる方が難しかった。

「どうなんやろ。あの人、何考えてるか分からんからなあ」

野宮さんは考え込んでしまい、僕の頭はまた揺れた。

「ま、色々あるんよ」野宮さんは僕をまた覗き込んだ。彼女の着ていたニットが僕の上に垂れて、強調されたような胸の膨らみが僕の額を掠めた。「朔くん、可愛いなあ」

僕は余計に目が回るのを感じた。その艶《あで》やかな細い目に見つめられると、僕はひどく幼い気分になった。

結局、一時間ほど経って夷川さんは帰ってきた。野宮さんが「サイテー」と言い続けながら、僕らは解散した。僕はいつまでも頬が熱かった。

その夜の記憶は曖昧だった。ふと我に返ったのは帰り道だった。

時折冷たい風が吹き抜け、乾いた葉の擦れる音が響いた。寒々しい景色の中で、けれども僕は妙に暖かかった。ディアハンツで感じた頬の熱はいつまでも引かず、酔いの余韻と相まって、冬の空気と僕との間に暖かい膜を張り続けていた。

◇

『金曜にディアハンツ開けるぞ』『久々だからプレオープンってことで』

そんな文面が夷川さんから送られてきた。金曜はクリスマスの二日前だった。

いつもなら大した予定もないけれど、たまたまその日は両親が九か月ぶりに京都へ来る日だった。僕は母に久々の電話を掛け、その日の夜は早めに帰りたいと伝えた。

「あんた、早めに帰りたいって言ったって、もうディナーの予約取っちゃったのよ。奮発して、京都でクリスマスディナー、素敵でしょ。すっごい人気の店で、たまたま二十時から取れたのよ。一日くらいいいじゃない、入学してから連絡も寄越さず帰っても来ないんだし。……え、もしかして女の子との用事？　クリスマスだし。……違うの？　なら、なおさらいいじゃないの！」

その日、両親は朝から僕の家に押し掛け、清水寺や金閣寺《きんかくじ》などベタな観光地へ僕を連れ回した。ホテルの上層階で食べるディナーにとりわけ母はご満悦だったけれど、牛肉すら普段からろくに食べない貧乏大学生の口にいきなりフォアグラを詰め込まれたって、何が何だか分からないだけだった。

結局、解放されたのは二十二時をゆうに過ぎた頃だった。僕は急いでキューチカまで自転車を漕いだ。しんと静まった住宅街に、車輪の軋《きし》む音と、白い息を吐く僕の呼吸だけが響いた。僕が着く前にディアハンツが閉まっていないか不安だった。マフラーからはみ出た耳が、霜焼けになって熱く、痒《かゆ》くなった。

キューチカの廊下には賑《にぎ》やかな声が漏れ出ていた。ディアハンツの前には『OPEN』の看板が出ていた。僕は一度、息を呑《の》み、そして扉を開いた。淡い橙《だいだい》の光が真っすぐに延びた。

「遅《おせ》えよ」

カウンターの向こうで、夷川さんが煙草を吸いながら笑っていた。

席は人で埋まっていた。棚の上にある大きなスピーカーから軽快な洋楽が流れ、部屋の光はときに煙草の煙で歪《ゆが》んだ。誰かがカウンターの端の席をわざわざ用意してくれた。僕は恐縮しながらそこに収まった。隣には野宮さんが腰掛けていた。

「ちょうど朔くんの話をしてたんよ」

「な、何の話をしてたの？」

「何や可愛い子が来ましたって」

「……また可愛いって」

僕がむっとしたのも束の間、「お、これが噂《うわさ》の田辺くん」と話し掛けられた。女の先輩で缶ビールを飲んでいた。彼女は江本《えもと》と名乗った。僕がおどおどして頭を下げると、それだけでゲラゲラ笑い出すので僕は面食らった。

「江本さん、酔っ払ってるときは何でも笑うんよ」

野宮さんは涼しい顔で言った。江本さんは僕の肩をばしばし叩いた。

「いやあ、さっき夷川さんが言ってたのよ。面白い後輩を拾ったって」

僕は夷川さんに渡されたジントニックを飲みながら、辺りを見回した。いくつかの島に分かれながら、皆がグラスを片手に喋っていた。みんなディアハンツの常連のようだった。

江本さんは僕のグラスに勝手に乾杯をして続けた。

「で、田辺くんがここを見つけたのはどうして？」

「えっと、本当にたまたまで」

僕が経緯を説明すると、ゴミ捨てを手伝わされる件《くだり》で江本さんはまた笑い出した。「お前、笑い声うるせえ」と夷川さんに怒られていた。

「いやあ、夷川さんらしい。それにしても、ここに早くから出会えるなんて運がいいね」

「そうですか？」僕は首を傾げた。「ここ、大学の中で知られてないんですか？」

「表立ってはないよね。でも、この場所が必要な人は、ちゃんと出会えるようになってる」

僕がまた首を傾げると、「そんな気がするってだけ」と嬉しそうに言った。その横から「格好つけてんじゃねえ」と酔っているらしい知り合いがなだれ込んできた。困惑して、きょろきょろしている僕を、また誰かが笑っていた。江本さんは続けた。

「夷川さん、ここ半年くらい、忙しいとか言って店を閉めたままだったんだよ」

ドリンクを作り続ける夷川さんが、手を止めずにこちらへ文句を言った。

「本当に忙しかったんだって。こっちはボランティアで開けてんだからな」

「分かってる分かってる。だから復活するって聞いて、慌てて駆けつけたんじゃん」

会話の間にも「ねえ、こっちスプモーニ頂戴」と注文が飛んだ。

「おい、田辺。これあっちに持っていってくれ」

夷川さんはそう言ってグラスを差し出し、すぐに別の作業へ移ってしまった。僕は考えるより先に、その言葉通りに動いた。有無を言わせない彼のやり方にすっかり慣れてしまった。

僕がディアハンツの中を動き回っている間にも、色んな話題が飛び交った。

「てか、もうクリスマスイブか。あれ、今日イブイブ？」「もう○時も回ったしイブだよ」「俺たちには関係ねえけどな」「誰かデートしてくれよ」「私とする？」「え、マジ？」「何だお前ら」「こっち見てんじゃねえ」

野宮さんが「変なの」と笑った。あちこちで会話が繫がり、千切れて、転がっていった。愉快さのバトンが円を描くような時間が続いて、僕は少しずつ酔っていった。

「今日はプレオープンだから、そんな長くは開けねえぞ」

夷川さんがやれやれと首を振った。でもその顔もどこかにやけていた。

あっという間に時間が過ぎた。夷川さんがそろそろ閉める、と言ってからも、その盛り上がりが消えるまでにはずっと時間がかかった。しっかり酔っ払っていた江本さんと友人たちが帰っていくと、客側に残ったのは僕と野宮さんだけだった。はあ、と夷川さんが溜息をついた。

「久々に開けると大変だな。こんなの、やるもんじゃない」

「お疲れ様です」

僕が素直に言うと、夷川さんは珍しく「ありがとよ」と頭を下げた。野宮さんが「うち、片付け手伝おうか？」と声を掛けると、夷川さんは首を振った。

「いや、田辺とやる。お前は先に家帰ってろよ」

「え、僕ですか」

「おう。最初のジントニック、サービスしただろ」

僕は溜息をついたが、悪い気はしなかった。野宮さんは僕らをじっと見てから「はいはい」と呟いて店を出ていった。静かになった店内で僕は尋ねた。

「野宮さん、帰しちゃってよかったんですか」

「もちろん。これで邪魔者もいなくなった」

「え？」

夷川さんは、んー、と伸びをして、ほくそ笑んだ。

「さっさと片付けて、飲みに行くぞ」


キューチカから出ると、夷川さんは僕を連れて東大路通《ひがしおおじどおり》まで出た。そのままタクシーを止めて、繁華街である三条《さんじよう》の方に車を向かわせた。夷川さんは僕の横で窓の外を眺めていた。時刻は一時を過ぎていたが、街にはまだ人気《ひとけ》があった。

「賑やかな街っていいよなあ。今日も地球は回ってるって感じがするよ」

夷川さんはうわ言のように言った。僕は落ち着かない気持ちで尋ねた。

「その、今からどこに？」

「手伝ってくれたお礼だよ。賑やかなもんでも見せてやろうと思って」

タクシーは繁華街の路地に入って止まった。夷川さんは僕に財布を出す暇も与えず降りてしまうと、迷わず目の前の雑居ビルに入った。

「ここな」

僕らの前には煉瓦《れんが》の壁の前に置かれた赤い電話ボックスがあった。『TELEPHONE』と書かれた海外製のものだったが、それ以外には何もなかった。

「何ですか、ここ」

「バーだよ」

僕が首を傾げたとき、夷川さんはその電話ボックスに掛けられた黒電話を押した。すると奥の面が剝がれるように開き、その先に別の空間が現れた。その電話ボックスは扉だった。

中は正真正銘のバーだった。暖気が漏れ出て、奥まで真っすぐ伸びた艶のある木のカウンターが、明かりを撥《は》ね返していた。夷川さんに連れられて、僕は恐る恐る先へ進んだ。数組の客が座り、その向かいの壁を酒瓶が埋め尽くしていた。

「ああ、夷川くん。いらっしゃい」

「お久しぶりです」

マスターに案内されて夷川さんがカウンターに座り、僕もぎこちなくそれに倣った。ディアハンツと違って机の上に埃《ほこり》や煙草の灰は欠片《かけら》もなく、カウンターは磨かれていた。どこに視線を落ち着けたらいいのか分からず、僕は周りをキョロキョロと見ていた。

「そちらはお友だち？」

「後輩です。社会科見学に連れてきました」

マスターは笑い、「リラックスしてくださいね」と僕に頭を下げ、僕らから離れた。夷川さんが言った。

「分からなければ、マスターに任せれば大丈夫」

「任せるって、その、例えば？」

「とりあえず、美味しいカクテルが飲みたいとか、美味しいウイスキーが飲みたいとか、そうやってお願いすればいいんだ」

マスターに「何にしますか？」と尋ねられたので、緊張していた僕は教えられた通りに答えた。

「えっと、あの、美味しいカクテルを」

マスターは笑って「任せてください」と頷いた。僕は何だかほっとしていた。

「なら、これまで何か飲んだことがあるものはありますか？　それか、飲んでみたいものは？」

「えっと、……あ、ギムレット。夷川さんに作ってもらって一番覚えてて」

僕がそう言うと、夷川さんは少し恥ずかしそうに言った。

「いや、俺が作るのはお遊びみたいなものなんで。そうだ、ここでちゃんとしたギムレットを作ってもらえばいいよ」

「なら、そうしますか？　他のものも作れますけど」

マスターはそう言ってくれたけど、僕はギムレットをお願いすることにした。

美しい手際で、マスターは僕らの注文を仕上げた。夷川さんが頼んだジントニックと並んで出てきたそのギムレットは、触れるのが憚《はばか》られるくらい綺麗だった。僕は恐る恐るグラスを手に取り、口に運んだ。

「どうですか？」

マスターが柔和に微笑んで尋ねた。

「あ、美味しい、です」

本当は、緊張で頭に味が入ってこなかった。

僕はカウンターの奥に目を彷徨《さまよ》わせた。壁一面にお酒のボトルが並び、その一つ一つが輝いていた。マスターは奥に立って何かの作業をしていた。その様子をそっと見ていると、マスターと目が合った。

「ちゃんとしたバーに来るのは初めてですか？」

「あ、はい。……すいません」

「謝ることなんてないですよ」マスターは優しく笑った。「扉を開いてくれることだけで嬉しいもんです。奥まっていて、入りにくいけれど、ここにはとっても豊かなものがあるんです。楽しんで」

それで何だか緊張が解けて、僕はまたグラスに口をつけた。今度はすっきりとした味をちゃんと感じた。二杯目はウイスキーにした。

「じゃあ、飲み始めるのにぴったりなウイスキーを選んでやってください」

夷川さんはそう言って、僕の二杯目のお酒を頼んだ。マスターがロックで出してくれたそのウイスキーを、僕は初めて美味しいと感じた。グレンドロナック。

「あのウイスキーは美味しいとか、このウイスキーはまずいとか、そういうことを皆さんよく仰《おつしや》るんです」マスターは若輩者の僕にも優しく言った。「確かに味の違いはあって、出来というものもある。でも、いいところのない瓶なんてこの世にはない。それは覚えておいて欲しいですね。どんな瓶からも優れた面を見つけられる。どんな瓶にも神が宿るんです」

「神様」夷川さんが呟く。「京都によくいる、あの」

「その通り。この店にもいるんですよ」マスターはにっこりと頷いた。「そしてね、どんなものであれ、その奥底を見つめればやっぱり神様がいる。しかもウイスキーと同じ神なんですよ」

僕はグラス内の褐色の液体を見つめた。夷川さんは頷きながら煙草をふかしていた。

「マスター、いいこと言いますね」

「そう。たまには言うんですよ」それから少し考えるような顔をして続けた。「ところで巷《ちまた》はクリスマスですけど、夷川くんは女の子を連れてこないんですか？」

「何でバランス取るみたいにそんなこと聞くんですか」夷川さんは溜息交じりに言った。「ここには連れてきませんよ」

「どうして？　何も詮索しませんよ？」

「だってマスター、ニヤニヤしながら僕の方を見るでしょ。それかツレの女を口説き始める」

悪戯《いたずら》めいた顔でマスターがこちらを見て、僕はつい笑ってしまった。ここにも確かに神様がいて、僕はそれに初めて出会ったようだった。

店を出ると冷たい空気が身に刺さった。夷川さんが呟いた。

「さっむいな。京都の寒さは本当にイカれてる」

僕は頷いた。それは体が震えるというより、骨が軋むような寒さなのだ。京都一年目にして、僕もその気候に悪態をつき始めていた。夷川さんに案内されるまま先へ進んだ。

「ここが木屋町《きやまち》で、京都一番の繁華街。で、この一本向こうが、花街のポント町。先生の先に、一斗缶の斗で、先斗町《ぽんとちょう》。まず読めない」

街の喧騒《けんそう》はどんどん雑多になっていった。僕は尋ねた。

「次はどこ行くんですか？」

「お、まだまだやる気だな」

「別にそんなんじゃ」

ワハハと上機嫌で笑って、夷川さんは客引きのキャッチを避けた。僕は彼らに絡まれないよう、夷川さんに隠れるようについていった。

やがて辿り着いたのは、一階がピロティになっているビルだった。僕と同じくらいか、それより少し年上の男女が激しく出入りしていた。何だか不必要に明るい場所だった。

「ここ、何ですか」

「クラブだよ。クリスマス前だし、今日は賑やかだぜ」

僕は空転するように瞬きをした。あまりに縁遠い世界だった。夷川さんは迷わず進んだ。

「待ってください。本当に行くんですか？　僕はいいです」

「まあ、そう言わずにさ」

夷川さんは上機嫌で中へ入っていった。取り残された僕も、結局はその後を追っていた。

セキュリティの男に体を触られながら、僕はそのとき、以前見た燃えるような夕暮れの夏空を思い出していた。思わず見つめた景色。見知らぬ夕日、見知らぬ川面《かわも》。今だって僕は確かに新しい世界に曝されていた。僕は不思議と、夷川さんについていくべきだと思っていた。

地下のホールは、何かの暴動のようだった。ステージではＤＪがブースに立ち、その下では男と女が地層のように重なって踊っていた。

暗がりの中で夷川さんは僕の肩に手を回し、踊り始めた。僕は彼に引っ張られて人混みへ加わった。ときに柔らかく、ときに固く、誰かの四肢のどこかがぶつかった。周りに倣って手をステージの方へ伸ばした。酸欠の魚みたいだった。

夷川さんは横にいた女の子とアイコンタクトを取っていた。気付けば僕は引き寄せられ、彼女の連れらしいもう一人の女の子も含めて四人で踊っていた。

「何か飲むか」

僕らは夷川さんに連れられてその場を離れた。バーカウンターの列に並ぶと、夷川さんは僕に声を掛けた。

「こういうときは酒を奢《おご》れ。そういうもんだ」

そのまま夷川さんは女の子のうちの一人と並び、お酒を奢り、その子の耳元に顔を寄せて楽しく喋っていた。僕の横にいた子はつまらなそうな顔をしていた。

僕が困っていると、夷川さんと目が合った。彼は僕の肩に小さなパンチをした。何か話し掛けろ、と暗黙のうちに言っていた。僕は苦い顔をしたけれど、激しく鳴る音に紛れるように、その子の耳元へ顔を近づけた。

「……こういうところ、よく来るの？」

その子は僕を見て、顔を寄せて何かを言った。しかし曲の盛り上がりに邪魔されて上手く聞き取れなかった。もう一度、大きく耳を寄せた。

「別に！」

怒鳴り声で言われた。僕は固まった。その間に、夷川さんたちは人混みに戻ってしまった。僕らはそれを追い駆けたけど、そのうちにさっきの女の子はどこかへ行ってしまった。

何だか呆然《ぼうぜん》としながら、人混みに揉《も》まれていた。しばらくして夷川さんに声を掛けられた。

「煙草が吸いたい」

夷川さんと一緒に外へ出ると、今まで経験したことのない、重力が強まったような疲れを感じた。体がちり紙みたいにしなしなになっていた。

「さっきの子は？」

「……どっか行っちゃいました」

「そりゃ残念。向こうも緊張してたんだろ」煙草に火を点《つ》けた夷川さんは上機嫌だった。「いい景色だな。音に跳ねて、お酒を奢って、それを繰り返してどこに行きつくか」

「どうして僕を連れてきたんですか」

「面白そうだからに決まってるだろ」夷川さんは迷わず言った。「それに、こういうのを避けて通るべきじゃない。この手の混乱に無縁でいられるやつはそれほどいないんだよ」

夷川さんは煙草を差し出した。僕はそれを見つめ、少し迷ってから、結局は手に取った。

「咥えて、軽く吸ってろ。そうしたら簡単に火が点くから」

言われる通り、煙草を咥えたまま息を吸った。夷川さんのライターで先端に火が点くと、煙が喉に飛び込んできた。そして僕はむせた。

「吸いすぎだ。初めは口に溜めて、そのまま吐き出せばいいから」

僕は涙目になりながら、いい塩梅を探した。口の中に煙の味が残る程度。ようやくそのくらいで吸えるようになった。舌先の苦さには慣れなかったけど、手元で熱を帯びながら燃え進む様はずっと見ていられた。

「指、熱いですね」

煙草の先がどんどん僕に近づいた。それを見て夷川さんが笑った。

「いつまで吸ってんだよ、そろそろ行くぞ」

名残惜しく一口吸って、ゆっくり吐いた。白い煙を追って空を見ると、雑居ビルに挟まれた狭い夜空に明るい星が灯っていた。夷川さんが言った。

「いいか、あんまり考えるな。音と熱気でぐちゃぐちゃになれ。で、お前の形をもう一度見つけてくれるのが女の子だ」

僕らは再び地下へ戻った。ステージ近くに僕は立ち、ただ音に身を任せ、体から考えを排した。黒い海の底まで続くうねりを僕はぼんやりと思った。

そのとき目の合った女の子がいた。何てことない顔をして体を揺らすけど、その目に滲む緊張が僕には分かった。僕は音に任せてその子を見つめた。目を背けようとする臆病さを無視した。僕らは同期するように体を揺らした。距離が詰まり、やがてその子の耳元に口を寄せた。

「誰かと来たの？」

「……友だち。でも、どっか行っちゃった」

声を掛けたことに自分でも驚いた。でも、その驚きを僕は飲み込んだ。『いいか、あんまり考えるな』僕は夷川さんの言葉を思い出していた。

どうして踊りに来たのかと聞かれ、僕は夷川さんの話をした。変な先輩に連れ回されていると言うと、相手は笑った。

「何か飲む？」

僕が言うと、その子は頷いた。僕らはバーカウンターの列に並んだ。その子は同い年の大学生だった。ステージから離れて僕らは話し込んだ。質問を振ると相手はよく喋ってくれた。

ふと、視界の端に夷川さんが見えた。

それは彼女がバイト先の先輩の気持ち悪さを力説しているときだった。夷川さんは横の女の子の腰に手を回していた。その手前で、男女が連れ添って僕らの脇を過ぎ、外へ出ていった。

「どうしたの？」

その子に聞かれ、僕は首を振った。その後、言葉が上手く出てこなくなった。僕はなぜこんな場所にいるんだろう。その疑問が膨れて、思考を押しのけていった。自然にできていた会話も一気に流れが滞った。

僕らは淡い気まずさの中、ステージの近くへ踊りに行った。彼女はいつしか人混みに消えていった。

お手洗いに行ったとき、ポケットの中のスマホが震えた。夷川さんからのラインだった。

『女の子と外に出た』『そっちが元気なら後で合流な』

僕は溜息をついた。また人混みの中に戻ってみたが、すぐに気が滅入った。ロッカーからコートを回収して外に出た。

この時間の繁華街はさすがに静かだった。僕は四条《しじょう》大橋の脇にある階段を下り、鴨川の河原に出た。川岸に腰を下ろし、水面をじっと見つめた。僕は何をしているのか、何と戦っているのか。何だか泣きたい気分だった。

ふと沙山さんを思い出した。彼女も東京でよく分からない景色を見ているのかな。すぐに新たなルールを覚えて、走り続けるのかな。

多分、僕は沙山さんに負けたくなかった。強くなりたかった。

空がゆっくりと白んだ。鳥の鳴き声や羽音が次第に大きくなった。四条大橋の上を、タクシーとトラック、ゴミ収集車、それから夜をやり切ったらしい人々が過ぎていった。

夷川さんから『まだいるか』とラインが来た。それから十五分ほどで彼は僕の元へ現れた。

「早いですね」

「馬鹿にしてんのか？　お前のためにさっさと切り上げたんだよ」

僕らは家の方へ歩き始めた。小鳥の鳴き声が次第にカラスのそれに移り変わるのを聞きながら、僕は絶えず欠伸《あくび》をした。

「疲れてるな」

「夷川さんは元気そうですね」

「まあな。お前は空振りか？」

僕は黙った。夷川さんは見えないバットを振りながら、ふらふらと前に進んだ。僕は打席に立ったかどうかも怪しいものだった。でも、打席に立とうとした自分が確かにいた。それに狼狽《うろた》えていた。

「何にせよ、お前は偉い」夷川さんは見えないホームランを空に放って言った。「目の前にセックスが落ちているなら、屈《かが》むのを億劫《おっくう》がらずに拾うべきなんだ」

僕は足元を見渡したが、それが落ちている気配はどこにもなかった。それは空き缶のように硬質なのか、犬の糞《ふん》のように温《ぬる》いのか、僕は知らなかった。

「別に、そんなことを考えてたわけじゃなくて、ただ」僕は白状するように言った。「僕が何を望んでるのか、分かんなくて」

「奇跡だよ」夷川さんは迷わず言った。「お前はまったく新しい、鮮烈なものを見たいんだ」

そんなことも知らなかったのか、というような口ぶりだった。

「いいねえ、一回生って感じだ」夷川さんは雄弁に続けた。「みんな、お前と同じ悩みを持ってる。似たようなもんってことだ」

僕はただ何度も目をしばたたかせた。そのとき、強い光が僕らを追いやるように迫った。真っ白な太陽が、比叡山の稜線《りょうせん》から顔を出していた。

「おお、何かこういうの久々だな」

夷川さんが呟いた。僕は何かを言いかけていたけれど、その先を忘れてしまって、ただその光を見つめた。僕らは足を止めていた。長い影が二つ、ここから真っすぐ伸びていた。

「田辺、お前は今から色んなものに出会うよ」

「え？」

「俺がお前を選んだのは、お前がまだ真《ま》っ新《さら》で、そのくせちゃんと、何かを探してるからだ」

夷川さんは薄い笑みを浮かべ、その場に立ち止まった。

僕はよほど困った顔をしていたのだろうか。やがて夷川さんは破顔した。

「頑張れってことだよ」

夷川さんは愉快そうに腹を抱えて、飛び上がるようにまた歩き出した。僕はひどく眠たかったけど、その軽やかな気持ちが伝染して、いつもより大股で彼を追い駆けた。

昨日より今日、今日より明日、僕はさらに多くのことを知るだろう。

ふと、そんな気がした。その予感が、今の僕には苦しいくらい嬉しかった。

◇

大みそかは北垣と下鴨《しもがも》神社へ向かい、そこで新年を迎えた。薪が焚《た》かれ、背丈よりずっと高い火柱が立っていた。元日は寝ているうちに過ぎて、二日に実家へ帰省した。京都に戻ってくると授業が始まった。怠けた体に一限はこたえた。

僕はディアハンツが開く日を待っていた。次に呼び出されたのは一月の半ばだった。

『ディアハンツ、次は本オープンな』『二十一時に部屋まで来てくれ』『あとは何とかなるだろ』

その日は朝からずっと雨が降っていた。キューチカは微《かす》かな湿り気を帯び、年代物のコンクリートが普段より濃厚な気配を放っていた。

約束の時間にディアハンツへ来た。しかし鍵は開いていなかった。遅れるのは夷川さんらしくない、北垣ならままあることだけど。僕がそんなことを思っていたとき、キューチカの階段から足音が聞こえた。

廊下に現れたのは野宮さんだった。彼女は僕を見つけて離れた所で足を止めた。キューチカの廊下で蛍光灯の光に照らされた彼女の背丈は、いつも以上に小さく見えた。

野宮さんは羽織っていたダウンコートのポケットに手を突っ込みながら近づいてきた。僕は声を掛けた。

「久々だね。明けましておめでとう」

しかし、野宮さんは何も言わず、僕の顔をじっと見つめた。その目は、僕が初めてディアハンツに来たときに会ったのと同じ、不機嫌なものだった。彼女は唇をきゅっと閉じて僕の方へ歩み寄り、何かを差し出した。僕が手を伸ばすと、彼女はその中身を僕の掌《てのひら》に置いた。

それは鍵だった。野宮さんが何も言わずに身を翻したので、僕は慌てて引き止めた。

「ねえ、待って。夷川さんは?」

「うちは夷川さんに頼まれただけ」

野宮さんは声もすごく不機嫌だった。

「どういうこと? 夷川さんは何か別の予定があるの?」

「……田辺くんも、何も聞いてへんの?」

「え？」

「あの人、ナイジェリアに引っ越した。研究の拠点を向こうに移すからって」

夷川さんはナイジェリアに引っ越した。内心で丁寧に呟いても、しっくりこなかった。僕は尋ね返した。

「ナイジェリア？」

「そう。ナイジェリア」

「あのナイジェリア？」

「知らない。場所、分からんもん」

僕はスマホを開き、地図アプリでナイジェリアを検索した。アフリカの西海岸、ちょうどくびれた部分に位置していた。彼女が同じ画面を覗き込んだ。僕は言った。

「ナイジェリアはここ。アルジェリアはこっち」

「知らんって」

野宮さんは夷川さんのことを教えてくれた。彼は文学研究科のキリスト教学専修に所属していた。専門はアフリカ西部に見られるアフリカ化したキリスト教について。研究対象の教団の中心があるナイジェリアの研究所に受け入れてもらい、そこで研究を続けるという話だった。

「出発の前日に聞かされた。家に行ったら、いきなりもぬけの殻やもん。信じられへん」

僕はすぐ夷川さんにラインを送った。彼女は大きく溜息をついて、物憂げに口を開いた。

「どうせ何も返ってこんよ。説明が面倒って思った瞬間、連絡を寄越さなくなる人やから」

実際、その言葉の通りだった。その日からラインは一度も返ってこなかった。

野宮さんはカウンターへもたれかかるように座った。

「ねえ、何か注《つ》いでよ。その辺りのウイスキーでええから」

「勝手にはできないよ」

「何で？　今日はディアハンツ開けへんの？　夷川さんから引き継ぐんやろ？」

「え？」

僕は首を傾げた。さっきから分からないことばかりだった。彼女は怪訝《けげん》な顔をしていた。

「夷川さん、ディアハンツを朔くんに任せるって言ってた。うち、それで鍵を届けるよう頼まれてん。マスターになる練習を一緒にしてたんやろ？」

僕は夷川さんに呼び出された夜を思い出した。僕はカクテルを振り、ウイスキーを飲み比べた。思えば彼に練習は不要だった。

つまり、すべては僕のための練習だった。

「飲んでもええよな」

野宮さんは僕を見た。眉を寄せて困ったように微笑む彼女は、僕を慰めているようだった。グラスを二つ取り出すと、野宮さんがそこにI・W・ハーパーの十二年を注いだ。僕らは乾杯をした。

「夷川さん、前から無茶苦茶やったけど、今回はほんまにあかんわ。何であんなに適当なん？付き合ってるかいないかも、結局答えてくれへんかったし」

野宮さんは一通り悪態をつくと、はあ、と溜息をついて、「しゃーないな」と呟いた。

「ねえ、朔くんのこと、もっと聞かせてよ」

「僕？」

「そう。ほら、バーテンダーなら、後を引く逸話の一つや二つないとあかんやろ」

「何もないよ」僕は口を尖らせた。「それに多分、いいバーテンダーは話すことより聞くことの方が上手いよ」

「そう言うなら、何か素敵な質問をして」

僕は狼狽えて、どうにか口を開いた。「えっと、ご出身は」

「下手くそ」

そう言いながらも野宮さんは楽しそうだった。彼女はこれまでずっと京都に住んでいて、市内の女子大に通っていた。

「うちの親が離婚して、お母さんに引き取られたんよ。私は一人っ子で、おじいちゃんも亡くなってるから、今の家は三世代、三人で全員が女。すごいやろ。で、もともと夷川さんはうちの家庭教師だったの。それで、うちは家がすっごい気詰まりで、あの人の家に上がり込むことになったんよ。それやのになあ」

野宮さんはまた大きな溜息をついた。

「とりあえず他に上がり込める家を探さんとなあ。……朔くんち泊めてや」

「え、な。嫌だよ」

「えー、ケチやなあ」

野宮さんは笑って目を細めた。僕は慌てて顔を逸らした。その目に見つめられると、どうしてか言葉が上手く出なくなってしまった。

「はあ、変な話。夷川さんのせいでずっと気疲れしてるわ」

それから野宮さんは黙り、肘をついてカウンターに身を預けた。魔法を掛けられて突然、眠りに落ちてしまったように、口を固く結んで俯いていた。言葉通り、彼女は疲れているようだった。

ああ、きっと夷川さんはこの人に入り込み、この人を深く傷つけたのだ。詳しい話は聞けずとも、何だか分かった。夷川さんの勝手さは人を傷つけ、あるいは人を救った。僕は恐らく救われた側の人間だった。

僕は黙ってウイスキーを飲み続けた。この場の気配が優しい色合いをしているように祈った。僕は野宮さんのことを何も知らないし、理解できるとも思わなかった。だから、ただこの場所が落ち着ける場所であればよかった。

あ、と思った。人は人を救えない。でも、場所は人を救える。

僕は言うべきことを探していた。大学に入ってからの静かな一年は今のためにあった。そう思いたかった。

「多分、大丈夫だよ」僕は言葉を探しながら口を開いた。野宮さんがこちらを見た。「色んなものに出会って、でも最後には、ちゃんとタフになってケリがつく。そう思う」

野宮さんは何度も瞬きをして、それから僕に尋ねた。

「うちのこと、励まそうとしてくれてるん？」

僕は頷いた。そのとき外から足音が聞こえた。それはどんどん大きくなり、ディアハンツの前で止まった。しばらくして扉が開いた。すでに酔っているらしい人々が、恐る恐るこちらを覗いていた。

その奥に見慣れた顔があった。北垣だった。

「え、北垣？」

「あれ、田辺？」北垣は驚いていた。「電気がついてるみたいだったから『やじろべえ』のみんなで来てみたんだけど。マスターはいないの？」

その瞬間、僕は問われていたのだ。

『俺がお前を選んだのは、お前がまだ真っ新で、そのくせちゃんと、何かを探してるからだ』

新たなものに出会い続けようと僕は決めていた。

「いや、僕がマスターだよ」

頬を叩いて僕は気合いを入れた。着ていたシャツの襟元を、鏡がない中でも精一杯、直した。席を立ってカウンターの内側に回った。野宮さんがきょとんとした顔でこちらを見た。でも僕は小さく頷くだけだった。

北垣が僕の前に座った。僕にマスターが向いているとは思わなかった。それでも一度始まってしまったのだから仕方なかった。僕はこの奇跡に負けるべきではなかった。

二章　少年少女

京都で二度目の春を迎えた。

あれほど猛威を振るった寒気は京都盆地の底へと引き下がり、梅の香りが広がったと思えば、もう桜が咲いていた。大学構内では目を輝かせた新入生が闊歩《かっぽ》していた。

活況な大学も、夜になれば静かになった。僕はきちんとアイロンを掛けたシャツを着て、旧文学部棟に向かった。中庭の喫煙所は人が絶えず入れ替わり、いつの時間も赤い光が灯り続けた。その脇を過ぎ、キューチカへ降りた。

週に二日、僕はディアハンツのマスターとして店に立った。

買ってきた氷と水、牛乳を冷蔵庫に入れた。メジャーカップとシェイカーを用意し、灰皿の中身を捨て、机を拭いた。それから店の外に『OPEN』の看板を出した。スピーカーでくるりのアルバムを流していると扉が開いた。今日は野宮さんが一番乗りだった。

「早いね」

「飲みたかったの。やってられへん」

「何が？」

「中国語の再履修」

野宮さんは、週に一度は顔を見せた。僕は飲み物を作りながら、話を聞いて笑った。ハイボールを飲むと、彼女は「ハオチー」と言った。美味しいという意味で、後ろのチーは舌を巻いて発音するのだと教えてくれた。僕らがチーチー言っていると、今度は北垣が入ってきた。

「好吃？　不错」

北垣は早くも半袖Tシャツ一枚の装いで、まだ人気《ひとけ》の少ない部屋を大きな図体《ずうたい》で埋めていた。カウンターに座らぬうちから僕らを見て溜息をついた。

「またこのメンツか」

二回生になった北垣は、その活発さに磨きをかけていた。卒業に必要のない授業をあれこれ履修し、理学部の自主ゼミには三つも参加していた。かと思えば所属する読み聞かせサークル『やじろべえ』で麻雀《マージャン》を覚え、いつも牌《パイ》を二つ持って入れ替えを練習していた。空きコマには『やじろべえ』の部室で本を読むか、転がっていたギターを練習していて、ディアハンツが開く夜にはウォッカトニックを飲みに来た。

「今日は何をしてたの？」

「先輩からスロットを教わってた。あの人、すげえんだよ。飲み会に行くお金がなくても、その直前にスロットに駆け込んで飲み代を稼いでくる」

「麻雀の次はスロットか」

「俺には履修しなきゃいけないことばかりある」

野宮さんが「ミーハーの王様やな」と呟いた。北垣は「再履修の王女様が何か言ってる」と笑い飛ばした。僕はそんなプロレスを眺めながら楽しく酒を飲んでいた。

ディアハンツに集うのは僕らだけではなかった。まだ僕がマスターに不慣れな頃、野宮さんは僕と一緒に客を待ちながら言った。

「そろそろ、癖の強い人たちも来ると思う。あんまり驚かんといてな」

扉は「やあやあやあ」という声とともに開いた。

ちょっとした丘のような背格好の男が、真顔で扉を開け放っていた。丸い眼鏡の奥に鋭い目つきを浮かべ、一直線にカウンターまで進んできた。

「君が噂の新マスターかね」カウンターに座るなり、男はこちらに詰め寄った。「まったく夷川も誰の了見で見習いを入れたんだ。そもそも私は夷川がマスターをやることにも反対だったんだ。その見立ては、やはりまったく間違っていなかった。あいつはちょっと上手くシェイクができると言っても、ホスピタリティというものが足りていないじゃないか」

ぶつぶつと語る男を尻目に野宮さんは言った。

「気にしないで。大桂《おおかつら》さん、これでも朔くんを歓迎してるから」

「はん、何が歓迎だね。そこに立つ資格があるか見極めに来ただけだ」

大桂さんは理学部の先輩だった。学生とは思えない貫禄《かんろく》を持て余している様子だったが、それもそのはずで、彼は何度も浪人留年を繰り返した（正確には二浪三留）理学部のヌシだった。

大桂さんはいつもカクテルを注文して僕を鍛え上げた。

「やあやあやあ」

そう言って扉を開け放って入ってくると、研究室の准教授の悪口をひとしきり言った後、カクテルを一杯頼んだ。それをまず一口、味見のように舐めると、むむむと口を尖らせて一気に飲み干し、僕に注文をつけた。

「申し添えるが、シェイクの時間をあと二秒減らしたまえ」

あるときは氷の入れすぎを、またあるときは余分なステアを咎《とが》め、もう一度同じカクテルを頼んだ。指摘通りに作り方を直すと、確かに味がよくなった。

「私がいなければ夷川はあれほどのマスターになっていない」

大桂さんが初めから言い続けているその言葉も、次第に信憑性《しんぴょうせい》を帯びてきた。

そんな癖の強い常連が来たかと思えば、ときにはひょんなことからここへ紛れ込んでしまう人たちもいた。

「あの、ここが集合場所で合ってますか？」

新歓の時期が終わろうとする頃、そう言って現れたのは見知らぬ男子学生で、僕らと同じくらいの歳《とし》に見えた。

「集合場所？」

僕が尋ねると彼は頷き、「時計台、上ってみたくて」と一枚のビラを見せた。右下にキューチカの地図が書いてあり、確かにディアハンツが集合場所となっていた。そしてビラに躍る言葉はこうだった。

『ジッシツに入って大学自治を取り戻そう！　時計台に上ろう！　精鋭募集』

時計台といえば、大学の中心にある建物のことだ。時計台に上る？

「君、ジッシツはここではないぞ」その日も来ていた大桂さんが、嫌そうな顔をした。「柏《かしわ》くんのロマンチシズムに付き合いたいなら隣に行きたまえ」

僕らの隣は、『大学倶楽部自治連盟執行部』、通称ジッシツの部屋だった。ジッシツは学生自治を掲げて活動する委員会で、一応はこの大学にあるすべてのサークルの元締めということになっていた。またディアハンツの扉が開いた。

「いや、ここで合っているよ」

そこに学ラン姿の男が立っていた。襟まできちんと留められ、制帽まで被《かぶ》っていた。

その男は瞳を爛々《らんらん》と輝かせていた。彼は迷わずカウンターへ近づき、僕の手を取った。

「僕は柏。大学倶楽部自治連盟執行部、ジッシツの委員長。君、マスターを継いだんだってね、潑溂《はつらつ》と話し続けた。「いきなり驚かせてごめんね、でもこれは昔からの伝統なんだ。ジッシツへの入部を希望する者は一度ここに集合して、テストを行う。部員以外を部室に立ち入らせるわけにはいかないからね」

歩から聞いたよ。僕は彼の同級生なんだ」柏さんは僕の手をがっちり摑んで上下に揺らし、
僕は「はあ」とか何とか、そんな曖昧な返事しかできなかった。

また飲みに来るよ、と柏さんは言い残し、新入生を連れて去っていった。カウンターには新入生の持ってきたビラが残されていた。僕はそれを手に取り、大桂さんに尋ねた。

「ジッシツって何なんですか？」

「もとは学生自治のために、大学の部活やらサークルやらが集まってできた組織だな。キューチカがこうして学生の活動場所になったのも、彼らのおかげではある。最近は会員も減って、地下運動のようになってしまったがな」

野宮さんがビラを覗き、「この時計台ってのは?」と首を傾げた。

「昔はジッシツ主催の学生ストライキというのが慣習であったんだ。学生は授業を休んで、みんなで時計台を占拠する。学生運動の名残だな。学生も先生も公然の休みのようになっていたんだが、十年くらい前から、大学当局が警察を呼んで時計台に上ることを阻止し始めた。そして、ストライキも自然となくなってしまった。あの柏って男はそれが不満で、ジッシツは時計台に上る

ことを悲願とするようになったんだ」

野宮さんが「そんなのあったんや」と呟きながら、スマホで画像を検索していた。見ると、時計台に人々が上ってビラを掲げる、白黒の写真があった。

「僕も上ってみたいな」

そう呟くと、大桂さんは呆《あき》れたように溜息をついた。

「その好奇心は分かるが、それに忠誠を誓ってあんな組織まで作るかね？　まったく、いつまでも大学にいて、あいつらは何をしているんだね」

……それを大桂さんが言う？

場にいた人々はそう思っただろうけど、僕らはキューチカが持つカオスの力を前に口を噤《つぐ》んだ。


こうして僕がキューチカという場所へ慣れながら営業を続けるうちに、ディアハンツが復活したという話は大学構内の暗部を駆け巡り、かつての常連が集まってきた。

「最近、お客さん増えたよなあ」

野宮さんと二人きりのとき、彼女はそう言って笑った。空に厚い雲がかかった晩春の夜だった。雨を予感させる不埒《ふらち》な風が吹いては止《や》み、部屋の換気扇が時折揺れた。

「でも、今日はみんな来てないみたいだ」

「こんな天気だからかな。気合いが足らへん」

「……野宮さんが飲みたすぎるだけじゃない？　僕も今日は早く閉めようと思ってるんだけど」

「せっかく来たのに、そんなこと言わんといて」

僕は首を竦め、野宮さんはむくれた。それから僕らは二人で笑った。

「朔くんにも貫禄が出てきた気がするわ。そっち立ってるうちに変わったね」

「そうかな」

「自分でも思わない？　変わったって」

言われてみれば、僕は自分自身の新たな一面を何度も発見していた。熱心に話し込んでいる誰かの話題に耳を傾けるのが好きなこと。数学はできると自負する一方で、お金の勘定はからきし弱いこと。明晰《めいせき》な時間と同じくらい、酩酊《めいてい》した時間が好きなこと。

「確かにそうかも。変わっていくのは、楽しい」

「うちも変わっていく朔くんを見るのは飽きへんよ」

カウンターで頬杖《ほおづえ》をつく野宮さんがこちらを上目遣いで見た。その姿に色気が滲んで、僕はどきりとした。三日月のように綺麗にたわんだ目が僕に向いていた。

「でも、野宮さんはあまり変わらないね」

僕が言うと、彼女は少し目を開いてから溜息を交えて呟いた。

「それは、あんま嬉しくないな」野宮さんはむっと唇を尖らせた。「朔くんはどんどん変わっていって、うちはまた取り残される気がする」

「そんなことしないよ」

「みんなそう言う」

「本当だって」

「じゃあ、約束できる？」

その声に硬質なものが混じったような気がして、僕はびっくりした。

「……なんてな」野宮さんはその気配を押しのけるように、おどけて笑った。「そんなこと、どうやっても約束できへんわ」

僕は迷わず言った。

「ディアハンツを開け続けるよ。これは約束にならない？」

野宮さんは何度か瞬きをしてから、「それは、ええな」と呟いて微笑んだ。またその細い目に見つめられて、僕は顔が熱くなった。

野宮さんにとって特別な人間になりたい。僕はこの頃、そう思うようになっていた。

◇

二回生になると授業が大きく減った。

僕と同じように数学専攻を志望する学生は、あまり授業に出ていなかった。教授は学生に興味がないので出欠を取らないし、そもそも理学部の伝統として、賢いやつほど授業に現れないというものもあった。教えを請わずとも自分で勉強した方が早い、そんなことを嘯《うそぶ》きたい学生が多かった。

もちろん僕もその一人だった。

空いた時間で僕はバイトを始めた。家の近くのドラッグストアで品出しに励み、ボディソープやティッシュ、塩素系漂白剤を黙々と並べた。緑色の髪をした芸大の男の先輩がいて、僕はその人によく怒られ、たまに褒められた。

授業には数えるほどしか出なかったけど、唯一面白がって出席を続けたのは「中国文化史Ⅰ」だった。これはもともと北垣が見つけてきた授業だった。

「これ、見ろよ。この授業だけ単位取得率が九十五パーセントを超えてる」

北垣はディアハンツでパソコンを開き、自作のエクセル表を僕に見せつけた。彼は大学が公表する履修データを涙ぐましい努力でまとめ、授業ごとの単位の取得率を導き出していた。単位不足にあえぐ学生たちは歓喜の声を上げた。かくいう僕も人文系の単位を早めに取る必要があったから、北垣を信じて「中国文化史Ⅰ」を取ることにしたのだ。

新文学部棟での授業だった。席が半分ほど埋まる中、先生は時間ぴったりに教室へ入ってきた。丸い眼鏡を掛けた、かなりお年を召した先生だった。髪をワックスで撫でつけ、鼻の下に豊かな髭《ひげ》を蓄えていた。

「ご機嫌よう」

先生は僕らを憐《あわ》れむような目で見渡してから、黒板に『杜甫《とほ》』と書いた。

「唐、とくに盛唐の時代には、優れた詩人がまあ何人も出たわけですが、その中でも今期は杜甫を読みましょう。私が好きなのです。というのも私の先生が杜甫好きで、それがうつったわけです。懐かしいですねえ。昔、私は先生と揚子江《ようすこう》を観に行きましてね。旅行と言っても今とはわけが違う。向こうは文化大革命が終わった後ですから、国も混乱してなかなか査証が下りなかった。古典の研究者だからとどうにか通してもらっても、常に共産党の方が同行されまして。まあ面白い時代でしてね……」

先生は僕らを置き去りにするように話し続けながら、黒板に漢詩を書いていった。

『江碧鳥逾白　山青花欲然　今春看又過　何日是帰年』

「『江《こう》は碧《みどり》にして鳥は逾《いよい》よ白く』。この江というのは、中国の西南にある川のことです。長江《ちょうこう》でも銭塘江《せんとうこう》でもどちらでもよろしい。水面は碧玉《へきぎょく》のような緑色をしていた。川と言っても大陸の河川ですから、瀬戸内海くらいの幅をしている。雄大な川面が緑を含んだ青に輝く、そういう景色です。そこに一羽の鳥が浮かぶ。その鳥はいよいよ、はっきりと、水面と対照的に目に染みるほど白い。杜甫というのはこの頃、妻子とともに放浪の旅に出ておりました。官吏の職を失って都を離れる悲しみ、それを抱えて、彼が鳥の白さに何を見たか。旅人が白鳥を見るときに重ね合わせる悲哀と勇気を、私は思わざるを得ない」

　僕はその語りに捉えられた気分だった。詩の読解は続いた。

『山は青くして花は然《も》えんと欲す』。静かな碧《あお》さと対照的に、燃えるような赤さで咲き誇る花々。

『今《こ》の春も看《ま》のあたりに又過ぐ』。しかし今年の春も、見つめているうちにも私を残して過ぎていく。『何《なん》の日か是《こ》れ帰る年ぞ』。いつになれば、また官吏として都へ帰ることができるのか。

　結局、その詩の解説だけで授業は終わってしまった。先生は僕らにただ詩を通じて語り掛け、また僕らをじっと眺めてからお辞儀をして帰っていった。

　五月に入るとディアハンツはますます客が増えた。

　北垣は『やじろべえ』の部員を連れて来たし、大桂さんは理学部の後輩を呼んで酒を振る舞った。常連が別の客を連れて来て、新たな客が新たな常連に変わった。

　ある日、大桂さんの不満げな声が聞こえた。

「おいマスター、頼んだスプモーニ、覚えてるかね？」

「あ、忘れてました」

「まったく、ちゃんとしてくれよ」

「すぐ作ります」僕は手元をちらりと見た。「……この煙草、吸い終わったら」

「君なあ」

江本さんがゲラゲラ笑い、大桂さんは「夷川に似てきたな」とむくれた。注文を忘れたり、カクテルのレシピを間違えたりすることは日常茶飯事で、僕は頭を掻《か》いた。夷川さんのように堂々と場を仕切ることはできなかったけれど、それも含めてディアハンツになっていた。

扉が開いて、別の客が来た。野宮さんだった。

「こんばんは。わ、今日も賑やかやな」

「いらっしゃい」

僕はいつも通り声を掛けた。この前の強い風が吹いていた夜から、僕は少しだけ野宮さんに近づけたと思っていた。

しかし別の声が聞こえた。

「へえ、ここがディアハンツ」

野宮さんの頭の上から、知らない男が顔を出した。その男の手が彼女の肩にしっかり載っているのを見て、僕はしばらく動けないでいた。

「あ、紹介するね。私の高校のときの先輩なの」

その先輩は僕と同じ大学の一つ上だと言った。ナイキの大きなロゴがプリントされたパーカーを着ていた。二人は奥のソファに並んで腰掛けた。

「一緒に飲んでたんよ」

僕が聞く前に野宮さんが言い、男は何も言わずに横で小さく頷いた。二人は適当なカクテルを頼んだ。カウンターに座る北垣が、僕に意味深な目を向けて小声で言った。

「おい、野宮さん男連れだぞ」

「……そんな日もあるよ」

「そんな日もって。田辺が女を連れてきた日は見たことがない」

江本さんがグフッと笑った。僕は口を閉ざし、カウンターに座る先輩たちは顔を見合わせた。

僕が野宮さんにお酒を持っていっても、二人は生返事しか寄越さなかった。そして、カウンターには届かない程度の声量で、親しげに何かを話し込んでいた。

二人の体は近づき、時折、男の肩が野宮さんの胸元にあたって、胸の形が変わった。男が馴《な》れ馴《な》れしいせいか、彼女の胸が意外に大きいせいか分からなかった。

カウンター越しに、今度は江本さんに話し掛けられた。

「ちょっとマスター、このゴッドファーザー、味おかしいんだけど」

「え？　……あ」

アマレットのリキュールを入れるはずが、間違えてブランデーを入れていた。慌てて作り直したけど、僕は気もそぞろで、手元が覚束ないまま時間が過ぎた。日付が変わる頃、野宮さんは先輩と二人で席を立った。

「そろそろ帰るわ」

隣にいた先輩は、僕に小さく頷くだけだった。やはり野宮さんの肩へ手が載っていた。

「あ、うん、また」

僕の小さな声に返事は来なかった。二人はいそいそとディアハンツを出ていった。

部屋の中には白けた気配が漂った。江本さんがやれやれという顔を浮かべて呟いた。

「二人で出ていっちゃったなあ。野宮さんも露骨だねえ」

北垣が煙草をふかしながら言った。

「田辺、どうすんの？」

「……何で僕？　別に、僕には関係ない」

僕はむっとしながら答えた。カウンターの先輩たちは肩を竦め、顔を見合わせた。

「いやー、それは無理があるわ」と江本さん。「ですよねえ」と北垣。

僕は口を尖らせ、「店仕舞いです！」と叫んだ。

その日を皮切りに、野宮さんは色んな男と一緒にディアハンツから帰るようになった。男連れでディアハンツへ来ることもあれば、その日に親しく話し込んだ男と一緒に店から出ていくこともあった。

夏が近づくせいか、それとも野宮さんがより開放的になっているのか、彼女の露出も派手になっていった。男連れだったある日には肩が出たブラウスを着ていて、ソファ席でその肩に男の手が回るたび、僕は憤然とした。

僕に見えているのはディアハンツという氷山の一角で起きていたことだったから、野宮さんにどれだけの相手がいるのかは分からなかったし、分かりたくもなかった。

もちろん野宮さんが一人でディアハンツに現れ、一人で帰っていく日もあった。

「今日は野宮さんだけなんだ」

「うん。うち、そんな友だち多くないけど」

「僕よりは多い」

野宮さんは「そんなことないやろ」とカウンターで笑った。いつも通りの笑みだったので、僕は彼女に何も尋ねられなかった。その代わりに言葉を挟んだのは、横にいた北垣だった。

「最近の野宮さんは、男といない方が珍しい」

野宮さんは「ええ？」と困ったように笑った。

「まあ確かに、みんな私に優しくしてくれるけどな」

「調子づいてるよなあ。女子大生の本領発揮って感じだ」

北垣は大袈裟《おおげさ》に溜息をつき、野宮さんは「やめてよ」とむくれた。

「別にええやろ。夏も近いし、夷川さんもおらんし」野宮さんはそれから僕を見た。「朔くんも私を責める？」

野宮さんに見つめられると、僕は言葉に詰まってしまった。

「……マスターとしては、ここで揉めごとを起こされると困るけど」

言いたいことがたくさんある気がした。でも、僕はひどく臆病な気分になるのだった。

僕のざわついた心を慰めたのは汀《ちょう》先生の淀《よど》みない声だった。

「ご機嫌よう」

それが授業開始の合図だった。「中国文化史Ⅰ」の教室の人数は週ごとに減った。しかし僕は毎週その授業に出続けた。汀というその先生は、いつも変わらず淡々と、しかし漢詩への愛のみで授業を進めた。

「杜甫は旅に生き、旅に没しました。政治の要職を求めながら、漂泊する自らを嘆き続けたのです。そもそも当時の中国は詩を作れることが政治家に必須の条件でした。科挙の試験を見れば分かります。彼の詩への熱意は、そのまま世のために尽くしたいという燃え上がる希望でもあったのです」

先生は杜甫をそう説いた。

『一片花飛減却春

風飄万点正愁人』

『一片の花の飛べば春を減却するに、風は万点を飄《ひるがえ》して正《まさ》に人を愁えしむ』

花びらが一枚飛んでいくと春は遠のいていくから、花を飛ばす風にも深い愁いを覚える。幾世紀を隔てても人の機微は変わらない。千年前からやって来た洞察は今も生きていた。

すでに桜は散っていた。しかし僕は風に舞った花びらを追い駆けて、大学の図書館に彷徨い入った。その花びらは器用に通路を抜け、物静かな書庫へ迷い込んだ。

書庫の照明はセンサー式になっていた。僕の歩みに光が続いた。物言わぬ資料はただ年月の重みをもって僕を取り囲んだ。少し日に焼けた旧版の新書から、触るのが憚られる数百年前の和本まで、あらゆる本が無造作に並べられていた。僕はその間に紛れた漢詩の解説書を手に取った。

予定のない真っ新な時間を僕は気の向くままに使った。ディアハンツで酒を作り、『代数学入門』や『微分幾何学』を読み散らかし、休憩がてら漢詩を眺めて、それからよく散歩をした。

鴨川の河原を北上し、鴨川デルタの分岐をある日は東に、ある日は西に進んだ。東はすぐに幅が細くなり、山の景色が近づいた。西にはよく整備された公園が続き、都市の暮らしと溶け合っていた。

別の夜には哲学の道を歩いた。銀閣寺《ぎんかくじ》の辺りから南に進み、さらに南禅寺へと足を運んだ。梅雨近くになると蛍が飛び始めた。夜の景色に埋め込まれた光から外れて、蛍は緑の点滅とともに飛んだ。勘違いかと心もとなくなる光だったから、僕は闇夜で目を凝らし続けた。

七月に入ると、梅雨明けを待たずして蟬が鳴き始めた。締まりのない長雨は少しずつ午後に追いやられ、やがて青空と夕立のコントラストに変わった。

終盤に入った「中国文化史Ⅰ」の授業中、詩を解説していた汀先生がふと窓の外を見つめた。Tシャツ姿の男子学生が厚い本を五冊ほど抱えて強い西日の中を歩き、コンクリートに濃い影を落としていた。先生は微笑んで言った。

「本は夏に見ると暑さがいっそう増したような気分になりますね。厚ければ厚いほど、あの無言の気配が重苦しい。そう思うことがあります。とはいえ私は読むのが仕事ですから、文句を言ってはいけませんね」

それから少し空を見上げて付け加えた。

「糺《ただす》の森《もり》の古本市もそろそろです。あれは森の木陰のもとで催されますが、それでも暑さには困ったものです。私も彼のように、本を抱えながら背中を焼かれるんでしょう」

汀先生はそれから咳払いを一つして、また解説に戻っていった。

その夜はディアハンツを開ける日だった。キューチカへ降りると、物狂おしい蒸し暑さが僕を溺れさせるように取り囲んだ。キューチカの最大の敵は湿度だった。空気の流れが悪く、ここの壁を調べてみれば新種のかびが二、三は見つかりそうだった。

ディアハンツに入ると、すぐに冷房を入れ、埃とヤニのついた年代物の除湿機を稼働させた。冷凍庫に入れたライウイスキーでハイボールを作って飲んだ。夏のディアハンツでは氷を多めに入れるよう大桂さんに命じられていた。

「これは審美的な問題ではない。極めて実践的な問題なのだ」

ひすいのような粒の汗を流した大桂さんは、僕に何度もそう言い聞かせた。

ハイボールを飲みながら客を待っていると、扉が開いた。カランコロンと音が鳴り、視線を上げたのは野宮さんだった。

「こんなベルあったっけ?」

「この前つけた」

入り口につけたカウベルはバイト先で貰ったものだった。僕はドラッグストアでのバイトを続けていた。休憩時間中に芸大の緑髪の先輩といたとき、大学内でバーのようなことをしているという話をした。すると次の出勤日に、アトリエに落ちていたというカウベルをくれた。

「バーはカランコロンいった方がいいって。絶対」

緑髪の先輩にそう断言されると、カランコロンといっていない方が異常な気がした。

野宮さんは扉をもう一度開けて、カウベルの音を確かめてから「ええな」と呟いた。僕は頷いた。つけてよかったと思った。彼女はスプモーニを頼み、僕は氷いっぱいでそれに応えた。

「喫茶店みたいやな、このベル」

「確かに。クリームソーダでも出そうか」

「素敵。夏っぽい」

野宮さんはハンカチで汗を拭いながら言った。そのたびにノースリーブから肩が覗いて、僕は何だかやり切れない気分になった。今日の彼女は一人で、僕は小言を挟みたくなったけれど、気分がみみっちくなるのでやめた。

「そういや、みたらし祭《まつり》も始まって、すっかり夏って感じやなあ」

「みたらし祭?」

「朔くん知らんの? 下鴨《しもがも》神社の夏の風物詩だよ。境内にある池に裸足《はだし》で入るの」

「……初めて聞いた」

「せっかく京都にいるんやから行かなあかんよ。夏の京都はイベントが多いの。祇園祭《ぎおんまつり》とか、川床とか、あとは古本まつりとか。夏の古本まつりも下鴨神社でやるんよ」

「あ、それは今日ちょうど先生に聞いた。今度行こうかなって思ってる」

「へえ。やっぱ研究者もよく行くんかな」野宮さんは首を傾げて言った。「自信満々に紹介したけど、古本まつりだけ行ったことないわ」

僕は「なんだ」と笑ってハイボールを一口飲んだ。野宮さんは煙草に火を点けた。転がり込んだ沈黙の中で除湿機が粛々と仕事をこなしていた。僕がハイボールを飲み干したとき、野宮さんは次の一杯を頼むように何気なく言った。

「古本まつり、朔くんが行くならうちも連れてってよ」

僕ははっと顔を上げた。野宮さんの微笑みがこちらを捕まえるように向いていた。

「いいよ」

そう答えると、急に酔いが回った気がした。

「やった。約束な」

野宮さんはまた涼しい顔で言った。僕は上手く返事ができなかった。

そのときカウベルが鳴った。野宮さんの目にこちらを窘《たしな》めるような光が灯り、すぐ消えた。

「またこのメンツか」

新たな客は北垣だった。野宮さんは「ほっといて」と冗談めかしてむくれた。でも僕は、心拍が速まったまま、ぎこちなくハイボールを飲むことしかできなかった。

僕と野宮さんはもう古本まつりの話題を口にしなかった。その共犯めいた気配にますます混乱したけど、相談できる相手はどこにもいなかった。

◇

下鴨神社に来たのは、北垣との年越し以来、二度目のことだった。

鴨川と高野川《たかのがわ》の合流地点、つまり鴨川デルタの北側に下鴨神社はあって、家から歩いて十分ほどで着くことができた。とはいえここは京都の世界遺産を構成する由緒正しい神社でもあるから、そのありがたみを享受せずに大学で時間をすり潰している僕のような学生は、よほど罰当たりかもしれなかった。

僕はその境内の入り口で野宮さんを待っていた。

多少は厳かな気持ちで行こうとしたけれど、今は神様より何より、履いている白いスニーカーについた黒い汚れが気になって仕方なかった。それを取ろうと反対の足で触るたび、余計な汚れが付くような気がして、僕は不毛な奮闘を続けていた。

「おはよ」

「わ」

顔を上げると、そこに野宮さんがいた。「そんな驚かんといてや」と彼女は楽しそうに笑った。

「何か、明るい時間に朔くんと会うのは新鮮やな」

野宮さんは胸にリボンのついたブラウスを着て、ミニスカートを穿《は》いていた。切り揃えられた髪の毛先が、白い肩の上で揺れていた。どこをどう切り取っても、怖いくらいに女の子という感じだった。僕は「そうだね」と曖昧に返事をした。

「はよ行こ」

野宮さんは僕が着ていた白いシャツの袖を引いて歩き出した。僕は彼女の隣を歩きながら、背中のむず痒さと足取りのあやふやさを感じていた。僕より歩幅が狭いはずの野宮さんの歩幅に、置いていかれないよう必死だった。

会場である糺の森は、南北に真っすぐ続く神社の参道の一部だった。左右から長寿の木々が枝葉を広げ、その隙間から塗り潰したような青空が見えた。道の両脇に所狭しとテントが並び、持ち込まれた本棚の前で人々が立ち止まって頁《ページ》を捲《めく》っていた。

「外に本棚が並んでるのって、何か不思議」

僕が視線を彷徨わせている間に、野宮さんは右のテントに近づいていった。色が揃った各社の文庫本に、『現代思想』のバックナンバー、日に焼けた箱入りの本の列があれば、やけに分厚い洋書のペーパーバックが積まれた台もあった。レコードや週刊誌、ポストカードなども並んでいた。

野宮さんは本を一冊手に取り、少し捲ってから戻した。僕も彼女に倣って棚から本を抜き出した。わずかに劣化した背表紙を落ち着かないまま撫でた。手触りに何のヒントがあるわけでもないのに、それを繰り返した。

「朔くんは本読むん？」

突然話し掛けられて、僕は肩を竦めた。

「……月に二、三冊くらい、かな」

それは嘘《うそ》で、教科書を除けば一冊読むか読まないかくらいだった。

「なら、私も同じくらい。大学生になる前の方が読んでたなあ」

「野宮さんは本、好きなの？」

「好きだけど、随分といい加減な読み手や」

相変わらずどこか上の空なまま、目に留まったものを手に取っては戻し、テントを巡っていった。そして辿り着いたのは、自然科学系の本が集まった店だった。『岡潔《おかきよし》　多変数関数論の建設』のタイトルを見つけて僕は足を止めた。それを手に取り中身を開くと、ようやく本の内容が頭へまともに入ってきた。

「何それ」

野宮さんが僕の手元を覗き込んでいた。

「多分、岡潔の解説書」

「誰それ？」

「日本の数学者だよ。多変数関数論っていう、つまり複素数の多変数関数を扱う分野を確立させた人なんだ。確か、連続な解があればその解は解析的になるっていうのを明らかにして、無限個の関数を調べなきゃいけないと思っていたところを、有限個で済むようにしたんだけど」

僕は頁《ページ》を選んで野宮さんに見せようとした。振り向いたとき、彼女と真っすぐ目が合った。すぐ横に彼女の顔があり、その胸の膨らみが僕の腕に当たっていた。

「あ、やっと止まった。びっくりしたわ、今の日本語？　何も分からんかった」

脳裏に浮かんでいた複素数平面の図が、腕に触れた柔らかさによって掻き消されていった。僕は目を瞑《つぶ》り、それから慎重に息を吐き出し、本を閉じた。

「え、見せてくれんの？」

「立ち読みはよくない」

僕はその本を奥にいた店主へ渡した。草を齧《かじ》るヤギのようにつまらなそうな顔をした店主が、

「六〇〇円」と言いながらその本を紙に包んだ。

本を受け取ると、僕は足早にテントから出た。「急にどうしたん？」と野宮さんが追い駆けてきた。

「トイレ」

僕はぱっと言い捨てて、振り返らずに歩いた。

野宮さんはいとも簡単に僕へ近づいてしまったし、僕はいとも簡単に動揺してしまった。まるでデートのようだったけど、野宮さんがこの時間に何を思っているかは確信が持てなかった。

糺の森を出る頃、僕らの手には本の詰まったビニール袋があった。

「朔くん、まだ時間あるなら茶でもしばこ」

「しばく？」

「ああ、お茶しよって意味。朔くんのところは言わんの？」

「言わん言わん」

「あ、うちの喋り方に引きずられとる」

野宮さんはケラケラ笑った。僕はむっと口を尖らせてから、彼女を真似《まね》て言った。

「ほな、帰り道に、茶でもしばこうか」

「わ、偽物」野宮さんは嬉しそうだった。「惜しいな。『帰り道』ちゃう、『帰りしな』や」

僕らはしばらく歩き、昼下がりの『喫茶船凜』にやって来た。僕はアイスコーヒーを、野宮さんはミックスジュースを頼んだ。二人で買った本をテーブルに並べた。

野宮さんが買ったのは、投げ売りされていた川端康成《かわばたやすなり》の『みずうみ』の文庫、二十年前の『オレンジページ』、それから『春画の世界』というムック本だった。その表紙になっている艶《なま》めかしい裸の女の浮世絵が、嫌がらせのようにテーブルから僕を見上げていた。

「古本なんて買うの初めて。何か、使われなくなった子ども部屋にずーっと置かれてたみたいな感じ。表紙の擦れた感じとか」

僕はその言葉に頷きながら、自分の買った『函数論《かんすうろん》』の古めいた箱を撫でた。その箱はひどく焼けていて、僕は随分と割安にその教科書を買えた。ちょうど窓から手元に強い西日が降っていた。

「この本も、どこかの本棚にずっとあって、何年も光を浴びてたのかな」

僕は呟いた。野宮さんは首を傾げ、僕を覗き込んでいた。

「朔くん、ずっと上の空やね」

「え？　何で？」

「いつもの朔くんはもっと口下手や。今日はずっと流暢《りゅうちょう》に、というかふらふら喋ってる」

「……そうかな」

「何考えてたん？」

ストローに口をつけながら、野宮さんは返事を待っていた。

そのとき、太陽の傾きが進み、店に差す光がさらに茜色を帯びた。強い光にその光景を切り取られて、目の前に野宮さんが座っているというこの状況が、僕の脳裏に貼り付けられたみたいだった。

「野宮さんはどうして僕を誘ったんだろうって、考えてる」

向かいで野宮さんが、堪《こら》え切れないというふうにストローから口を放して笑った。

「そんなこと聞かれるの、初めてや」

流し目を窓に向けて、野宮さんは頬杖をついた。

「別に、朔くんと一緒に遊びに行けたら楽しいなって思っただけや。朔くんは楽しくない？」

「楽しい。とっても楽しい」

「ならよかった」

「でも、楽しいだけなのかな、とも思う」

野宮さんが僕に向き直って目を細め、わずかに身を迫《せ》り出した。

「デートだけじゃ嫌なん？」

その眼差《まなざ》しはこちらの心をこじ開けるように、悪意すら感じる勢いで僕に迫った。周囲の音を押しのけていくみたいだった。僕の中で何かがぐらりと揺れた。

僕は咄嗟《とっさ》に身を引いた。椅子が擦れて響き、周りの視線がふと集まって、また離れた。野宮さんは驚いていた。いつもの細い目が今はしっかりと開いていた。

「どうしたん？」

そう聞かれたけれど、尋ねたいのは僕の方だった。狂おしいほどの吸引力をそこに見た。野宮さんの中に強い渦が巻いて、僕は身を引かなければどこまでも落ちていきそうだった。その眼差しはテーブルにある浮世絵の瞳と重なった。

「何か、おかしいよ」

僕はひどく憤っていた。額を押さえながら言った。

「何かって？」

全部、変に思えた。こうして二人で過ごす間の高揚感も、すぐそこにいるはずの野宮さんの決定的な遠さも、情けないほどの僕の苛立ちも。

「野宮さん、どうしてディアハンツに色んな男の人を連れてくるの？」

「……何で今、そんなこと聞くん？」

「だって変だよ。ずっと思ってた」

「ほっといてや。遊んでてもええやん。朔くんには関係ない」

「それなら、どうしてそんなに後ろめたそうな顔をするの」

「してない。朔くんの勘違いや」

僕が惹《ひ》かれたのは、そういう野宮さんではなかった。

「じゃあ、どうして野宮さんは、夷川さんのことに傷つき続けているの？」

野宮さんは何かを言おうと口を開いたけれど、その先が続かなかった。彼女の元に立ち現れた、さっきの大きな渦はもう鳴りを潜めていた。

「嫉妬してるだけやん。うちのこと、好きなんやろ」

野宮さんは言い捨てるように呟いた。僕は動揺したけれど、堪えるように言った。

「分かってるならなおさら、こんなふうに誘うのはよくないよ」

「よくないと思うなら来なきゃよかったやん。分かってないのは朔くんの方や。意気地なし」

僕は体に穴が空いたような気分だった。

「……分からんわ。分からんことばっかや」

野宮さんは弱ったような目をした。僕ははっとした。

愛憎という言葉の意味を初めて理解した気がした。目の前の存在に恋をしながら、その実、敵意を覚えるということが人間にはできるのだ。

野宮さんは自分に言い聞かせるように呟いた。

「うちはまともじゃないし、強くない。だから誰かの隣にはいられない」俯いて唇を噛《か》み、そのまま席を立った。「それだけや」

野宮さんは僕を置いて店を出ていった。僕はその場から動けず、日の沈むまでの時間を数えるように、ただじっとその席に座っていた。

◇

後期が始まった。僕は前期よりもますます授業に出なくなった。

『ほっといてや』『うちのこと、好きなんやろ』『意気地なし』

この休みのうちに数万回は反芻《はんすう》した野宮さんの言葉を、僕は懲りずに秋晴れの空へと浮かべた。

遠くにせわしない足音を聞きながら、旧文学部棟の中庭にある大理石のベンチで寝転んでいた。

乱れた心を鎮めてくれたのは、僕の視線の先で揺れる花瓶の花だった。

それは中庭にある石造りの洗い場の上に置かれていた。まさにちょこんという音がしそうな具合で、赤黄色の花が何本かまとめて瓶に挿されていた。

欠伸が込み上げて、僕は陽《ひ》だまりの中で瞼《まぶた》を閉じた。しかしすぐ顔に煙を吹きかけられた。北垣の吸うピースライトの乾いた匂いがした。

「最悪」と僕が呟くと、「おはよう」と北垣は笑って、それから言った。

「あの花瓶って前からあった？」

「先月くらいから誰かが生けるようになった」

初めはジャックダニエルの空き瓶に小ぶりのヒマワリが挿されていた。そのヒマワリが蘭《らん》に代わり、次にはピンクの菊になった。今、使われているのはフロムザバレルの空き瓶だった。ディアハンツでは空き瓶をこの洗い場で洗い、干してから捨てていたのだが、その乾燥中の瓶にいつからか花が生けられるようになっていた。

僕は呟いた。

「あれは旧文学部棟の良心だよ」

「じゃあその良心のためにも、色んな瓶を飲み干さなきゃ」

今日は北垣とディアハンツの仕入れをする約束だった。数か月に一度、業者に頼んで大規模なお酒の仕入れを行っていて、そのときはいつも彼に手伝ってもらった。『喫茶船凛』の定食と引き換えだった。

僕らは業者のバンが来る東門まで台車を押しながら歩いた。

「田辺、ディアハンツに他のマスターを入れるつもりはねえの？　いつまでも俺が手伝えるわけじゃないし」

「そうなの？」僕は尋ねた。「北垣はどうせ暇でしょ？」

「……まあ、どうせ暇だけどな」

業者から炭酸やトニックウォーター、リキュールが入った箱を受け取り、台車で旧文学部棟まで戻ると、そこからは箱を担いで運び込んだ。もう一人くらい人手が欲しいと北垣に文句を言われながら、どうにか部室に押し込んだ。

その次には部屋の掃除が待っていた。僕らは動かせるものをすべて人気《ひとけ》のない廊下へ出してしまい、床を一気に掃いた。部屋に埃が立ち込めた。

北垣のリクエストでBGMは銀杏《ぎんなん》BOYZのアルバムになった。終わることのない恋の歌が続く中で、粛々と掃除をしていた。それが一通り終わる頃、机を拭く手を止めて北垣が尋ねた。

「そういや最近、野宮さんって店に来てるか？」

「……あんまり」あの夏の一件以降、彼女はディアハンツに現れなくなった。その話を伏せ、僕はなるべく自然に尋ねた。「どうして？」

「あいつ、彼氏ができたらしいぞ」

「え？」

僕は耳を疑った。ちょうど曲が変わり、ギターが掻き鳴らされていた。

「だから、彼氏」

僕はフリーズした。カ、レ、シ、という音の繋がりが脳内で壊れてしまった。

「最近、測度論の自主ゼミをやってるんだけどさ、そこに入ってる工学部のやつが、彼女ができたって喜んでたんだよ。で、写真を見せてもらったら野宮さんがいるわけ。居酒屋で向かいに座って、澄まし顔でピースしてるの」

どうして？

僕は無性にやり切れない気持ちになっていた。

「……相手はどんな人？」

「フツーのやつだよ。アホで、麻雀好きで、彼女できたってはしゃぐようなやつ。野宮さん、あいうのが好きなの？　って俺、首傾げちゃったもんな」

それから北垣は憐れむような顔で言った。

「お前、野宮さんはやめとけよ。ろくな女じゃないだろ」

見透かされた恋心を隠す余裕はなかった。

「今さらだよ」

僕は持っていた箒《ほうき》を手放し、ソファに崩れ落ちた。年代物の匂いがした。

「はあ」北垣は溜息交じりに僕の肩を叩いた。「俺はお前の方がいい男だと思うぜ」

「……それはさ、野宮さんに言ってもらわなきゃ意味がないよ」

「うわ、面倒くさ。勝手に拗《す》ねてろ」

僕は起き上がり、カウンターの中へ入ってウォッカトニックを二杯作った。そのうち一杯を北垣に渡した。

「飲もう」

「お前なあ」

北垣は文句を言いつつも付き合ってくれた。僕はスピーカーのボリュームを上げた。

『抱きしめてくれ　かけがえのない愛《いと》しいひとよ』

曲は高らかに歌い上げ、僕はグラスをすぐ空けた。

僕の代わりに音楽が叫ぶと、午後は流れていった。僕は酔いながらソファに沈み込み、北垣は向かいで何かの本を開いていた。ディアハンツは地下にあるが、天井近くに横長の細い窓があり、そこから光が入るようになっていた。白い光に輝きながら舞う埃を目で追った。

「ねえ」

何度目かの失意の中にいた僕は、その声に気付かなかった。

「ねえ、ちょっと」

よく通る怒声にやっと反応して体を起こした。ディアハンツの入り口に、腕を組んだ女の子が苛立ちながら立っていた。女主人のようにこちらを見下ろす姿が、妙に様になっていた。

「この荷物、邪魔なんだけど」

彼女は親指で廊下を差した。僕らは掃除のために部屋から出した備品を、まだ片付けていなかった。「あ、ごめん」と咄嗟に僕は頭を下げた。北垣はきょとんとした顔で言った。

「それ、車のバンパー？」

北垣が言ったのは、女の子が引きずっていた荷物だった。大物のエイみたいな形をした金属板を彼女は運んでいた。それが椅子に引っ掛かっていたのだ。

「そう、演劇で使うの。そうだ、これを使った劇を来月やるの。来てよ」

彼女はバンパーを乱雑に壁の方へ転がし、ビラを取り出して僕らに押しつけた。

『劇団地平・旗揚げ公演、蝶《ちょう》の踊るトランクルーム。脚本・演出・主演三井香織《みついかおり》』

「私が三井。よろしく」三井さんはそう名乗り、それからディアハンツを覗き込んだ。「ここ、何かの部室？　せっかくだし、あのビラ貼っといてよ」

「あ、うん」

「それと、早くどけてよこの荷物。奥に行けないでしょ」

三井さんは、キューチカの突き当たりにある演劇サークルの共用倉庫までバンパーを置きに来ていたらしい。僕らはディアハンツの備品を片付け、それからちゃっかり、三井さんの劇団の片付けまで手伝わされたのだった。


その日の夜、三井さんは再びディアハンツへやって来た。

彼女は僕らと同回生で、もともと入っていた劇団から独立したそうだ。僕らをあっという間に従えた彼女は、確かに座長に向いていた。

「どの劇団もみんなぬるいやつらばっか。忙しくすることに気持ちよくなって自己満足みたいなウジウジした劇ばっか作ってる。私はもっと面白いものをやりたいの」

三井さんがカウンターで演劇論を語り、北垣はその横で適当な相槌《あいづち》を打っていた。

「面白い、なあ。具体的にはどんな？」

「誰にとっても明らかに面白い演劇。一目見て、この場にいてよかったって思えるもの」

「何か曖昧じゃねえか？」

「言葉で伝えられたら演劇なんていらないのよ。だから、ひとまず観に来なさいって」

空席を一つ挟んで座っていた江本さんが、その様子を見て僕だけに聞こえるように言った。

「どこかの令嬢と、お目付け役のＳＰみたい」

確かに仁侠《にんきよう》映画の世界から出てきたような二人だった。椅子に座っても背がすっと伸びている三井さんはディアハンツで使えるわけもないブラックカードを取り出しそうだし、ガタイのいい北垣は懐に警棒を忍ばせていても違和感がなかった。

「そして、カウンターの男女がキャーキャー言ってる頃、マスターは一人失恋に泣いているのでした」

「……やめてくださいよ」

江本さんはガハハと笑った。彼女は人の不幸で酒を飲む天才だった。その笑い声に食いついたのは三井さんだった。

「どうしたの、田辺くん。失恋？」

「そうなんだよ」北垣が僕より先に話し始めた。「こいつ、好きな子に彼氏ができてさ。ここによく来る子なんだけど、マスター面して何もしないうちに、取られちゃったらしい」

「マスターだし。それに、何もしてなくはないし」

「え？」

「前、一緒に遊びに行った」

カウンターの注目が僕に集まった。江本さんがカウンターから身を乗り出して僕の頭に手を伸ばした。

「あら、偉いねえ。ちゃんとデートしたの！　それ以上も！」

「いや、違います。やめてください」

僕はその手を振り払った。好奇の目は僕から離れてくれなかった。それに、僕も誰かにすべて打ち明けてしまいたい気分だった。脇汗が滲むのを感じながら、僕は話し始めた。遊びに行って、喧嘩《けんか》をしたこと。野宮さんに彼氏ができたこと。

「えー？」「うわあ、なるほどなあ」

前者は北垣、後者は三井さんだった。

「何がなるほどなんだよ。俺はよく分かんねえんだけど」北垣は僕の瀬に立った。「だから、野宮さんはもう少し遊びたくて田辺に声を掛けたんだよな。で、それに腹が立って田辺が怒って。そしたら野宮さんも怒っちゃって。……それなのにすぐ彼氏を作った。どういうことだよ」

つまり、と三井さんが口を挟んだ。

「田辺くんに窘められて、その子は彼氏を作ったわけじゃん。ってことは、やっぱり田辺くんに影響を受けたんだよ」

「じゃあさ、野宮さんは田辺とは付き合わないわけ？」

「そりゃ、田辺くんに至らないところがあったんでしょ」

三井さんは辛辣で、横の江本さんが噴き出していた。僕は自分の成績の悪さで両親が揉めているときのような気分で、ただただ肩身が狭かった。

「ねえ、田辺くん」三井さんはカウンターに身を乗り出し、片肘をついて僕を見上げた。「どうやったら女の子とキスできるか知ってる？」

「え？」

「女の子とキス、男の子ならしたいでしょ」

「誰彼もってわけじゃないよ」

そう言いながらも僕は考えた。唇を突き出していたところで女の子はやって来ないのだと、いつも以上に口を尖らせて首を傾げたが、ろくな答えは見つからなかった。

ギブアップというふうに首を振ると、三井さんは嬉々《きき》として言った。

「正解はね、女の子とのキスを知っています、って顔をするの。そんなの当たり前ですよって顔。知ったかぶりでいいから、その顔つきを変えちゃ駄目。そうしたら相手も安心して、当たり前にキスに応えてくれる」

僕はキスを知っている顔というものを考えた。頬骨の辺りに妙な力が入って、くすぐったくて顔をくちゃくちゃにした。

「……難しいこと言うね」

「でも、きっとそうなんだよ」三井さんは動じなかった。「どんな物事も上手くやるには知識が必要。でも、初めは知らないのが当たり前。慣れてないなら、せめて知っているふりをしなきゃいけない。そして、知っているふりをすることこそ度胸だと私は思ってる」

それから三井さんは胸を叩いて笑った。

「私も今、知ったふりをして言ってみた」

ああ、この人は生まれながらに女優なんだ。僕はそのとき妙に納得して、彼女の劇団の公演を観に行こうと決めた。

そのとき、カウベルが鳴った。

「こんばんは」

扉が開いた先にいたのは野宮さんだった。

カウンターの面々は息を呑み、黙り込み、見ず知らずの客同士のようにお酒を飲み始めた。僕だって狼狽えていたけれど、先の三井さんの言葉が効いた。知っているふりをする。野宮さんが久々にここへ現れた意味だって、僕は今、知っている。そんなふりをする。

「いらっしゃい」

僕は微笑んだ。野宮さんがいつも浮かべる細めの笑みを頭に浮かべていた。

「……久々やね」

野宮さんはわずかに安堵《あんど》したような表情になった。それは僕にも伝わって、次の勇気になった。

彼女がカウンターに腰掛けると、僕はすぐに切り出した。

「この前はごめん。言わなくていいことを言った」

野宮さんは少し驚いた顔をして、それから口を開いた。

「うちもごめん。せっかく楽しかったのに、雰囲気悪くしちゃった」

僕らの目が合った。そこに、僕が恐れたような狂おしい吸引力はもう見当たらなかった。

「新しいお酒、増えたね」

「あ、うん。今日は仕入れをしていて」

僕は未開封の箱を開けて瓶を取り出した。野宮さんはその様子をじっと見ながら、どこか緊張したような薄い笑みを浮かべ続けた。

野宮さんがカウンターの端でウイスキーを飲み始めた頃、僕はそちらにそっと近寄った。

「もう来てくれないかもって思ってた」

「……うちも、もう来れへんかもって思った。でも、今日はどうしても帰りたくなくて」

野宮さんの表情は曇ったままだった。しばらく黙ってお酒を飲み、彼女はようやく口を開いた。

「お母さんと喧嘩しちゃって。私、喧嘩してばっかやな」

野宮さんは笑ったけど、僕は小さく首を振った。それから彼女は続けた。

「最近、お母さんずっと機嫌悪かったんよ。昨日、お母さんの誕生日だったからプレゼントをあげたんやけど、別に欲しくない、みたいなことを言われてさ。今朝もお母さん、顔見たくないからはよ大学行けって言うから、そりゃお父さんも愛想尽かすよなって言い返して出てきちゃった」

眉間に皺《しわ》が寄るのを感じながら、僕は開けたてのウイスキーを飲んだ。若くて辛いバーボンで、今の気分にはちょうどよかった。

「……野宮さんとお母さん、どっちが子どもかよく分かんないな」

「いつまでもそう。あの人は多分、母親ってものになったためしがないんよ」口から零《こぼ》れた野宮さんの言葉は鋭かった。「家、帰りたくないなあ」

野宮さんが嫌そうに呟いて、それから僕の視線に気付き、悪戯めかして続けた。

「コンヤハカエリタクナイ」

「そろそろ店仕舞いかな」

「ちょっと」

僕は溜息をついてから言った。

「彼氏のところに帰ったら？」

野宮さんはびっくりした表情をコンマ一秒浮かべて、それをまた微笑みのうちに沈めた。

「……耳が早いね」

「その方がバーテンダーっぽい」

「知られたくなかったわ」

「どうして？」

「朔くんが嫌な顔するから」

「しないよ」僕は首を振った。「でも、意外だった。当分は誰とも付き合わないんだと思ってた」

「朔くんに怒られたから付き合ったんや」

「え？」

そのとき、野宮さんは確かに悲しい顔をした。

「みんな、すぐうちのことを好きになる」僕は野宮さんに釘《くぎ》づけになった。彼女は自嘲して続けた。「それで私は、その人のこと無茶苦茶にするんや」

その言葉に秘められた確信が怖かった。

『私はまともじゃないし、強くない。だから誰かの隣にはいられない』

野宮さんの呟きが耳に蘇《よみがえ》った。そんなことない、と言おうとしても、彼女が見せた深淵《しんえん》に続くような笑みが脳裏をよぎって、僕は言葉を奪われてしまった。

「……自信過剰だよ」

僕は不貞腐《ふてくさ》れたように言った。そうやって片付けるしかなかった。野宮さんは溜息を注ぎ入れるように、ロックグラスの氷に指先で触れた。

ガタンと音がした。

見れば、北垣が体を三井さんに寄せながらカウンターに伏していた。彼女も彼女でそれを受け止めながら、顔色を変えずにウイスキーを飲んでいた。彼女はすでに八、九杯目くらいのはずだった。

「ねえ、田辺くん」三井さんが言った。「北垣くんっていつもこんなふにゃふにゃ？」

「多分、三井さんのせいだと思う」

僕が言うと、江本さんはゲラゲラ笑った。僕も力が抜けた。それは、野宮さんがくしゃりと頬を緩めていたからだった。その野宮さんと目が合った。その眼差しは、細く絞られてから脇に流れた。そこには未だ後ろめたさの片鱗《へんりん》があって、僕はまた胸が苦しくなった。

野宮さんのことは分からないままだった。その不可解さに惹かれるけれど、それが叶《かな》わない思いなのも知っていた。それでも僕は、彼女の微笑みにどこか安心していた。

◇

湿った雨が秋晴れを遮るように二日続けて降った。色づいた葉が落ち、ぬかるみを行くような足音が構内を占めた。その雨を境に街は冷え込み、空は鈍色《にびいろ》に変わった。冬の訪れを皆が知った。

四限が終わって外に出てみれば、空はすでに薄暗くなっていた。理学部三号館の校舎を出た僕は、その冷え込みに身震いしながら歩いた。一面の曇り空のせいで夕暮れの赤い光は差さず、建物の四階近くまで伸びた大イチョウの並木が、迫力を持って影を湛えた。

僕はそのまま厚生課へ向かった。ここにはサークルのためのポストが用意されていた。大抵は何も入っていないが、ときにサークル存続のための手続きなどが投げ込まれることもあるから、こうしてたまに確認しなければいけなかった。

牛乳とパイナップルジュースが切れかけだから買いに行かなきゃ、なんてことを考えていたら、この日のポストには珍しく投函物が入っていた。

青と赤の線に縁どられたそれはエアメールだった。差出人の名を見て僕ははっとした。


『To Dear Hant's, ＊＊. From Ayumu Ebisugawa, the research center of ＊＊, ＊＊』


夷川さんからの手紙だった。

封筒にはいくつかのスタンプが押され、バーコードが貼られていた。僕は寒さを忘れて外のベンチに腰掛け、はやる気持ちのままその封筒を開いた。

『拝啓
これを読んでいるのは田辺だろうか。それともすでにディアハンツは潰れて、手紙はポストの中に置き去りにされるのだろうか。
手紙を書いたのは、クリスマスのエアメールを書いていた仲間から、お前も何か送れと言われたからだ。スペイン人の同僚は祖国の家族に二通を用意していた。一通目は自分から妻へ、そして二通目はサンタから子どもたちに向けて、だそうだ。

ディアハンツの皆は元気でやっているか？

大桂さんが今日も酒を飲み、アカデミアについて管を巻いているのであれば、それは元気ってことだ。夏にこちらへ来た大学の知り合いから、キューチカのバーが復活したという噂話を聞かされた。俺はちょうど漢方みたいな変な酒を飲まされていたけれど、そのときばかりはあのディアハンツでどうしようもないときに飲むウォッカトニックの味がした。

近況報告でもすると、こちらはナイジェリアに入って十か月、中南部にある拠点に腰を据えながらいくつかの村を回っている。キリスト教の普及状況を調べるためのフィールドワークだ。こっちでは知識人階級でない一般層を中心に、アフリカナイズされたキリスト教が確立されている。アフリカはアフリカであり続ける。そういうところが俺は好きだ。

十二月も近づいて街がすっかりクリスマスムードに変わった。この国の片田舎ですらどこかに浮足立った気配がある（日本人と同じだな）。十二月はイスラームの犠牲祭も行われるから、まさに盆と正月が一緒に来たような盛り上がりになっている。かつてはイスラームとキリスト教の小競り合いもあったそうだが、この地域の民族紛争よりよほどマシで、今じゃクリスマスにイスラームが招かれるし、同じ月にあるイスラームの犠牲祭ではキリスト教徒も交じって飲み食いをしているそうだ。つまり大雑把なんだ。

情勢は少し不安だが、帰国の判断をするほどじゃない。何より俺はこの国が好きだから、できるだけ長居したい気分になっている。活気と喧騒に満ちたマーケット、鉛筆を握り締めて学校へ駆けていく子どもたち、競うように身を飾る女たち。今日より明日、国が豊かになるって信じてる奴《やつ》らのエネルギーを、俺はまだまだ浴びていたい。

時折、日本が、とくに京都が懐かしくなることもある。そっちは今頃、憎むように冷え込んだ冬を迎えているんだろう。田辺と飲みに出かけたのも十二月だったな。お前の童貞に百ドル賭けよう。こっちの連中は賭け事好きなんだ。

長くなったが、とにかく俺はこっちで楽しくやっている。ディアハンツがもう少しだけ続いていくことを祈っている。次に帰るときにはマスターの美味い酒を飲ませてくれ。

メリークリスマス。

追伸
野宮美咲は元気か？　もし会う機会があったら、よろしく伝えてくれ』
元の折り目に沿って丁寧に手紙を畳み、ベンチから立ち上がって歩き出した。僕は早足になっていた。気が急《せ》いていたのは夷川さんのことを強く思い出したからだった。
僕をディアハンツへ導き、連れ回し、そしてディアハンツごと置き去りにした夷川さん。
北門から外に出ようとしたとき、僕はふと立ち止まった。自転車で来たことを忘れていた。足で恨めしく地面を打ち鳴らした。
僕は夷川さんの手紙に腹を立てていたのだと、それでようやく気付いた。
夜になり、ディアハンツを開けるためにキューチカへ向かうと、今日はがさごそと動き回る影がいくつかあった。ジッシツの扉が開かれていた。

ちょうど男が一人出てきた。彼は夜闇より黒い学生服を着ていて、僕と目が合うと「お、ディアハンツの」と言った。柏さん、ジッシツの委員長だった。彼は僕のずっと先輩だったが、その顔つきには不思議な若さが宿っていた。

「お久しぶりです」

「いつも隣にいるはずなんだけどね。今からオープン？」

「はい」

柏さんは産毛の親玉のような薄いあごひげを触りながら頷いた。その手元には束になったビラがあった。

「それ、何ですか？」

「ああ。今度、集会をやるんだ。そのビラを今から貼りに行く」

ビラには『本部構内大集会』と見出しが打たれ、『大学当局の学生弾圧阻止』『不当な退学処分を撤回させよう』という文字が躍っていた。来週にジッシツが行う集会の告知だった。

「集会？」

「そう。この前、当局が三人の学生を退学にしただろ？　その抗議集会だよ」

それは構内で少しだけ話題になっていた。別の集会で学生が職員に暴行を加えた、という話のはずだった。

「そもそもは大学寮の寮費値上げへの反対集会がきっかけだった。職員が動画を撮っていたことに抗議をしたら揉み合いになってしまったけれど、学生から殴ったりなんてしていない。証拠の動画もあるのに、大学はそれを聞き入れなかった」

ジッシツから別の男が出てきて「梯子《はしご》の準備できました」と柏さんに声を掛けた。僕が首を傾げると、柏さんに「君も来なよ」と誘われた。

「僕らには対抗する力が必要なんだ。集会という形で学生の自治を見せつけて、いざとなったらこれだけの人数が動くんだということを知らしめなければならない」

「……そしてその隙に、時計台に上らなきゃいけない？」

「もちろん。それも上ってみせるよ」

柏さんはウインクをして、僕とともに階段を上り、旧文学部棟を出た。向かいの建物に梯子が掛かっていた。壁に立て掛けるタイプで、高さは十メートルほどあるようだった。「よし来た」と彼はその梯子を一心に上り、壁にビラを何枚か貼りつけた。

薄曇りの空に太った半月が昇り、透けた光が柏さんを照らした。

「いいかい、僕らの手で大学を学生のものにするんだ」

梯子を押さえる何人かが信奉の目つきで柏さんを見上げた。その顔つきは少年だった。きっと彼は永遠の学生なのだ。不思議と若々しいその姿を見て、僕はそう思った。

柏さんは梯子を降りてくると、僕にビラの束を押しつけて言った。

「君も来てくれるね。僕らはいつだって闘争の中にいるということを忘れちゃいけない」

僕はディアハンツを開けて、そのビラを壁に貼った。

客を待ちながら、『本部構内大集会』の文字列をじっと眺めていた。

僕はジッシツと違って闘争めいたものへの興味は一切なかった。それでも、自分の周りは自分で守らなければいけないと、そんな気がしていた。手に届く範囲の世界を守る、それが僕にできるせいぜいのことで、逆に言えばそれは死守しなければいけなかった。

僕は夷川さんに向かって呟いた。

夷川さん、僕もそのくらいのことは考えるようになりました。もしかしたら、あなた以上にこの場所の未来を思っているのかもしれません。僕はいつも夷川さんと自分を比べます。それはあなたに色んなことを教わったからでもあり、僕があなたのように、ディアハンツと野宮さんのことを思っているからでもあります。

入り口のカウベルが鳴った。

「あれ、うちが最初のお客さん？」

野宮さんだった。僕は咄嗟に夷川さんの手紙を仕舞った。彼女は暖房の利いた部屋でほっと息を吐き、ベージュのチェスターコートを脱いだ。彼女と初めて出会ったときも同じコートを着ていた。

野宮さんはフレンチコネクションを頼んだ。僕は自分用も含めて同じものを二杯作った。

僕らはいつものように雑談をした。野宮さんは話の緒《いとぐち》を探すことに長《た》け（「冬ってやけに眠たいんよな」「どこかに仕舞った手袋が見つからなくて」）、僕は話を広げることが一年前よりずっと上達していた（「冬眠かな。次に会うのは春？」「僕も毎年買い直しているかもしれない」）。

お喋りはいつだって楽しかった。でもそれは、大切なことを先送りにする行為にどこか似ていた。野宮さんが僕に聞いた。

「また上の空？」

僕は虚を衝《つ》かれ、尋ね返した。

「どうして？」

「いつもよりずっとよく喋るから。……夏にもあったね、こんなこと」

野宮さんは脇に目を向けながらいじわるく笑った。僕は口を尖らせた。

「僕が出まかせばかり言っているみたいだ」

「ちゃうの？」

「上の空じゃなかった。多分、逆だよ」

「どれが、どう逆？」

僕はぼおっとしていたわけではなく、野宮さんにずっと集中していたのだ。僕は夷川さんからの手紙を取り出した。彼女が来たときからずっと、この手紙を見せるか考えていた。

「ディアハンツ宛てで届いてた」

野宮さんは差出人の名前へ釘づけになっていた。それから恐る恐る中身を開き、文章を読み始めた。

僕はそれを横目に、煙草へ火を点けた。

煙草を三本吸い終わる頃、野宮さんは手紙をカウンターに置いた。彼女は僕と目を合わせなかった。二人きりの店内が重苦しかった。でも、こんなに冷え切った夜には誰もやってこない気がしていた。

僕は口を開いた。

「夷川さんが手紙を書くような人だなんて思わなかった。でも案の定、向こうでも元気そうだよね。今頃、別の宴会に招かれてるんじゃない？　そういう場にいるのが似合う人だから」

僕はやっぱり、いつもより喋っていた。

「ねえ、どうしてうちにこれを見せたの」

その声には棘《とげ》があった。僕はこんな形で野宮さんを傷つけることでしか、自分を誇ることができなかった。夷川さんに太刀打ちできなかった。

僕の答えは妙な軽やかさを帯びて飛び出した。

「野宮さんのことが好きだから」

乾いた空気の中で僕らの視線はかち合った。ぱちんと音を立てるように、瞬きを重ねた。

僕は何の感慨も抱かなかった。初めて誰かに告白したというのに、その質感を見失っていた。思いが空回りして、からからと音を立てるようだった。野宮さんは寂しそうに笑った。

「ありがと」

力の抜けた沈黙が僕らを隔てた。僕はそのまま、聞きたいことを口にした。

「野宮さんと夷川さんはどう繋がっていて、どう離れたの？」

彼女は顔をゆっくり上げた。蒼白《そうはく》の肌が乾いて見えた。

「繋がってるなんて、そんなんやないよ。うちが勝手にこだわってただけ」

小さな手が夷川さんの手紙を優しく撫でた。

野宮さんはゆっくりと、言葉を解きほぐすように話し出した。

「前も話した気がするけど、うちの家って結構、不安定なんよ。お母さんが私にいなくなれって言って、おばあちゃんが聞こえないふりをして。そういうことが週に三回はあるような、そういう家やった。それが他の家と比べてどうかなんて知らんけどね」

変だよ、と思った。でも、それを口にしたってどうにもならなかった。

「夷川さんはうちに来た家庭教師やった。……あの人は本当にすごかったんよ。あの人が週に一日、うちに来るだけで、お母さんの不安定になる時間が随分と減った。うちで夜ご飯を食べていって、お母さんと楽しそうに喋るんよ。『立派な歩くんに比べて美咲は』ってお母さんが言うたびに、『でも美咲ちゃんは』ってうちを認めるようなことを言って、お母さんの中でのうちの価値を上げてくれた。お母さん、ヒステリックになることも少なくなった」

「そんなことができる人だったの？」

「できるんよ。あの人は色んなことに気付けるし、気付いてしまう自分が嫌いなの」

どうやら僕は夷川さんのことも好きだったらしい。僕の知らない彼の一面を野宮さんが理解していることに、嫉妬と変わらない悔しさを覚えていた。

「あの人はうちが欲しいもん全部くれた。うちが高校生でお金なくても色んなもんプレゼントしてくれたし、家の雰囲気が悪いときは夷川さんちに泊めてくれた。お母さんにもそのことに文句言わせへんのよ。欲しい言葉、全部くれた。触って欲しいとこ、全部触ってくれた。何か麻薬みたいやった。……悪い人やな」

野宮さんはカウンターに肘を置いた。身を縮め、自分の肩を抱いた。背中から誰かに抱き締められているようだった。

僕はもう一度、夷川さんの手紙を開いた。追伸。その短い一文からは何も読み取れなかった。

「欲しいものは全部くれたけど、私のこと、欲しいとは思ってくれんかった」

野宮さんはぽつりと呟いた。夜は萎《しぼ》んでいくように静まった。

「もうきっと誰も来ないね」と野宮さんは言った。僕は「そろそろ閉めるよ」と言ってグラスを洗い、店仕舞いを始めた。いつもなら彼女はその間に店を出ていった。でも今日は僕の作業をじっと見つめ続けていた。

「帰らないの？」

「帰る」

野宮さんはそう言いながらカウンターに腕を預け、そこに顎を載せて丸まりながら、僕の方を少し眠たそうに眺め続けた。

今、何を考えているの？

そう思って野宮さんを見ても、どこか重い瞼の微笑みしか返ってこなかった。何も考えていないようにも見えた。彼女の真意も、僕の本当の望みも、曖昧なまま輪郭を失っていった。

だから僕が決めようと思った。

「今日は一緒に帰ろ」

野宮さんはわずかに目を開き、それから顔を逸らした。

「ええよ」

僕らが一緒に店を出るのは初めてだった。


彼女は歩きで、僕は自転車を押して帰った。風の強い夜で、僕らは身を寄せて歩いた。大きな葉を持つカエデの街路樹がごうごうと揺れた。

「朔くん、明日授業は？」

「二限から。でも、もう諦めてる」

「二限なら出られるやろ」

「いや、厳しいなあ」

「へっぽこや。高校生までは毎日ちゃんと起きてたやろ」

「そうだね。何か最近、堕落した気がするよ」

「朔くんはほんまにそうやな」

「ちょっと」

僕がむくれると野宮さんは笑った。やだやだ、と僕らは呟いた。

「ほんま寒いわ。耳、痛いし」

野宮さんはチェスターコートに着られるように身を竦めていた。タクシーが僕らの脇をすごい速度で過ぎていった。道の脇に積もった枯れ葉が乾いた音を立てて転がった。

「ごめん」

その言葉にふと横を見たとき、野宮さんは泣いていた。僕はどきりとして立ち止まった。

「ちゃう、こんなつもりやなくて、本当に」

行こ、と野宮さんは言うけれど、彼女の涙が止まる気配はなかった。僕は片手で自転車を支え、それからもう片方の手で彼女を抱き締めた。

「……ごめんな、うちは、泣いたら駄目なんよ」

野宮さんは何かを弁解していた。涙は止まらなかった。僕らはそのまま立ち尽くした。

僕はその涙の理由のすべてを知っているような顔をした。そうでなければ野宮さんの横には立っていられなかった。僕はただ彼女を助けたかった。それは彼女を理解することでも何でもなかった。僕に彼女の痛みはいつまでも分からなかった。

「……ありがと、もう大丈夫」

野宮さんは僕の胸で涙を拭った。彼女の小さく赤い鼻から、しゃくるような呼吸の音が漏れた。僕の胸の濡れた辺りがじんと熱を帯びた。

「よかった」

僕は言った。でも、野宮さんを抱いたままだった。「朔くん？」と声がした。彼女の目が暗闇の中で僕に向いていた。彼女を放さなければいけない、そう思いながらも、僕は長い沈黙の中で動きを止めていた。

野宮さんがぱちりと瞬きをした。それで僕の硬直も解けた。

「ごめん」

手を放し、腕を後ろへ仕舞い込んだ。野宮さんは表情を変えずに僕を見つめていた。僕は彼女から離れようと、一歩下がった。

そのとき、野宮さんが僕に迫った。

彼女の小さな腕が僕の背中を捕まえていた。自転車を引いていない彼女は、両腕で僕を抱き締めて、こちらをまた見上げていた。泣きそうな、必死そうな顔なのに、どうしてかそれは微笑みだった。しばらくそうしていた。野宮さんが口を開いた。

「朔くんの家、行ってもええ?」

何が正解か分からなかった。でも、こんなときに正解なんてものはなかった。

「うん」

結局、僕はそう言おうと決めていた。


「電気は点けんで」と野宮さんは言った。部屋のリビングには、カーテンの開いた窓から街灯の白い光がうっすら差していた。

「川沿いなんや。水の音、聞こえるな」

「本当?」

耳を澄ませた。窓越しに吹く風の音と、その奥のせせらぎの音、それから吸いつくような車の通行音が聞こえた。それから二人で震えて、いそいそと窓から離れた。

僕は野宮さんに触れて、服を脱がせた。僕も彼女に脱がされた。薄い光の中に彼女のシルエットが見えた。その形をもう少し眺めていたかったけど、家のエアコンは利きが悪くて、互いにまた身震いして笑った。二人で布団にくるまった。

「何でゴム持ってるん？　うちの前は誰や」

「違う。……別に、万が一があるかなって思って」

「万が一って。男の子やな」

野宮さんにケラケラ笑われながら、僕は箱のフィルムを剝がした。

知っている顔をしてみても、知らないことばかりだった。野宮さんに誘導されながら、それでも没頭して時間が進んだ。僕の体は初めてのくせに動き方を知っていた。それはどこか神秘的だった。

すべてが終わって、野宮さんは僕の横で言った。

「うち、少し意外やわ。朔くんはもっと躊躇《ためら》うんやと思ってた」

「……躊躇いはあったよ。何だか、とても不安」

「どうして？」

「分からないことが多いから」

「何が分からないの？」

「色々」

どうして野宮さんは僕の家に来たのか。野宮さんは僕をどう思っているのか。野宮さんが傷つきながらも色々な人と寝るのはなぜか。僕は不誠実なことをしたのか。

「それなのにどうして私と寝たん？」

野宮さんに尋ねられて、僕はそれについて考えた。色んな不安はあったけど、僕はこの時間を選んだ。その理由は後で考えようと決めて、棚に上げた。

答えは案外、明白だった。

「僕は野宮さんが好きだから」

それでしかなかった。僕は僕の欲求から逃げたくもなかったし、理屈が大して役立たないということも知っていた。この一年で学んだことだった。

「何か、頭がぐるぐるする」

「どうしたん？　疲れた？」

「疲れた。気疲れだよ」

「きっと、成長痛みたいなもんや。朔くんも色んなことを考える大人になるんだねえ」

「嫌だよ。複雑になんてなりたくない」

互いに目を瞑った。眠りに向かいながら、途切れ途切れの話をした。

野宮さんは言った。

「朔くんはね、これからたくさんのものを好きになる。素敵なものにいっぱい出会う。でも、どこかですべてを愛せないと気付くの」

僕は眠たいふりをした。

「それでも僕は野宮さんのことが好きだよ。それだけ」

◇

翌朝、僕は体を揺すられて目を覚ました。野宮さんがいたはずの場所に僕は足を広げていて、彼女は身だしなみを整えた状態で僕を覗き込んでいた。

野宮さんは僕の頭を撫でた。彼女の羽織るコートが僕の頰を掠めた。

「昨日はありがとう。帰るね」

「あ、うん」

僕は布団を出ようとしたが、パンツだけの格好に今さら狼狽えた。戸惑う僕に野宮さんは「見送りはええって」と笑った。彼女がそのまま玄関の方に歩いていくのを、中途半端に布団を被《かぶ》りながら見ていた。

「嬉しかったわ、ほんまに」

その声とともに玄関が開いて、冬の光が廊下を白ませた。すぐにまた暗くなり、しんとした気配だけが残された。僕は寂しくなかった。温かいスープを飲んだときのような気持ちが続いていた。でもすぐに、なぜ野宮さんが僕と一緒に目覚めなかったのか気になった。

その些末《さまつ》に思えた疑問は日に日に膨らんだ。野宮さんはディアハンツに現れなくなった。

僕はディアハンツを開けながら、野宮さんをどんな顔で迎えたらいいのか考えていた。いつもよりしっかり音楽に耳を傾けて、没頭するようにお酒を作って、常連と話しながら、彼女を待っていた。

二十五時を回り、皆が帰る流れになると、僕は諦めたような気持ちで店を閉めた。帰り道はいつもより寒く感じて、酔っていた僕は鈍色の影を溢《こぼ》しながら自転車を押した。

そういう夜を迎えるたび、野宮さんと過ごした日の朝の意味が増した気がした。僕はあの夜を深く思い出そうとした。でも、あの幸福な時間は、幸福すぎて記憶に上手く刻まれていないみたいだった。

耐えかねた僕は野宮さんにラインを送った。

『次はいつディアハンツに来る?』

返事が来たのは丸一日経ってからだった。

『ちょっと年末慌ただしいんよ……』『おばあちゃんちへの帰省とかもあるから』

やり取りはすぐ途切れた。

クリスマスの夜にもディアハンツを開けた。店は意外に繁盛した。北垣をはじめとする予定のない者たちが、イブの夜に予定を済ませた者と今晩まさに予定を済ませている者を糾弾していた。僕はその騒ぎを見ながら、スピーカーの音量を悪戯に上げた。山下達郎《やましたたつろう》の『クリスマス・イブ』を流し、喝采と罵倒を浴びた。

僕は帰省して年を越した。年末の実家は二年ぶりだった。帰っても何も起きなかった。その安心感を求めていた。

テレビを見ながら年越しそばを啜《すす》って、交響楽団の演奏中継の番組で曲が終わると同時に年が明けた。年を越してから、父が庭へ煙草を吸いに出た。僕はそれについていって、当たり前のように火を点けた。いつの間にか電子煙草に切り換えた父は、僕を見て「煙たいから近づくな」と言った。口ぶりの割に目は笑っていて、そこに寄る皺は細かくなった。僕が京都でふらついている間にも時間は進んでいた。

三が日に祖父母の家へ顔を出していたとき、ラインが来た。

『あけましておめでとう』

野宮さんからだった。その瞬間、僕がしていた京都での思い出話は滞った。

『おめでとう』『野宮さん、今は京都？』

『まだおばあちゃんち』『散歩してた』

『そっか』『おばあちゃんの家ってどこだっけ？』

僕は気が気でなかった。家族の話題が僕から逸れるたびに、隙を見て急いで文章を返した。野宮さんの気が変わらないことを祈った。

『海沿い』『風強い』

野宮さんは自撮りを送ってきた。彼女は堤防のようなところに立っていて、髪が何本か舞い上がっていた。久々に見た野宮さんは可愛かった。いつもより薄い化粧で、厚手のダウンを羽織っていた。

『後ろ跳ねてる』

『風のせい！　見んで笑』『躍動感あるやろ』

実家へ帰っている間、僕らは時間をかけて色んなことを話した。野宮さんの実家がある日本海側の冬の厳しさや、食べたおせちについて、お年玉の話（『僕はまだもらえた』『ずるい。私、いとこからねだられたんやけど』）、彼女の父のこと（『ここ、お父さんの方のおばあちゃんちなの』『別れてるけど、年越しはいつもお父さんと二人でこっち』）。

僕の中にまた温かい気持ちが流れ込むのを感じた。夜になり、自分の部屋の布団に潜りこんでもやり取りは続いた。

『野宮さんと話すのは楽しい』

『本当？』『朔くんは誰と話してても、澄ました顔してる』

『そんなことないつもりだけど』僕は話が逸らされそうな気配を感じて、指先を動かした。『また会って一緒に話したい』

既読はなかなかつかなかった。僕はもう一度、送った。

『後悔してる？』

じっと待った。寝つけなかった。時間の感覚が溶けた頃、返事が来た。

『後悔なんてしてないよ』『でも、もうしない』

『そっか』

僕はそれから言葉を探したけれど、送るべきものは何も見つからなかった。何も決められない、待っているだけの自分が嫌になった。そうしているうちに野宮さんから連絡が来た。

『うちね、自分を満たすために朔くんを使った気がする』『そう気付いちゃったから駄目やね』

怒りと悲しみが僕に押し寄せて、僕の指先は勝手に文面を送信した。

『分かった』『もうあなたとは二人で会わない』

それからスマホの電源を切った。実家にいる間、切りっぱなしにした。京都に戻る日、僕はようやく電源を入れ直した。スマホが立ち上がると、通知が来た。

『ごめん』『うちも、もうディアハンツには行かない』

野宮さんの返事だった。僕はまた電源を切った。

京都に戻ってから僕は家で腐っていた。天井を見上げて、時折、襲い掛かる吐き切れない溜息に耐えた。僕はコオロギだと思った。ひっくり返ったコオロギ。体勢を直せず、天井を見続けていた。何もしたくなかった。

何もしない、をするのも嫌になったのは一月の半ばを過ぎた頃だった。

僕にできることは一つだった。

夜になってキューチカに行った。ディアハンツの部屋にはクリスマスの日のゴミが残されていた。それらを片付け、机と瓶を拭くのに一時間かかった。それから『OPEN』の看板を出した。

「正月休みはようやく終わりか？」

最初に来たのは北垣だった。地元の名産だという米焼酎の一升瓶をカウンターに置いた。

「帰省から戻ったら早く飲みたかったけど、お前のために取っておいた」

久々に誰かの言葉で嬉しくなった。

僕らは言葉少なに焼酎を飲み進めた。北垣がこちらを気遣ってくれていることはひしひしと伝わった。けれど、僕は再び口下手になっていた。

「野宮さんと、もう二人で会わないって決めたんだ」

ようやくそう言えたのは、十分に酔っ払ってからだった。北垣が「え？　どうして」と、大袈裟に驚いた。

「だって、そもそも、あの人には彼氏もいるし」

「でも、彼氏とはこの前ちょうど別れたじゃん」

「え？」

今度は僕が驚く番だった。北垣は続けた。

「あいつの彼氏、自主ゼミで一緒って言っただろ。年明け一発目のゼミでそいつが、ちょうど一週間前に野宮さんと別れちゃったって嘆いてたぞ」

野宮さんが彼氏と別れたのは、僕と最後にラインをしてから数日後のことだった。

「どうして」

「俺の方が聞きたいわ」

僕はいよいよ分からなくなった。そのとき、「やあやあやあ」という明朗な声とともに扉が開いた。大桂さんが恰幅《かっぷく》を見せつけるように入ってきた。

「あけましておめでとう。……何だそのしけた顔は。遅ればせながら新年にふさわしいシェイクを、そうだ、マルガリータを振りたまえ」

「今日は振りません。焼酎だけです」

僕はそう決めた。大桂さんはむむむと唸り、やむなしと言ってグラスを受け取った。「お久しぶりですね」と北垣が話し始めた。

「まったくだ。マスターが拗ねてまたディアハンツは店仕舞いかと思った」

「閉めませんよ」僕は言った。「たまに休むけど、ちゃんと開け続けます」

野宮さんとの約束を覚えていた。

その日はよく飲んだ。久々のディアハンツが嬉しかったのか、大桂さんはすいすいと杯を重ね、僕らもそれに引きずられた。ゆっくり理性を手放しながら、僕は自らの感覚を確かめ続けた。未だにどこかで野宮さんを待っていた。来ないと知っていても、いや、知っていたからこそ待っていた。

やがて大桂さんは席を立って言った。

「そうだ、ディアハンツを開け続けよう。門戸を開き続け、風通しをよくするのだ。君には慰めと痛みが絶え間なく必要だ。君は残念ながらその手の人間だ。これは宿命で、君は誰よりも大きな人間になるのだ」

僕は酔いすぎた。最後の記憶はこうだった。

大桂さんが宣言した。

「いいかい、私は月へ帰る」

それから僕らを従えてキューチカを出た。空では下弦の月が南中していた。彼は長い梯子を手にした。ジッシツの柏さんが使っていたビラ貼り用のものだった。大桂さんはその梯子を空へ延ばした。それは延びに延び、留まるところを知らなかった。やがてその先端は、確かに月まで届いた。大桂さんは梯子を上りながら、僕らに語った。

「ゆめゆめ忘れるな、ここは大して慰めのない世界だぞ。私は高貴な生まれだから、現実から逃れることができる。君は違う。逃げてはいけない。せいぜいその地を這《は》いつくばり、乗り越えるための練習を続けるのだ。その練習は決して役に立たない。しかし役に立つことは正しくない。君はまだ何度だって過ちを繰り返さなければいけない。いいかい、いいかい……」

彼の演説は続き、声は少しずつ遠のいた。

僕はそれを見上げた。いつまでも見上げた。

目を覚ますと、僕は家の廊下で横たわっていた。目の前にゲロが広がり、頬が酸っぱかった。喉の辺りがしゅわしゅわと弾《はじ》けていた。死にたいほど気持ちが悪かった。でも、あの天井を見なくて済んだ。もうコオロギはご免だった。

三章　Everything Goes On

旧文学部棟の洗い場に、また新たな花が添えられていた。空き瓶に生けられていたのはまだ開いていない梅だった。瓶の口辺りで大きくしなり、周りの空間へ枝が伸びていた。寒空に曝されながら蕾《つぼみ》は日々、膨らんでいた。

春休みだったが、僕は毎日、大学へ通った。そのたびにここへ立ち寄って梅の枝を眺めた。

僕は単調な日々を繰り返していた。

朝の九時ごろ図書館へ行き、二階の窓際にある机を確保する。前日の演習問題を解き直していると午前が終わる。学食で昼を済ませ、午後はバイトがなければ教科書を読み進める。夜にはディアハンツに寄り、営業があってもなくてもカクテルを作って練習する。営業日はそのまま店を開け、それ以外の日は家に帰り、本を読んでから寝る。

僕が読んでいたのは複素力学系、とくにフラクタル幾何学と呼ばれる分野のものだった。ある時間の状態が、前の時間の状態からシンプルなルールに沿って決まる。では、そのルールを何度も反復させると、やがてどんな状態に辿り着くのか。その疑問が出発点の学問だった。結果は多様で、まるで予測できない結果（＝カオス）を生むことも、結果が同じ構造を繰り返す（＝フラクタル）こともあった。

同じ構造を何度も繰り返す。再帰的。その振る舞いはどこか奇妙で、僕はそこに興味を向け続けることができた。理解するためには他の知識も必要だったから、僕には自然とやるべきことが増えた。

図書館で頁《ページ》を繰っている間は楽でいられた。でも、ふと顔を上げたとき、胸に空いた穴を冷たい風が吹き抜けるような気がした。だから夜になれば僕はディアハンツへ向かい、練習と称してお酒を飲んだ。

冬のディアハンツは客が少なかった。その代わり、騒々しい足音が時折、頭上から聞こえるようになった。嫌に軽く、かたかたと響く音だった。その日、唯一の客だった大桂さんがむっとしながら言った。

「ネズミだな」

年明けからやって来た彼らは、思い出したように僕らの頭上を駆け巡った。

「すみません、罠《わな》を仕掛けたりはしてるんですけど、なかなか上手くいかなくて」

「あいつらは一度その場所を覚えるとしつこいからな」

「まあ、一人でここにいるとき足音が聞こえたら、少しは賑やかでいいもんですよ」

「そんな甘いことを言ってるから、こうやって住み着かれるんだ」

大桂さんに怒られて、僕は首を竦めるしかなかった。

ディアハンツでカクテルの練習をしながらネズミの足音を一人で聞くと、そのときの気分を測ることができた。気持ちが沈んでいればその足音が恨めしく、ましな気分だったらネズミたちが友人であるように思えた。

僕はこの冬、いつだって野宮さんのことを頭に浮かべていた。

その日はホワイトレディの練習をしながら、そういえば、と思った。僕は野宮さんと付き合う想像をしたことがなかった。ただ好きだと言うばかりで、それ以上のことを考えられなかった。

僕は煙草をふかし、やり切れない気持ちで天井を仰いだ。今日はネズミの足音が聞こえなかった。もしかして、と思った。リキュールの棚の足元に、粘着剤タイプの罠を仕掛けていた。僕は棚の下を覗き込み、その罠を改めて確認した。

案の定だった。ネズミが一匹、引っ掛かっていた。

胴長のネズミだった。思っていたより小さく、子どもかもしれなかった。ネズミはまだ生きていて、粘着剤にお腹《なか》を取られながらも四肢を動かそうとしていた。灰色の毛に覆われた肌は妙な光沢を帯びていて、僕に生理的な不快さを呼び起こした。

処理するためには、ネズミごと水に沈めてとどめを刺さなければいけなかった。でも、何も見たくなかったし、考えたくなかった。

その日、僕は罠をそのままにして帰った。

二日後にまた罠を見た。ネズミは同じ体勢のまま捕まっていた。今度は身動き一つしていなかった。こと切れていると一目で分かった。

僕は手を下さなかったのだ。

その事実が徒《いたず》らに膨れた。僕は何も決められず、何も受け入れようとしなかった。単調な日々を繰り返し、一つの事実から逃れていた。

僕は野宮さんの隣にいられない。

この冬、僕は教科書をひたすら捲り、カクテルグラスを何杯も満たした。

いつだって時計の進みは遅く、重たい水に漬されるような思いが続いた。何かが挫《くじ》けてしまいそうだった。それでも僕は続けるしかなかった。

待てばやって来る季節もあれば、乗り越えなければ辿り着けない季節もあった。僕はどうにか春を手繰り寄せようとしていた。

中庭に生けられた梅の蕾は膨らみ、やがて花が咲いた。淡い匂いがした。少しずつ、日差しの温《ぬく》もりが増していた。

僕の唯一の救いは、ともに溜息を溢す男がいたことだった。

「結局、俺は三井に都合よく手伝わされてるだけなんだよな」

僕の横で不機嫌になっていたのは北垣だった。僕らは『喫茶船瀼』のカウンターで夕飯を食べていた。冬限定のカキフライ定食、八百円。僕らの他に客はなく、店のオヤジはカウンターの中で煙草をくゆらせていた。

「三井のやつ、劇団の人数をもっと増やしたいらしくて、次の新歓公演に息巻いてんだよ。だから買い出しとか宣伝とか大忙し。で、俺にどんどん仕事を投げる。やってらんねえよ」

三井さんが昨年末に行った旗揚げ公演は大盛況で、彼女の元には入団希望者が殺到したそうだ。それから北垣は裏方として彼女を手伝うようになり、劇団の雑務を一手に引き受けていた。

「この前は宣伝の動画を撮るって言い出して、深夜に比叡山まで車を出したんだぜ。深夜の画が欲しいからって言われて夜の山道走らせて、怖いの何の。で、上に着くと琵琶湖《びわこ》側の夜景が開けるんだよ。そこで赤いドレスを着た三井があれこれ叫ぶの。そういうシーンね。それが様になってるんだよな、悔しいくらい」

カウンターの向こうで、オヤジが「エロいなー」と言った。「っすねえ」と北垣も言った。オヤジは続けた。

「で、その女の子がお前を働かせるだけ働かせるけど、お前とはエロい感じになってくれないことにキレてるんだな」

「いや、何でそうなるんすか。忙しいって愚痴ですよ」

「じゃあ断ればいいだろ」

「……でも、あいつも頑張ってるし、応援したいじゃないすか」

「で、あわよくば励ましつつエロい感じになりたいと」

「だから違いますって」

はあ、と吐き出された北垣の溜息は、僕の溜息よりずっと桃色がかっていた。僕は呟いた。

「北垣、振り回されるの好きなんだね」

「お前に言われたくねえよ」

オヤジが「そっちも何かあったのか」と尋ねると、北垣が「こいつの大失恋も聞きます?」と言って勝手に僕の冬の顚末《てんまつ》を語り出した。

僕が喋るより、北垣の口から語られた方が話は生き生きとした。彼の言葉の中で僕はちょっとした主人公になれた。その間だけ、僕は野宮さんから距離を置くことができた。

「女心ってやつは、いつだって理解不能だな」

オヤジは憐れみと懐かしさを込めるように笑って、奥のキッチンへ入っていった。

横から乾いた匂いがした。北垣が煙草をくゆらせていた。僕もそれに倣いながら、野宮さんとの夜を振り返った。僕は何をしてしまったんだろうか。あの夜は思い出すたびに姿を変えた。

そのとき北垣が口を開いた。

「俺さ、間違いなんてものはないと思ってるんだよ」

僕は首を傾げた。北垣は手元の煙草に目を落としていた。

「それが間違ってるかどうかなんて誰も決められない。ただ、その人にとって認められないものがあるだけなんだ。ボタンの掛け違いでしかない」

灰がぼてっと落ちた。北垣はむっとして、それを処理しながらさりげなく言った。

「だから別に、お前は何も悪くないんだぜ」

僕はようやく分かった。北垣は僕を励まそうとしていたのだ。オヤジがキッチンから戻ってきた。お盆の上にタンブラーが二つ載っていた。

「飲めよ。温まるぞ」

目の前に置かれたのは濃い紫色の温かい飲み物で、甘い湯気が立ち上っていた。

「何ですか、これ」

「まあ、飲んでみろって」

僕は口をつけた。熱い液体が口を満たし、喉を過ぎて、体の奥を温めた。色の正体が分かった。

「カシス、ですか」

「そう、カシスのお湯割り。ちょっとだけピーチのリキュールも入れるんだ。美味いだろ」

オヤジはにやりと笑った。隣で北垣が「美味い」と呟き、目を丸くしていた。

「昔、バーでバイトしてたんだよ。寺町《てらまち》の学生が飲んだくれてるようなところだった。で、俺が女の子に振られて凹《へこ》んでたとき、マスターがこれを飲ませてくれたんだ。懐かしいな」

そのカクテルを静かに飲み進めた。慣れ親しんだ甘さと優しい熱が、お袋の味のような顔つきをして体に入ってきた。熱い息を吐きながら、僕は泣きそうになった。

最近の僕は、自分の事だけ考えて生きていたみたいだ。

自分に閉じ籠っている時期はそろそろ終わりにしないといけなかった。

「……僕、今年はディアハンツの新歓をしようと思ってるんだ」

ディアハンツの未来に向けて、僕はマスターを増やしてもいいと思っていた。北垣が少し驚いた顔をして、それから笑った。

「なら、俺たちと一緒にやろうぜ。キューチカの合同新歓」

僕は頷いた。三月の最終週の夜だった。長い冬が終わろうとしていた。

◇

「ディアハンツです。遊びに来てくださーい」

僕は目の前を通り過ぎる新入生たちへ、粛々とビラを差し出した。彼らはすでにたくさんのビラを抱えていたが、新歓に立つ上回生はそこへ容赦なく新たなビラを重ねた。頭上の桜から花びらが降り、ビラの中に舞い降りて埋もれた。

健康診断の日だった。診断を終えた新入生は列に並びながら新歓担当の上回生に挟まれ、こうして無数の勧誘を受ける習わしだった。思えば、大学に入りたての僕は右から左から迫り来る新歓の圧に耐え兼ね、無事にサークルへ所属し損ねたのだ。

そうやって振り返るくらいには京都での時間が経っていた。僕は三回生だった。

横に立つ北垣は、僕より積極的な様子だった。

「読み聞かせサークル『やじろべえ』です。部誌発行と読書会をやってまーす。……おい田辺、もっと声出せよ」

「うちはこれくらいでいいよ」

ディアハンツの方針は、気付くやつは気付くだろう、というものだった。僕がかつてそうだったように、あの場所を本当に求めている人々は、さりげなく紛れ込んだビラに目を留めるかどうかにかして、あの場所へ辿り着くのだ。

一方、激しく主張してこそ意味があるという立場の者もいた。僕らの隣では、ジッシツの柏さんが多くのシンパを連れて、今日も襟まで留めた学生服を着ながら、メガホンを肩にかけて大演説を垂れていた。

「入学おめでとう！　君たちは今日から大学を作り、君たちのものにしていく過程に踏み込んだのだ！　いったい大学は誰のものか、それは大学の構成員の大半を占める学生のものである！　さあ、最高の自治を築こうじゃないか！　そして、あの時計台の高みへと、ともに歩みを進めようじゃないか！」

選挙運動のようになっている一角に、新入生たちは目を丸くしていた。

春のうららかな光の中で、辺りは祭りのような活況だった。初めてのものに揉まれる洗礼が目の前で繰り広げられていた。僕の心は何だか躍った。新しい季節が来て、何かが起きるに違いない、そんな予感に打ち震えた。

僕らの期待と構内の喧騒が重なったとき、よく通る声が響いた。

「『劇団地平』、ゲリラ公演。乾坤一擲《けんこんいってき》学生前夜！」

ちょうどジッシツが陣取る場所の向かい側に、煎餅布団がぽつんと出されていた。その布団にちんまりと収まる男が声を上げていた。

男　ああ、俺はどこで間違えたんだ！　俺はいったい、どこで間違えた！
（男、布団にくるまりながら叫ぶ）
男　この春は俺を何度も憂鬱にさせる！　生協のサークルに入ってから二か月で幽霊部員になり、クラスメイトにはテストの範囲を聞けず単位を落とし、勇気を出そうにも映画に誘える女の子は周りに見当たらない。俺にはチャンスすら与えられない。また新しい季節が、何も更新されない俺に降りかかる！
（脇から複数の野球部員が登場。その脇で、監督役の三井が難しい顔をして腕を組む。横ではヘッドコーチが激しくサインを送る。バットの鈍い音が響き、審判のアウトの声が聞こえる）
ヘッドコーチ　また凡退か。
監督　九回裏、二対一でこちらが追い駆ける展開。しかしあっという間にツーアウト一塁。
ヘッドコーチ　ここで逆転できなきゃ、都アンダーグラウンズは九十九敗の連敗記録をさらに更新しちまいますよ。

北垣が僕の隣で身を乗り出していた。

「お、始まったな」

「何あれ。ゲリラ公演？」

「そう。新歓なんて目立ってなんぼだって三井と話してたとき、あいつが思いついたんだ」

「そういうもんかな」

僕も手を止めて、劇を眺めた。

（監督、大きく屈伸をする）
監督　代打。万年床の男。
男　俺？　てか、あんたら誰だよ。ここ、俺の家だぞ。
監督　ときにはバットを振らなきゃいかんときがある。
男　何をごちゃごちゃと！　人の家で野球をするんじゃない！
（監督、バットを男に投げ渡す）
監督　ごちゃごちゃ言っているのはお前の方だ。ほら、チャンスを用意してやったぞ。
男　意味わかんねえよ、ほっといてくれよ！
監督　言ったな。お前はいつだってそうだ。何かを求めるふりをして、誰かがやって来たら追い払おうとする。そうやって、いつもチャンスを手放してきたんだ。違うか？
（男、黙り込む。ヘッドコーチとベンチの選手たち、男へ必死にサインを送る）
男　やればいいんだろ、やれば！
（男、布団を振り払う。パジャマ姿でバットを構える）
北垣　打て！
（観客、北垣のようにヤジを飛ばす。公演の周りに人だかりができている。気付けば僕も「いけ！」と叫んでいる）
ピッチャー　食らえ、俺の魔球フォーク。
（顔を白く塗ったボール役の男、威嚇の顔を浮かべて男に向かっていく。球が近づく音）
男　あんな球、打てるわけない！
監督　思い出せ。お前は諦めたわけじゃないんだろう。いつだって歯を食いしばって、布団の中で耐えてきたんだ。今こそ反撃のときじゃないのか？
男　俺は、俺は……。もう布団に籠るのはまっぴらなんだ！
（打撃音。男のバットがボールを打ち返す。ボールは彼方《かなた》に飛んでいく。観客は歓声を上げる）
ヘッドコーチ　入った、入った！　ホームランだ！　ゲームセットだ！　胴上げだ！
監督　いいや、試合は終わらんよ。
（男、きょとんとした顔。ベンチから選手が駆けつけ、男を担ぎ上げる）
監督　まだ始まったばかりだ。次の打者はどいつだ！　鬱屈を爆発させたい、まだ見ぬ主砲はどこにいる！　不毛な試合にすべてを注ぎたい馬鹿たちを、私は今も探しているぞ！
（選手と監督、男を胴上げしながら退場。新歓公演のビラを撒《ま》く）

球団のベンチメンバーは男を神輿《みこし》のように担ぎ、ゲリラ公演に集まった人混みを搔き分け始めた。担がれた男は縁起物のようになり、新歓の列に沿って皆の手に渡っていった。その様子をじっと眺めていた僕らの元にも、その男が流れてきた。

そのとき、向かいの女の子と目が合った。確か『やじろべえ』の後輩だったはずだ。大人しそうな女の子で、白の薄いニットに緑のワンピースを重ねていた。向こうも僕をじっと見ていた。どうするんですか、と問うているようでもあった。

以前の僕なら混沌めいた盛り上がりから逃げ出していた。でも今は、そんなカオスにも心を開いていた。

「担ぐ？」

僕はそう尋ねていた。その女の子は戸惑っていたが、目の奥に好奇の光が宿っていた。列を流れてくる男を見て、僕は手を構えた。その女の子も手を伸ばした。

春の日差しを遮って、男が僕らの上を過ぎた。その一瞬、男の重さが手に乗って、すぐ向こうへ流れていった。

僕は男の行方を、川を流れる笹舟《ささぶね》のように見送った。後輩の女の子も同じく、背伸びをして男を眺めていた。彼女ともう一度目が合ったとき、そこには悪戯心の滲んだ笑みが浮かんでいた。僕も多分、似たような顔をしていた。

後輩の女の子　人を担いだの、初めてです。
僕　どうだった？
後輩の女の子　なんか、嬉しいです。お祭りみたい。
僕　確か、『やじろべえ』の部員だよね。
後輩の女の子　はい。日岡《ひおか》です。日岡麻衣《まい》。
（僕、日岡さんと出会う）

◇

遅めの昼を『喫茶船凜』で食べてから、旧文学部棟の中庭で煙草を吸っていた。目を閉じて、瞼に降る日差しをじっと感じてから目を開いた。

そのとき、ちょうどキューチカに通じる階段から日岡さんが出てきた。彼女は僕に気付いて足を止めた。

「ああ、田辺先輩。お疲れ様です」

今日の日岡さんは縁の細い丸眼鏡をかけていた。授業のある日は眼鏡らしかった。

『やじろべえ』の部室にいたの？」

「はい」日岡さんは僕を見た。「煙草、吸うんですね」

「あ、ごめん。嫌いだった？」

「別に大丈夫です。私は吸いませんけど」日岡さんはそのまま僕をじっと見つめた。「先輩が吸ってるの、何だか意外です」

「似合わない？」

「……まあ、何も言わないでおきますけど」

日岡さんは口ぶりこそ控えめだが、考えていることを隠さない人でもあった。眼鏡の向こうからこちらを覗く生意気な目を見ると、こちらも屁理屈《へりくつ》を言いたくなった。

「煙草って美味しいんですか？」

「どうだろう」僕は考えてから言った。「一番深い深呼吸だと思ってる」

「深呼吸？」

「忙しい現代人は深呼吸を忘れてしまった。でも喫煙者には息を吸って吐くだけの数分がある」

日岡さんは「先輩、言うほど忙しく見えませんけど」と言った。僕は仰々しく鼻から紫煙を吹いた。彼女は顔をくしゃりと綻ばせた。

「忙しくはないけど、四限の授業はちゃんと出るよ」

「何の授業ですか？」

「『中国文化史Ⅱ』」

僕は一般教養科目の単位を取り終わっていたが、昨年受けた汀先生の講義の続編にあたる「中国文化史Ⅱ」の授業は受けようと決めていた。

「え」日岡さんが目を丸くした。「それ、私も今から受けに行くところでした」

「そうなの？　あれ、でも日岡さん、農学部だよね」

「先輩だって理学部じゃないですか」

僕が吸い殻を潰すと、二人で教室へ向かった。相変わらず単位取得率が高い授業として有名らしく、多くの学生が教室にいた。

「人、多いですね」

「でも次回は半分に減って、その翌週はさらにその半分になる」

「え？」

日岡さんが首を傾げたとき、汀先生が教室に入ってきた。昨年の姿とまるで変わらず、きっちりと髪を撫でつけ、ぴんと背筋を伸ばし、鼻の下に髭を蓄えていた。

「ご機嫌よう」

昭和のラジオ講座みたいなその始まりの声を聞き、慣れていた僕は小さく頭を下げた。日岡さんはきょとんとしていた。これこそ汀先生の授業だった。

汀先生は黒板に『李白《りはく》』と書いた。静かに、しかし溌溂と話を始めた。

「李白、すなわち李太白《りたいはく》は唐の時代に生まれた詩人であり、杜甫、王維《おうい》と並ぶ三大詩人と評される者であります。私もその評価には頷きましょう。とにかくまあ、彼らを生み出した唐という時代は、中国文化が燦然《さんぜん》と咲き誇った歴史の瞬間であり、そのとき世界は一つの到達点を見たわけです。書道においては欧陽詢《おうようじゅん》、虞世南《ぐせいなん》、褚遂良《ちょすいりょう》の三人が楷書を完成させ、儒学と仏教、道教、さらに諸宗教が国内に流入して競い合いながら無数の展開を経ました。そして、時代のうねりとしか呼べない猛烈な勢いの中で、世界文学たる漢詩もまた確立されたのです」

先生は一つのつまずきもなく話し続けた。その語りの密度から教室に異様な空気が流れる中、僕は半年ぶりに聞く澱みない講義に心地よくなっていた。

「李白というのは、何より心の昂《たかぶ》りをそのまま描き出した者でありました。感情の昂った、パッショネイトされた人間を描いたのが杜甫であるなら、李白はパッショネイトする事物やパッションそのものを克明とさせた。そう言ってみましょうか。だからこそ彼の詩は快楽の詩にも富み、あらゆる表情を見せたのです」

滔々《とうとう》とした語りの中で黒板に一篇《ぺん》の詩が書かれた。

『両人対酌山花開　一杯一杯又一杯　我酔欲眠君且去　明朝有意抱琴来』

「これは分かりやすいでしょう」

確かに先生の言う通りだった。昨年の授業で、僕も多少は漢詩の意味を解説なしでも取れるようになっていた。

『二人で向かい合い、酒を酌みかわしているうちに山の花が開く。一杯一杯、また一杯、すいすい酒を飲んでいく。私は酔って眠たいから、君は帰ってくれ。明日、君の気が向いたら、琴を持ってまた来てくれ』

「二人で酒を飲み明かし、李白は言う。酔って眠たいからまた明日来てくれ。まあ何とも気ままな詩でしょうか。ともすればだらしなくも見える、思うままの姿を一つの詩に閉じ込めてしまうのが李白なのです。一杯、一杯、また一杯。ここは漢詩の型を破っていますが、つい口にしたくなるキャッチーな七言は、物事にじっと目を向け、ありのままの景色を現実以上の濃度で表さんとする熱烈な意志があるからこそ生まれたのです」

熱烈な意志で作られた詩を、やはり熱烈に読み解くのが汀先生だった。

教室の面々は、一人また一人と眠りの世界に落ちていった。しかし僕はその授業を退屈せず丸々聞いた。殊勝なことに、日岡さんも起きていた。

授業が終わって日岡さんは言った。

「……これは、すごいですね」

「どういう意味で？」

「あの流れるような喋り方と、熱の帯び方は他に例がないというか」

「あの授業、出席しなくても単位が取れるんだけどね」

「別に、ちゃんと出ますよ」

僕らはそのままキューチカへ向かった。日岡さんについていき、『やじろべえ』の部室に顔を出した。物が散乱した大きな机の周りに、パイプ椅子が無造作に置かれていた。その一つに北垣が座り、物理の教科書を広げていた。

「あれ、田辺。日岡と一緒？」

「さっきたまたま授業が一緒で。『中国文化史Ⅱ』」

「うわ、汀先生のやつ、また取ってるのかよ。物好きだな」

「こいつは去年の脱落組」

僕は北垣を指差し、日岡さんが笑った。北垣が背を伸ばしながら言った。

「ぐだぐだ言ってないで行くぞ」

思い思いにくつろいでいた部員が気の抜けた返事をした。僕も荷物を置き、この部室で刷らせてもらったディアハンツのビラを持った。四限の授業が終わってから、新歓のためにビラを持って外に出るのが僕らの日課だった。

僕は新歓期の間、暇が許す限りは毎晩ディアハンツを開けた。

啓蟄《けいちつ》の時期を過ぎると、冬に姿を消していた客たちが戻ってきた。その面々にビラを握り締めて扉を開く勇敢な新入生たちが交ざった。こうしてディアハンツの顔ぶれは少しずつ新陳代謝を起こし、また少し賑やかになった。

「やあやあやあ。……知らん顔が多いな」

扉を開け放った大桂さんは、きょとんとした顔で立っていた。その日のディアハンツは満員と言っていいほど混んでいて、立ったまま話し込む客も多くいた。

「今日は隣の『やじろべえ』が確定コンパで、その二次会で流れ込んできたんです」

四月も下旬になり、祭りのような新歓期が終わろうとしていた。『やじろべえ』にも多くの新入部員が入っていた。カウンターに座る北垣が大桂さんに手を振った。

「お、大桂さん。新歓で余った日本酒が大量にあるんですけど飲みます?」

「余ったなんて滅多なことを言うな。すべての酒は飲み干されなければならない、頂こう」

僕はプラコップを取り出し、北垣はそこに酒をなみなみ注いだ。それを受け取る大桂さんはもう上機嫌だった。後輩に持ち上げられることを何より好む彼は、僕らにとっては口うるさくもよく笑う神様みたいだった。

「じゃあ私ももう一杯ください」

日岡さんは隣の北垣にコップを差し出した。北垣は「いいねえ」と嬉しそうに酒を注いだ。彼女は昇る液面を見て、ぼそりと呟いた。

「一杯一杯、また一杯」

僕は手元で別の注文を捌きながら、日岡さんの言葉にこっそり笑った。彼女は何でもないというふうに首を傾げて、澄ました顔をしていた。汀先生の語彙を借りれば、パッショネイトされた僕らはもう少し飲むべきだった。

奥の机では、『やじろべえ』の新入部員がディアハンツの新顔たちと交ざって話し込んでいた。

「やっぱり空間こそ大学の価値なんだよ。大学は豊かな土壌であればよくて、あとはそこから勝手に色んな植物が生えてくる」

そうやって論を張ったのは後輩の村山《むらやま》くんだ。彼は新顔の中でもとりわけ賑やかで、色んな友だちを連れてきては、ディアハンツの人の縁を広げていた。ついつい聞き入ってしまう彼の言葉は、地頭のよさを感じさせた。気付けば人の輪の中心にいるような男だった。

その場にいた北垣が村山くんに向かって呟いた。

「酔っ払いながら、よくそんな真面目な話ができるね」

「でも、このディアハンツもめっちゃ好きっすよ。まさに自由な空間の極みじゃないですか」

「褒めても酒しか出ないぞ」

「最高っす」

北垣が「調子いいねえ」と言って後輩たちに酒を注いで回った。僕は小休憩と言って煙草を吸いながら、カウンターの端に向かい、声を掛けた。

「小里《こざと》くんはあっち交ざらないの？」

「……僕があいうの苦手って分かるでしょ」

もう一人の新たな常連である小里くんは半笑いで言った。このカウンターの端の席が彼の定位置で、彼はやって来るたびにウイスキーをあれこれ試していった。

「自分は誰かと話さなくても、いい音楽を聴きながらいい酒が飲めれば満足なんですよ」

「その割に、僕とは話してくれる」

「田辺さんはお酒のことも教えてくれるし、いい話を聞かせてくれるでしょ。俺は面白いやつから面白い話を聞きたい。わがままなんです」

小里くんはいつも不愛想な顔をしているが、喋ってみると意外に素朴な笑顔を浮かべた。

「わがままついでに、あれ流してくださいよ」

あれ流してくださいよ、という小里くんのリクエストは、サザンオールスターズ、スーパーカー、サカナクション……何でもござれだけど、どの曲にも強いこだわりがあった。僕はそのリクエストに乗っかることが好きだった。日岡さんが音楽に耳を傾けて、あ、と呟いた。

「私、この曲知ってる」

すぐに小里くんが食いついた。

「え、マジすか」

「うん。お母さんがよく車で聴いてた」

「……お母さん、カヒミ・カリィ聴いてたんすか」

「かひ、みかり？」

日岡さんが首を傾げる頃、後ろのソファでやっていた大学の未来についての議論は、ある先輩が二週間で四人と付き合ったという話になっていた。その代わりに大桂さんが常連に議論を吹っ掛けた。あちらの話題がこちらに広がり、こちらの笑いがあちらへ伝わった。

二年前、夷川さんが見ていた景色も、きっとこういうものだったのだろう。

喧騒の中に人の出会いがあり、可能性があった。この場がどんどん存在感を増し、カウンターの中に立つマスターという存在は心地よく消えていった。

大学に入ってから色んなものに出会った。体の中に落とし込まれたものもあれば、絡まって解《ほど》けなくなったものもあった。その結び目は結局、ついに解《ほぐ》れる機会を得ないまま、僕からぷつりと千切れていった。

胸に手を当てても、冬にあり続けた痛みは見当たらなかった。

僕は寂しくない。でも、孤独と向かい合った時間が遠のいて、それが少し切ない。贅沢《ぜいたく》な文句だろうか。人とお酒と音楽と場所が、今を優しくぼかした。僕らは幻の中にいた。せいぜいできることは、幻が少しでも長く続くよう願うだけだった。

僕は日本酒を手元のコップに注いだ。

「一杯一杯、また一杯」

中空に乾杯をして、一息に飲んだ。

「いいぞ、田辺。俺も飲む」北垣が瓶を僕から奪った。「一杯一杯、また一杯！」

「じゃあ、私も」次は日岡さんだった。「……一杯一杯、また一杯」

できあがった大桂さんが威勢よく言い放った。

「今日は宴《うたげ》だ！　一杯一杯、また一杯」

カウンターに人が群がり、タダ酒を注いでいった。いつしか皆が声を重ねた。

「一杯一杯、また一杯。一杯一杯、また一杯……」

歓声が響いた。その晩、キューチカはいつまでも賑やかだった。

目が覚めたとき、僕はソファに深く座っていた。

ディアハンツだった。

地下の湿り気と暖かい朝の気配が入り混じっていた。僕のように寝落ちた屍《しかばね》がソファを占めていた。机にはグラスが置きっ放しで散らかり、煙草の灰が零れていた。僕は外の空気が吸いたくなり、どこかふわついた頭で立ち上がった。

時刻は七時前で、キューチカの階段を上るにつれて景色は明るくなった。『ロ』の字の造りの中庭からまだ太陽は見えなかったが、建物の端には真っ新な光が差していた。

大きく息を吸うと太陽の匂いがした。そのとき、洗い場に人影を見つけた。僕はその姿をじっと見つめた。

日岡さんだった。彼女の手元で赤紫色の小さな花が揺れた。

「あれ、田辺先輩」

日岡さんが僕を見つけて頭を小さく下げた。僕は身動きが取れず、野暮ったいふうにお辞儀を返した。本当は、彼女が纏う清廉な気配に足が竦んでいた。

「あ、これですか」彼女は手元の花を少し揺らした。「サクラソウです。中庭に自生してたから、手折らせてもらって」

「いつも、ここにある花ってもしかして」

「あー、はい、私です」日岡さんはどこか恥ずかしそうに言った。「私、花屋でバイトしてて、余った花を貰うんです。ここに花があったら綺麗だろうなって思って、勝手に」

この前の梅の花を思い出した。日の差さない中庭に、淡い光を帯びて花が咲いていた。そこから緩やかな風が昇り、中庭に鎮座する木を撫でた。

「確かに、花のおかげでここの気配はずっとよくなった」

僕が言うと、日岡さんは「迷惑じゃなきゃよかった」と嬉しそうに微笑んだ。

「私、綺麗なものが好きなんです。ありのままで、過不足がなくて、ナチュラルなものが好き。必要なものはすべてここにあるって伝えてくれるものが好き」

必要ないものはすべてここにある。

「だから、昨日のディアハンツも綺麗だと思いました。もちろん散らかっていたし、混沌としていたけど、何というか、満ち足りていた気がします。……とっても楽しかった」

日岡さんはくすぐったそうに俯いてから、「瓶、借りていいですか？」と僕に尋ねた。

「いいよ。今さらじゃない？」

「ですよね。ありがとうございます」

日岡さんは笑って、目の前にあった空き瓶を手に取った。中を軽く洗い、少し水を入れ、そっとサクラソウを挿した。

日岡さんの手から瓶が離れたとき、すべてが揃った。

わずかに白んだ青空から光が降り、春風に頭上の木がそよいだ。日陰の中でも辺りは明るく、洗い場の上にあるサクラソウが輝いた。

僕は日岡さんを見た。彼女もこちらを見ていた。言葉が邪魔で口を閉ざした。

必要ないものはすべてここにある。僕はそう強く思った。

◇

村山くんが口をへの字に曲げた。

「それにしても汚いっすねえ、この部屋」

「そうだね。ちゃんと明かりを点けるとよく分かる」

僕は苦笑いをした。小里くんは粛々と床を掃いていた。

ディアハンツは五月から三人体制になった。後輩の村山くんと小里くんが見習い期間を経て新たなマスターとして加わり、それぞれ二日ずつ自分の曜日を持つことにした。

人手が増えたので、早速といって大掃除と諸々《もろもろ》の修繕を始めた。ボロボロのカウンターは拭き上げたあとにニスも塗り直した。ヤニでコーティングされていた換気扇やエアコンのフィルターを洗った。

壁に掛かっていた照明の電球が切れていた。新しい電球を持ってきたのは村山くんだった。

「この電球、色変えられるんすよ。めちゃよくないすか」

そう言って村山くんがスマホを触ると、オレンジの光が赤になり、青になり、ピンクになった。場末のラブホテルみたいだった。知らないけれど。それに口を尖らせたのは小里くんだった。

「けばけばしい。もっとこう、オーセンティックな方が僕は好きだ」

そういう小里くんは私物のレコードプレーヤーと数枚のレコード盤をディアハンツに持ち込んでいた。僕はレコード盤を手にするのは初めてで、その質量につい唸った。

「古風な趣味だなあ」

村山くんはやれやれというふうに笑い、小里くんは「僕らには見習うべきことがたくさんあるんだ」と言い返して、いつものむすりとした顔になった。

二人は対極的で、曜日の個性もそれぞれだった。

村山くんがマスターの日は、いつも賑やかだった。近くの芸大生や学生じゃない客も顔を出して、元気な輪ができあがっていた。

一方の小里くんは、落ち着いた気配を大切にした。レコードが流れると、ウイスキーがよく売れた。彼はコーヒーを出すようになり、それを飲んで帰るのが定番という常連が増えた。

そして僕はと言えば、大したこだわりもなく、これまでと変わらずにのんびりカウンターに立っていた。常連が集まって、だらだら飲んで、帰っていった。締まりのない曜日だと言われても、僕はこの緩んだ時間が好きだった。

「片付け、今日はここまでですかね。ゴミは外に出します?」

村山くんが体を伸ばしながら言った。僕は頷いて、カウンターの中に溜まっていたゴミ袋を取り出した。そのとき、ぼたりと嫌な音がした。

「うわ、また穴開いてる」村山くんが顔を歪めた。厚手のビニール袋の底に大きな穴が開いて、中身が零れていた。「ここ、またネズミに齧られてます」

暖かくなるにつれて僕らが悩んでいたのは、未だにディアハンツを駆け巡るネズミだった。冬の駆除で一時はいなくなったように思えたが、春になって彼らの家族が増えたらしい。足音だけならともかく、近頃はゴミが荒らされるようになっていた。

「やっぱ、僕のせいかな」

ぽつりと言ったのは小里くんだった。僕らが首を傾げると、彼は白状するように言った。

「僕、最近よく面倒を見てもらってる研究室があるんです。そこで研究の手伝いをしてるんですけど、よくラットの解剖をするんですよ。僕、なかなか上手くできなくて、サンプルのラットを何度も無駄にしちゃったんです。……それで、もしかしたらこのネズミはラットの恨みを代弁しているのかもしれないって思うようになって」

僕は村山くんと顔を見合わせ、言った。

「考えすぎじゃない？」

「でも……」

僕らが黙り込んだとき、頭上で細かい足音がした。天井を見上げた。ネズミが僕らを笑っているようだった。今度は村山くんが言った。

「それなら俺のせいかもしれない」

「どうして？」

「少し前ですけど、ネズミを食べたんすよ」

今度は僕と小里くんが目を合わせる番だった。村山くんは続けた。

「寮の友だちに猟師がいるんです。で、その人が、ネズミっていうのは意外に世界中で食べられているって言ってて。アジアとかアフリカとかでは重要な食料だし、イギリスではネズミのパイが食べられている。それで、どうにか捕まえて食べようということになって。寮のネズミはそれこそ食べるほどいたから、焼いたり揚げたり色々試したんですよ。筋張ってるけど、淡泊な味で美味かった」

「……じゃあ、僕らも捕まえて食べる？」

僕が小里くんに聞いてみると、彼は苦い顔をした。今度は天井裏から何の音もしなかった。それが賢明だろうと思った。

ディアハンツを開け、僕がネズミの話をすると、日岡さんは怪訝な顔をした。

「『やじろべえ』の部室にはネズミなんて出ないですけど」

日岡さんは週に一度は顔を見せ、すっかり常連になっていた。

「そうなの？」

「そんな話、初めて聞きましたよ。ここ、よっぽど汚いんじゃないですか？」

「最近はちゃんとしてるよ」

「最近は、ですか」

日岡さんはカウンターを覗き込んだ。演劇の練習終わりに立ち寄った三井さんが「別に最近も綺麗じゃないでしょ」と口を挟んだ。

「ネズミに恨まれてるのかな」

僕が呟くと、日岡さんと三井さんが揃って首を傾げた。思い出したのはあの冬の、罠にかかったネズミのことだった。僕は後ろめたくて、それ以上何も言わなかった。

「ネズミは人の恨みに呼応するって昔から言われてるね」三井さんが言った。「鉄鼠《てっそ》っていうネズミの妖怪を知ってる？」

僕と日岡さんは顔を見合わせ、首を振った。三井さんは嬉々として話し始めた。

「時は平安時代も末期、ある高僧が、皇子誕生の祈禱《きとう》の見返りにお堂の建立を許可された。けれど、その勅令が比叡山の横やりで取り消された。僧は比叡山への怒りのあまり亡くなってしまい、残った怨念は八万四千のネズミになって比叡山に押し寄せ、お堂や仏典を片っ端から食い荒らしてしまった……」

「それって実話？」

僕が聞くと、三井さんは首を傾げた。

「さあね。でも、そんな逸話が滋賀のお寺にあるのよ」

「よくそんなこと知ってるね」

「どんな物事も人の想像力から起きる。そして、古典は想像力の源泉よ」

そういえば、と口を開いたのは日岡さんだった。

「ネズミに頭を下げられる神社、ありますよ」

「どういうこと？」

「狛犬《こまいぬ》の代わりに、狛ネズミがいるんです。確か、左京区《さきよう》にありました」

「そんなのあるんだ、さすが京都」僕は言い、それからふと付け加えた。「そこ連れてってよ」

一瞬の間があった。

『古本まつり、朔くんが行くならうちも連れてってよ』

高い声が耳に蘇った。

「……いいですよ」

日岡さんの瞳の奥で驚きがちらついたように見えた。僕は「いつ暇？」とスマホのカレンダーアプリを開いた。すぐに日にちを決めた方がいいと分かっていた。

僕らが手早く話をする間、三井さんは興味がなさそうに手元のグラスへ視線を落としていた。でも、こちらの話をじっと聞いているようだった。彼女は演じるのが上手いから。

日岡さんとの約束の日はぴかぴかの快晴だった。

哲学の道の北端で僕らは待ち合わせた。僕が着ていた七分袖のシャツの裾を、薫風が快く掠めた。日岡さんは青みがかった緑のワンピースでやって来た。

「すみません、お待たせしました」

「大丈夫。今日みたいな日ならあと三時間は待てる」

目当ての神社は哲学の道の途中にあった。

哲学の道は京都盆地の東側、銀閣寺から南禅寺の近くにかけて延びる小道で、琵琶湖から水を引く疎水に沿って続いていた。京都にはかなりの数の観光客が押し寄せていて、近頃の清水寺や金閣寺はとりわけひどいようだけれど、この辺りはまだまともにふらつける場所だった。

小川のせせらぎとともに僕らは歩いた。日岡さんは気持ちよさそうに腕を伸ばして、小さく呻《うめ》いた。風で擦《こす》れ合う枝葉の音がよく聞こえた。息を目一杯吸うと、遠くに青い匂いがした。

「綺麗に晴れてよかった」

「本当ですね。新緑に包まれてるって感じ」

僕らは歩幅を合わせて歩き続けた。水面を覗き込み、浮雲を眺め、お喋りをした。

「確か、日岡さんは京都出身じゃなかったよね」

「生まれも育ちも金沢です。大学からこっちに来ました」

「どうして京都にしたの？」

「うーん、祖父と父の影響ですかね。二人とも京都で学生生活をしてたんです」

話によれば、彼女は金沢で続く旧家の出身だった。祖父は地方議員、父は物理学の教授というお嬢様で、夏は涼しく冬は寒いという実直な日本家屋に住んでいたから、畳のない一人暮らしが少しだけ落ち着かないと言った。

「……驚いたけど、納得もした。日岡さんって何だかご令嬢って感じがあるから」

「ええ？　やめてください。普通ですよ、別に」

そう言って尖らせた口先にも高貴な気配が漂っていた。そう伝えれば日岡さんはさらに怒るだろうから僕は黙っておいた。

日岡さんからは打てば響くように話が飛び出した。彼女は博識でありながら、押しつけがましさは微塵《みじん》もなかった。僕らはいつまでもお喋りを続けられた。

「こっちです。大豊《おおとよ》神社」

道を東の山側に折れ、小さな橋を二つ越えた。細い参道を進んで鳥居をくぐった。こぢんまりとした境内に、本殿や社がきゅっと集まっていた。日岡さんが指を差した。

「わ、すごい。これ、狛犬じゃなくてヘビですよ。狛ヘビ」

脇の看板を見ると『狛巳』と書いてあった。他にも狛きつね、狛さる、狛とびがいた。そしてお目当ての狛ネズミは、末社の横に鎮座していた。日岡さんが近づいた。

「これが狛ネズミですか」

両手でちょうど抱えられるくらいの大きさだった。つるりとして胴長で、中途半端に丸い体つきは、冬にディアハンツに出たネズミそのものだった。

日岡さんはその石像と向かい合って呟いた。

「あんま可愛くないかも」

「そういうこと言うと、『やじろべえ』の部室にもネズミが出るよ」

「あ、忘れてください」

「僕に言われても」

二人で末社に頭を下げ、それからわざわざもう一度、狛ネズミにも頭を下げた。

冬から居続けたネズミのことを思った。僕はその足音に救われ、憎み、そして彼らをただ見殺しにした。ネズミはまた現れるのだろうと思った。

「……随分と熱心に祈るんですね」

顔を上げると、日岡さんが僕を見つめていた。

「そうかな？」

「先輩、神様とかあんまり興味なさそうですから」

「まあ、信心深いとは言えないけど」

多分、僕はもう少し悩んでいたい気分だった。どこかで今の身軽さに戸惑っていた。冬から続く淡い悩みの残滓《ざんし》を手放したくなかった。神社を離れると、僕は尋ねた。

「この後の予定は？」

「とくにないですけど」

日岡さんは僕を覗き込んだ。気配がほのかに凪《な》いで、僕は口を開いた。

「なら、お茶でも飲もうか」

そう誘うのが当たり前だという顔をした。日岡さんは目を開き、「ぜひ」と頷いた。

『朔くん、まだ時間あるなら茶でもしばこ』

よく通る高い声が脳裏に蘇った。

「田辺先輩？」

足を止めた僕に、日岡さんが声を掛けた。僕は何でもないと首を振った。

◇

薫風の吹く季節が終わり、薄暗い空が日常になった。皆が浮足立った春は過ぎ、ディアハンツの客入りも鈍った。でも、僕はこのくらいが好きだった。手の届く世界という感じがした。

梅雨になってキューチカの生活環境は急激に悪化し、廊下に続く漆喰《しっくい》の壁はびしょびしょに結露した。ディアハンツでは除湿機をフル稼働させた。部屋の状況はマシになったが、すぐに排水タンクがいっぱいになった。

そんな劣悪な環境でも、ネズミだけは元気だった。奴らは相変わらず僕らの頭上をときに駆け、こちらが油断するとゴミ袋を齧り、ダンゴムシみたいな糞を部屋の隅に残した。

また足音が聞こえた。その日、マスターとしてカウンターに立った村山くんが溜息をついた。

「相変わらず、ネズミは賑やかっすね」

僕は北垣と一緒に天井を見上げて苦笑いを浮かべた。僕らは夕方、数学の同じゼミに出て、ご飯を食べてからディアハンツへやって来た。

「田辺、狛ネズミに頭を下げてきたんじゃなかったの？」

「ちゃんと下げたよ。……というか、その話はどこから聞いたの？」

「三井」

「だろうなあ」

「で、日岡さんとの次のデートはいつ？」

「……来週の土曜」僕は何も否定しなかった。「大原《おおはら》の三千院《さんぜんいん》まであじさいを観に行く」

「もうデートは三度目？」

「いや、二度目」

「じゃあその次で告白だな。三度目が相場って決まってる」

「別に、まだそういうのじゃないって」

ぺらぺらと喋る僕にも問題があるかもしれなかった。村山くんが「デート、いいですねえ」と余裕そうに煙草をふかした。彼はよくモテそうだった。

「日岡さんを直接、茶化さないでよ」

「はあい」村山くんは笑みを溢しながら言った。「田辺さん、なんやかんや女の子の知り合い多いですよね」

「そんなことないけど」

「でもこの前も、田辺さんの知り合いっていう女の人がディアハンツに来てましたよ。同級生で、昔の常連だって言って」

僕は手にしていたグラスをぴたりと止め、「昔の常連？」と尋ねた。

「はい。田辺さんがディアハンツを開け始めた頃からの客って言ってましたけど」

北垣が眉をひそめて僕を見た。村山くんは続けた。

「ディアハンツのマスターが増えたことを知らなかったらしくて、すごく驚いてましたよ。うちが店の開け方を色々教えたのに、今じゃ田辺さんが先輩かあ、って笑ってましたけど」

僕は思い出すふりをした。そんなことをしなくても、初めから誰か分かっていた。

もう来ないと言ったじゃないか。

「田辺さん、誰か分かります？」

「まあ、多分」

僕は言葉を濁した。そのときカウベルが鳴り、扉が開いた。野宮さん。

「こんばんは」

そこにいたのは日岡さんだった。高鳴った心拍が弾けて、僕は震える息を吐きだした。何も知らない村山くんはいつも通り彼女を迎え入れた。

「あ、日岡さん。どうもどうも」

「こんばんは。何の話をしてたんですか？」

「田辺さんの昔の常連さんが」

「その話はいいよ」

僕はぴしゃりと言った。日岡さんが首を傾げ、僕の喉には気持ち悪さが込み上げた。北垣が僕を見て、それから日岡さんにそつなく言った。

「今日の一大トピックはね、田辺が先輩の卒業研究にめちゃくちゃ突っかかった話」

「ええ、本当ですか？」

日岡さんが驚きながら笑った。村山くんは困惑した顔を浮かべたが、話題をすぐにひっこめた。

確かに僕は、今日のゼミで先輩の研究の穴をつくようなことを言って場を困らせていた。北垣は日岡さんの反応を見ながら、そのときの僕の話を始めた。それはいつも通り、事実に尾ひれがついたもので、僕は脚色されるたびにそれを咎めた。

僕は不貞腐れるふりをして、まったく別のことを考えていた。

蒸し暑い熱帯夜だというのに、心に隙間風が吹くような感覚が蘇った。あの冬の感覚だった。

それは無性に懐かしく、風化した遊具のように、色褪せて形だけが残っていた。

他の客がやって来て、場の話が逸れたとき、北垣が僕に言った。

「野宮さん、何で今さらここに来たんだろうな」

「さあ。心当たりはないけど」

「田辺の曜日に来るかもよ」

「……別に来ればいいよ」

僕は投げやりに言った。北垣は小さな溜息をついていた。


三回生になると、大学の授業に加えて研究室のゼミも始まり、僕には考えるべきことが余るほどあった。しかし、ディアハンツのカウベルの音にだけは敏感になった。その瞬間だけは身構え、なるべく静かに息を吐き、誰が入ってきたかを確認した。

「田辺先輩。次、降りますよ」

「え？」

ふと見れば、日岡さんが僕を覗き込んでいた。僕は窓をじっと眺めていた。バスが振動するたび、窓に張りついた水滴が震え、周りの水滴を巻き込んで落ちた。

「先輩、今日はぼおっとしてます？」

「……逆に、普段からそんなにしゃきっとしてるつもりもないけど」

僕と日岡さんは大原の三千院に向かっていた。約束通り、あじさいを観に来た。

大原の停留所はバスの終点だった。外に降り立つと、わずかにひんやりとした気配があった。

出町柳駅からバスで北上して三十分ほどの距離だが、そこはもう田舎の景色になっていた。

日岡さんはグレーのブラウスにデニムという出立《いでた》ちだった。

「こっちっぽいですね」

僕らは他の観光客と一緒に先へ進んだ。傾斜のある参道に沿って土産物屋がいくつか並んでいた。さらに進むと、綺麗に整えられた石畳の先に、ようやく三千院の門が見えた。高い石垣を備えた立派な造りだった。

拝観料を払って中へ入った。装飾に足を止めながら、複雑な形状の建物をゆっくりと通り抜けた。その先にある庭園では、雨に濡れた枝葉や苔《こけ》が青々と輝き、体を洗い流すような冷たい匂いがした。

日岡さんは真っすぐ伸びる木々を見上げ、大きく息を吸った。僕もそれに倣った。気持ちのいい時間だった。僕はこの空間に溶けていくような気持ちになった。快さだけが僕の中で増大して、何も考えられなくなった。

この感覚を、僕はいったいどれくらい覚えていられるだろう。

「田辺先輩、どうしたんですか？」

「え、ああ、気持ちいい場所だなって思って」

「またぼおっとしてたんですか？」

「そうかもしれない」僕はそれからふと思った。「最近、僕はすごく快適に生きていて、その分だけ時間が僕を素通りしてる気分になる。物事を脳に上手く書きこめていない気がする」

日岡さんは僕に、じっと探るような視線を向けていた。

「どうしたの？」

「先輩、前に哲学の道を歩いたとき、喫茶店で頼んだもの覚えてますか？」

「え？　えっと、岡崎《おかざき》のあそこだよね。えーっと……」

「先輩はコーヒーとごまプリン、私はフルーツティーと洋梨のパフェです」

「よく覚えてるね」

「私は先輩との時間、ちゃんと全部覚えてますよ」

日岡さんはこちらをじっと見つめていた。僕は何と言ったらいいか分からず、「ありがとう」と頭を下げた。彼女は呆れたように「もういいです」と言った。

「私、ときどき先輩のにっこりした顔に、腹が立ちます」

「どうして？」

「無邪気すぎるからです」

僕はよく分からず、眉間に皺を寄せた。日岡さんは溜息をついた。

三千院を出て、隣にある宝泉院《ほうせんいん》に立ち寄った。その庭園には老齢の広葉樹が立派な枝葉を広げていて、僕らはそれを客殿から眺めながらお茶を飲んだ。絵のように美しい景色を眺めているうちに、するすると午後の時間が過ぎた。

帰りも行きと同じバスだった。後方の席に並んで座ると、日岡さんはブラウスの胸元をはためかせた。湿度の高い車内ではエアコンが必死に冷たい空気を吐き出していた。

「梅雨は嫌いじゃないですけど、こうも蒸し暑いのは困りますね」

「そうだね。でも、もうすぐ梅雨明けだよ。七月も近いし」

「七月……お祭りの時期ですね」

「あ、そっか。祇園祭」

祇園祭は七月に丸一か月かけて行われる祭りだった。一日から神事が始まり、市内に何基もの山鉾《やまぼこ》が並ぶ。月の半ばにその山鉾が市内を巡るのだが、その前日は宵山と呼ばれていくつもの屋台が店を出すそうだ。

「三条《さんじょう》の通りに提灯《ちょうちん》が出てましたよ。もう準備、始めてるんですね」

「へえ。ちゃんと観に行ったことないなあ」

「私もです」

僕が頷くと、妙な沈黙が下りた。妙だと思うのは、自分に思うことがあるからだった。湿度の高い空気がさらに粘り気を帯びた。僕は窓に頭を預けてしばらく目を閉じた。

『じゃあその次で告白だな。三度目が相場って決まってる』

北垣の言葉を思い出した。目を開けた僕は、小さく唾を呑んで言った。

「一緒に行く？　祇園祭」

「……行きましょうか」

バスの『次、止まります』のアナウンスが流れて、僕らはまた口を閉ざした。「本当に蒸し暑い」と僕は顔を扇《あお》いだ。「ですね」と日岡さんも僕を真似た。

七月になると、一日降り続ける雨が次第に夕立に代わり、昼間には青空が見え始めた。見慣れた夏が迫っていた。その日も夕立が降り、それを引きずるように小雨が続いた。

今日のような一日が重なり、この夏も終わるのかもしれない。僕はそんなことを考えていた。三年目の京都に目新しい景色はなく、入道雲の輪郭まで昨年のものと同じような気がした。

夜になると、半袖のTシャツに黒のカーディガンを羽織って家を出た。大して人も来ないだろうと思いながらディアハンツを開けた。予想通り、始めの一時間は誰も訪れず、僕はゼミで輪読しているテキストを読み進めた。

そのとき、カラン、と音がした。

顔を上げた。

野宮さんがいた。

僕は身動きが取れなかった。それは扉を開けた彼女も同じだった。

野宮さんは髪を短く切り揃えていた。雨に濡れ、ベージュのブラウスが体に張りついていた。脚が見える短い紺のスカートと、踵《かかと》の高い白いサンダルを履いていた。

「座りなよ」

僕の声は落ち着いていた。

「……そうするわ」

当たり前だが、野宮さんの声だった。どこか甘ったるい、わずかに跳ねるような声。彼女は席へ座り、ハンカチを取り出して水滴を拭いた。カウンター越しに彼女の匂いがした。匂いは上手く言葉にならないのに、何よりも正確に記憶へ焼きついていた。

「何か飲む？」

「うん。だって飲みに来たんやもん」

最後に見たときから野宮さんの顔つきは変わっていた。ショートカットの印象も混ざって、顔つきから無駄が削《そ》ぎ落とされたように見えた。

「お酒の種類、また増えたね」

「うん。春になってお客さんが増えたとき、色々入れるようにした」

「ふうん」

あまり興味のなさそうな声だった。野宮さんは瓶を見るのをやめて、「何かいい感じの選んで」

と投げやりに言った。

「本当は何も飲みたくないんじゃない？」

「……飲みたいよ。酔っ払いたい」

野宮さんはそう言って自分で苦笑した。僕はぱっと思いついた。

「なら、出したいお酒がある」

野宮さんは目をぱちりと開いて僕を見た。

「なら、それで」

僕は湯沸かし器を用意し、いくつかリキュールを取り出した。お湯が沸くまでバースプーンを無意味に触って無聊《ぶりよう》を慰めた。野宮さんは黙ってスマホを触っていた。

初めて一人でこのカウンターに立ったときのことを思い出した。夷川さんに預けられた鍵を、野宮さんが持ってきた日だ。あの頃の僕はひどく口下手だった。今の僕と一緒だった。

でも今の僕は、あの頃よりは余裕を持って人と対峙《たいじ》できた。目の前の人のことを正しく願えるはずだった。

「村山くんから聞いたよ。前にディアハンツへ一度来たんだって」

「……マスターが増えてるなんて知らなかった。てっきり朔くんがいるもんやと思った」

「ちゃんと人を集めようと思って。ディアハンツには長く続いて欲しいから」

「偉いね」

「約束したから。ディアハンツを開け続けるって」

野宮さんは目を丸くした。それで彼女も約束を覚えていてくれたと分かった。

『ディアハンツを開け続けるよ』

野宮さんはカウンターに転がるマッチ箱をしばらく眺めて呟いた。

「……約束といえば、うちはもうディアハンツに来ないって言ったっけ」それは僕に孤独な冬の扉を開いた言葉だった。野宮さんは力なく続けた。「ごめん」

僕は何も言わなかった。沸騰する前のお湯をタンブラーに注ぎ、スプーンでリキュールと馴染ませ、シナモンスティックを添えて野宮さんへ差し出した。

「これは？」

「カシスのお湯割り」

「何それ」

「美味しいから。飲んで」

野宮さんは恐る恐る口をつけた。それから、じっと味わって目を閉じた。深い息を吐いたと同時に、彼女の体の硬さが解けていった。

「ほんまや。美味しい」

僕はほっとした。

野宮さんは溜息を集めるみたいにタンブラーへ息を吹きかけ、その一杯を飲み進めた。僕は煙草に火を点けてその姿を見ていた。やがて彼女はこちらを見て少し笑った。

「そんな見んといてよ。どうしたの？」

「本当に野宮さんだなあって」僕は言った。「久しぶり」

野宮さんはまだ後ろめたそうだった。

「十二月以来、やな。うちと一緒に帰った日」

「うん。僕が寝ぼけてるうちに帰っちゃった」

「ぐっすり寝とったで」

「見ないでよ」

お互いに小さく笑った。僕は言った。

「野宮さんにとっては些細なことだったかもしれないけれど、僕にとっては大切だった」

「些細じゃないよ。ちゃんと覚えてる」

「どうしてあれから、僕を避けたの？」

「……うちは朔くんとまともに並べんって思ったから」

野宮さんは少し俯いて、言葉を探しているようだった。ゆっくりと言った。

「朔くんの気持ちは真っすぐやった。こんなことを言えば恨まれるかもしれないけど、うちはあの時、朔くんに少し惹かれてた」

僕は驚いた。嬉しくて、心がびりびりと痺《しび》れた。でも、その言葉を鵜呑《うの》みにしたわけではなかった。野宮さんが僕に向ける思いは、僕が望むものとはきっと違った。

「それは、とても嬉しい」

「せやろ」野宮さんは自信たっぷりに微笑んだ。「でもな、うちの好きは、きっとぐちゃぐちゃなんよ。それを朔くんに向けるのは、何か、嫌やった」

低くなったホットタンブラーの液面をじっと見つめながら、野宮さんは訥々《とつとつ》と言った。

「うちは多分、勝手に人を繋ぎ留めようとしてしまう。体がそのやり方を理解してる気がする。きっと朔くんにもそれをやってきた。せやろ？」

僕は否定しなかった。野宮さんは誰よりも鮮やかに僕の心へ入ってきた。

「今までは、それに気付かないふりをしてた。うちのせいやないって顔をしてた。でも、もうやめようって思った。うちはな、自分のために相手を捕まえてる。それでいいから、ちゃんと満ち足りたい」

その感覚を僕は少しだけ知っていた。もっと強くなりたい。

「でも」僕は言った。「約束を破ってまたディアハンツに来た」

表情にひびが入ったように、野宮さんは顔を強張《こわば》らせた。僕は咄嗟に口にした。

「違う。野宮さんを傷つけたいわけじゃなくて」

今度は僕が言葉を尽くす番だった。

「……僕は野宮さんの隣にいられないって何となく分かってた。それで野宮さんにはもう会わないって言ったけど、それを守るつもりなんて僕には大してなかった」

自分の言葉に小さな失意を覚えた。だから、と僕は続けた。

「疲れてる日くらいは遊びに来てよ。いつでも開けてるから」

野宮さんを真っすぐに見つめた。彼女は目を逸らさず、僕を見透かそうとするようにこちらを向いていた。見透かされるものなんて何もなかった。今、口にしたことが僕のすべてだった。

僕の誇りは単純であることだった。複雑にはなりたくなかった。

「朔くんは」

野宮さんが言いかけたとき、カウベルが鳴った。

「こんばんは」

日岡さんだった。

カウベルの余韻が消えるまで、誰も口を開かなかった。

僕はようやく「いらっしゃい」と言った。日岡さんが曖昧に頷くのを、野宮さんは小さく振り返って眺めていた。僕はカウンターを示した。

「……こちら、野宮さん。僕の同期で、前のマスターのときからディアハンツに来てる」

「よろしくね」

野宮さんは涼しい顔で頭を下げた。

「えっと、こちら、日岡さん。横の『やじろべえ』の二回生。北垣の後輩」

僕に言われて日岡さんも会釈をして、野宮さんの二つ隣に腰を掛けた。ぎこちない空気が流れた。日岡さんは落ち着かないように僕を見ていた。

野宮さんが口を開いた。

「日岡さんはよく来るの？　うち、ここ来るのかなり久しぶりで」

「あ、はい。新歓のときに田辺先輩と知り合って」

「そっか。朔くん、新歓なんてしてたんやね」

野宮さんが誘導するように二人は話し始めた。彼女の疲れた気配は消えて、代わりにどこか支配的なオーラが場に零れた。僕は相槌を打ちながら煙草に火を点けた。上手く味がしなかったことで、自分の動揺がよく分かった。

動揺？

僕は何に動揺しているんだろう。

そのとき頭上からガタガタと音が聞こえた。野宮さんは体をびくりと震わせて音の鳴る方に目を向けた。僕は天井を睨んで呟いた。

「ネズミだよ」

そのネズミはきっと僕を咎めていた。

◇

野宮さんは再びディアハンツへ顔を出すようになった。

その雰囲気は二回生の頃より大人びていた。唇の輪郭がはっきりして、ピアスやネックレスが上品になり、快活に響いていた京都弁は前より丸みを帯びた。その一方で、彼女はどこか開放的になっているとも思った。元から持っていた吸引力はさらに増したようだった。

姿を見せる時間はまちまちだった。早めの時間に来て飲んでいくこともあれば、店を閉めようとした頃合いに駆け込んでくることもあった。

「どこかの帰り？」

「うん」

誰かと会っていたのだとすぐに分かったけれど、僕は詳しく聞かなかったし、野宮さんも話さなかった。

野宮さんが纏う色香や、ふと見せる消耗に僕は気付かないふりをした。僕が閉め作業をするうちに彼女は必ず帰っていった。

「野宮さん、また普通に来るようになったんだな」

客として来ていた北垣が、僕を窺《うかが》うように言った。

「そうだね」

「何かあったの？」

「さあ、分からないけれど。寂しい気分なんじゃない？」

日岡さんはカウンターに転がるライターを見つめながら言った。

「田辺先輩、野宮さんと仲いいんですね」

「……そう見える？　会うのは本当に久々だよ。最近、何してるかも分からなかったから」

日岡さんは私心の透けない顔で僕を見つめ、北垣は気を遣うように黙っていた。僕は言った。

「野宮さんに何があったかは知らないけれど、ここでは気兼ねなく過ごして欲しい」

どんな人であれ、この場を乱さないのなら何も責めないし、何も諭さなかった。聞かれたくないことは尋ねないし、構うつもりもなかった。

決して何も言うべきではなかった。人は人を救えないが、場所は人を救えるのだ。

僕はディアハンツに思いを託した。カウンターでの話を聞いて僕は笑った。みんながつられて笑ってしまうくらいに。言葉の熱が温かく回り、客の話が弾み始めたら、僕は煙草をふかした。遠くで焦点を揺らして、今は何も見ていないふりをした。


祇園《ぎおん》四条《しじよう》駅の改札で僕は日岡さんと待ち合わせた。『改札を出ました』と連絡が来たが、同じく改札の外にいる僕は彼女のことを見つけられなかった。

「田辺先輩」

辺りを見回しているとき、後ろから声を掛けられた。振り向くと、浴衣姿の女の子がいた。もちろん彼女が日岡さんだった。

「私のこと、気付かなかったんですか」

「……まさか浴衣だとは思わなくて」

「驚かせようとは思いましたけど、何もそこまでびっくりしないでくださいよ」

日岡さんは口をへの字に曲げた。僕が「いや、すごく綺麗で」と言ったら、彼女の視線がこちらへじっと向いた。

「……何？」

「先輩はいつも、余裕な顔で私を褒める」

僕は「マスターをしてるうちに、面の皮も厚くなったかもしれない」と笑った。日岡さんは何も言わず、そっと目を細めた。

僕らは人混みに緩やかに押し流されながら地上へ出た。綺麗に晴れた夕暮れの中、一つだけ浮かんだ入道雲が橙の光の中に大きな影を伸ばしていた。歩行者天国になっている四条通を西に歩いていているうちに、空はどんどん暗くなった。

「ものすごい人の数だね」

「ですね。はぐれちゃいそう」

僕は頷いて、前を向いたまま日岡さんの手を取った。彼女は何も言わず手を摑まれていたが、やがて僕の手を握り返した。日岡さんがきゅっと手に力を入れたから、僕はようやくその顔を見た。彼女は目元を綻ばせながら、不正を咎めるように少しむくれた。僕は気恥ずかしくて顔を逸らした。

提灯は燃えるように輝いていた。空に延びる無数の鉾が存在感を増した。お囃子《はやし》が淑《しと》やかに祭りの気分を上げた。繋いでいない方の手でビールを持った。

「何食べる？」

「えー、迷っちゃいます。とりあえず、チョコバナナかな」

「それ、とりあえず食べるものなの？」

「そりゃ外せないですよ」

人混みを彷徨い、設定された一方通行の人流に翻弄されているうちに夜が深まっていった。鉾を見に来たのか、人を見に来たのか、正直なところ区別がつかなかったけれど、僕はこの時間がとても楽しかった。

「今ここどこですか？　麩屋町《ふやちよう》通？　御幸町《ごこまち》通？」

「……分かんないな。全部一緒に見える」

僕らが細い路地へ入り込んでいたとき、日岡さんが呟いた。

「あれ、何か前の方、詰まってます？」

ゆっくりとした人の流れが止まっていた。僕が背伸びをして前を覗くと、「きゃ」と隣で声が上がった。人の流れが急に動き、日岡さんがそれに押されてよろめいていた。

僕は咄嗟に日岡さんの手を引いた。彼女は僕の方へ身を傾け、僕はその背中を軽く抱いた。薄暗い光の中で彼女と目が合った。その目は、鉾に掛かる赤い提灯を反射して、祭りの彩りを帯びていた。僕はすぐにその背から手を放した。

「ごめん」

「いや、ありがとうございます」

日岡さんは顔を逸らして頭を下げた。僕らはぎこちなく手を握り直した。それから僕は黙っていた。気恥ずかしいからではなかった。

思い出したのは、すぐに背から手を放せなかったときのことだった。

僕の記憶はどうしたってあの冬に結びついた。僕の腕の中で泣く人影を、そこにあった熱を、僕は手放そうとしなかった。

「結局、私たち、いくつ鉾を見ましたっけ」

「え？」

日岡さんに聞かれ、僕は追憶から呼び覚まされた。

「……えっと、長刀《なぎなた》鉾と、月鉾と、何だっけ。食べたものは思い出せるけど」

「焼きそばと、中華料理屋さんの肉まんと、あとタコス。モヒートも飲みましたね」

「ご名答。さすがだね」

「さすがってどういう意味ですか」

僕らの間ではいつものとぼけた会話が始まった。

祭りから離れ、帰路についていた。鴨川の広い河原を北へ歩いた。人の熱気が遠のくと、涼しい夜風が吹く中で繋がれた手の熱が際立った。僕はベンチを指差して言った。

「そこで少し話そ」

日岡さんは僕を見てから小さく頷いた。

手を放して、二人でそのベンチへ座った。近くに橋が架かり、川面がその街路灯の白い光を撥ね返していた。僕らは黙ってその景色を見つめた。

僕は、誰かに初めて話し掛けるときのように、あるいはデートに誘うときのように、そして手を繋ぐときのように、小さな勇気を出して口を開こうとした。僕はすでにその勇気の出し方を摑んでいた。キスをするためにはキスを知っている顔をしていなければいけないのだ。僕は曲がりなりにも色んなことを知っていた。

「今日、すごく楽しかった」

「私もです」

「よかった」僕は笑った。「日岡さんとの時間はとっても楽しい。最初からそうだった」

日岡さんは小さく頷いた。僕は続けた。

「日岡さんが中庭に花を生けているときに出くわしたこと、ずっと覚えてる。あの瞬間、すべてのものが揃ったような気がした。何もかも満ち足りていた」

「……私もそう思います。すごく綺麗な瞬間だった」

「それから一緒に色んな場所へ行って、満ち足りた感覚は僕の勘違いじゃないって分かった。そういう時間がもっと続けばいいって思った」

偽りのない気持ちだった。日岡さんとの時間はとにかく心地よかった。

僕はその先の言葉を用意していた。だから、僕と。

そう続けるだけでよかった。自然体で口を開けばよかった。

言葉を続けられなかった。それ以上話そうとしても、重い吐息だけが口から漏れた。

夜の暗闇が僕の背を押し、川のせせらぎが僕を急かした。

「田辺先輩？」

「だから」

そこまでどうにか口にした。けれど、その先の言葉を見失ってしまった。

「先輩、もういいですよ」

夜の湿気に溶けていくような声だった。日岡さんが目に憐憫《れんびん》を浮かべて僕を見ていた。

「無理に言わなくていいですから」

僕は暗い気持ちになりながら、その実、胸を撫で下ろしてもいた。

苦しい沈黙が続いた。

口を開いたのは日岡さんだった。

「私、分かってました。先輩は私のことを見ていなかったんです。先輩にとって、私はきっとただの風景でしかなかった」

風景。

僕は日岡さんとの時間を思い出した。哲学の道を歩いたときの薫風の感覚や、雨に濡れたあじさい苑《えん》の匂いを、確かに体へ蘇らせることができた。

でも、そのときの日岡さんの姿を、僕はまるで思い出せなかった。

「先輩が私に向ける微笑みは、お祭りの賑やかさに向ける微笑みと同じです。先輩は私を眺めているだけで、何も語り掛けてはくれない。私のことは願ってくれない。……たとえば、野宮さんについて考えるときみたいには」

日岡さんに言われて、僕は野宮さんを思い出した。

野宮さんの姿をありありと思い出せた。

古本まつりの後に喫茶店で見せた怒り顔、冬の夜に伝わった熱、ディアハンツに再び現れて僕を見つめた瞳。

僕は野宮さんに触れたかった。彼女を深く知り、彼女の力になりたかった。その姿勢が間違っていることは分かっていた。それでも、僕は彼女のことを考えていた。

日岡さんはベンチから立ち上がった。

「先輩は私よりも色んなことを知っていて、色んなものを愛していると思います。素敵なものをたくさん知っている。先輩は魅力的でした。……でも、私はもっと私のことを見て欲しい。わがままな人間でごめんなさい」

日岡さんは泣いていた。

「もう、こんなことしないでくださいね」

日岡さんと目は合わなかった。浴衣のシルエットがゆっくりと遠のいた。彼女の姿が暗闇に溶けても、その場から動くことはできなかった。


家に帰りたくなかった。沈んだ気持ちでキューチカへ向かった。

ディアハンツの扉を開けると、艶やかなジャズの音が聞こえてきた。今日は小里くんの曜日だった。カウンターには北垣が座り、ソファの一角は大桂さんとその知り合いによって占められていた。

小里くんはグラスを拭きながら、不愛想な顔をわずかに綻ばせた。僕は頷き、北垣の隣に座った。適当なスコッチを頼んで、それから煙草を取り出した。北垣がライターを差し出したので、それに甘えて火を点けてもらった。

「小里の曜日に来るのは久しぶりじゃねえか？」

「そうかもしれない」

小里くんは「もっと来てくださいよ」と口を尖らせながらウイスキーを出してくれた。しばらくして北垣が尋ねた。

「田辺、お前は何してたの？」

「……祇園祭、回ってきた」

「お、俺は昨日行ったな。すごい人の数だったけど、今日はどうだった？」

「同じだね。ぐちゃぐちゃだった」

「だよなあ。誰と行ったの？」

北垣は僕が答えないのを見て、「愚問か」と笑った。「日岡さんだろ？」

「そうだね」

「どうだった？」

「どうって」僕は少し逡巡《しゅんじゅん》した。「駄目だった」

え、と戸惑いの声が聞こえた。ディアハンツ中の視線が僕へ集中した。串刺しになりながら僕はそこへ座っていたけれど、この身に一番刺さっていたのは、日岡さんと相対して込み上げた情けなさだった。北垣が眉をひそめた。

「振られた？　どうして？　上手くいってたんじゃねえのかよ」

「僕もそう思ってた。でも、違った」それ以上、上手く説明ができなかった。「僕のことはいいよ。北垣は誰と行ったの？」

「……三井だけど」

「どうだったの？」

「いや、まあ」北垣は苦々しい顔で言った。「付き合うことになった」

今度の小里くんは「ひっ」と小さな悲鳴を上げた。北垣は祝福されるべきだったが、ディアハンツには居たたまれない空気が流れた。僕だけが小さく笑っていた。

「そうか。おめでとう」

僕は心の底から北垣を祝っていた。

「ありがとう。ごめん、今言うべきじゃなかった」

頭《かぶり》を振った。ウイスキーを飲みながら、僕は無駄に冴《さ》えた頭で考えた。

僕は日岡さんと上手くやっていけた。けれど、僕の心は野宮さんに向いていた。嫌にはっきりと、自分のことを理解した。

……分かったからどうなるんだ？

僕は何も喚《わめ》かず、ただこの事実を受け止めるしかなかった。いつもそうだった。大体の事実には改善の余地もなく、ただ受け入れるしかないのだ。それがこの冬に身につけた強さだった。

北垣が僕に合わせているのか、難しい顔を浮かべていた。「北垣は浮かれた顔をしてなよ」と僕が言うと、珍しく彼はうーんと唸った。

「俺だって、どんな気持ちか怪しいもんなんだよ。お祭りの勢いでそうなったけど、自分の気持ちがよく分からない」

「素直に喜んだら？」

「まあ、嬉しいけど。……でも、俺が好きな三井は、何かに没頭してる姿なんだよな。俺の方を見て笑ってるあいつのこと、俺はどれだけ好きなんだろう。何か、変わっちまう気がするんだよな。今からもう不安だ」

僕は何も言わずに煙草を吸った。自分の曖昧さは棚に上げて、北垣の優柔不断な言葉に苛立っていた。

後に小里くんは、今日の僕は不気味だったと言った。僕の隠し持っていた迫力が振るわれたと身を竦めた。そんなものを仕舞いこんでいたつもりはなかったけれど、今日は虫の居所が悪かった。

僕らの頭上から物音がした。

「またネズミですね」

小里くんがむっとした。しかし今日の足音はどこか様子が違った。その足音は遠のくことなく、僕らの頭上を往復した。そして、音は壁の方へ向かった。行き着く先はエアコンの上だった。そこから黒い影が飛び出した。

客が狼狽える中、現れたネズミはカウンターの内側に入り、軽い物音を立てて動き回った。僕は俊敏に動いた。カウンターをくぐって奥に入り、その行方を耳で追った。ガラスを叩く音がして、ネズミが瓶ゴミの袋の中に飛び込んだと分かった。僕はその袋の口を縛った。

「ごめん、ちょっとうるさいかも」

そう言って闇雲に袋を踏み潰した。工事現場のような轟音《ごうおん》が耳元で鳴っても、僕は気にならなかった。ただ何度もそれを繰り返した。

しばらくして、ようやく僕は踏むのをやめた。物音はしなかった。スマホのライトで袋を照らすと、そこに大きな毛の塊を見つけた。すでに動きはなかった。

僕は小里くんにバケツへ水を溜めるよう言った。彼は恐る恐る僕の言う通りにした。だらりとしたネズミを取り出すと、それは前に見たネズミより一回り大きかった。その体が動く気配はなかった。

そのネズミをバケツに放り込んだ。小さな泡が出た。ネズミは何も抗《あらが》わずに底へ沈んだ。

僕はそれをじっと見つめていた。小里くんが顔を引きつらせて言った。

「よくやりますね」

僕はじっとその光景を見つめて、言い聞かせるように呟いた。

「ネズミの駆除はいいことだ」

「でも」

「僕が悪だと思えば悪で、善だと思えば善だ」

この苛立ちの正体は、何も決められない自分へのものだった。

「ラットを捌く小里くんの善悪も、自分で決めるべきだよ。君がその犠牲をもってしても研究したいというなら、その行動は善で、ネズミに暴れられるいわれはない」

重い沈黙がディアハンツを覆ったとき、カウベルが鳴った。

「こんばんは。……どうしたの？」

野宮さんだった。僕はもう動揺しなかった。すでに色んなものを決めていた。

「ネズミが出たんだ」

そう言うと、野宮さんは顔を強張らせた。僕は首を横に振った。

「大丈夫、ちゃんと駆除した。多分、もう出てこないよ」

その日を境に、ネズミは姿を見せなくなった。

今の僕は新たに何も約束できないし、誓う気もなかった。この手の中にある思いに嘘をつかないことだけで手いっぱいだった。決意は何もないところでできるものではなかった。土に、時間に、友人あるいは敵に囲まれて、心に刻まれてしまうものだった。

それが確かな決意なら、反芻したときに乾いた切なさが込み上げるのだ。

四章　長い夢

十月になると湿っぽい残暑もようやく遠のき始めた。日陰に混じる冷えた気配に当てられて、僕の頭はいつもより冴えているようだった。この頃から僕の前に研究というものが立ち現れるようになった。

前期の終わりにあった進路調査で、僕は池坂《いけさか》教授の研究室を希望していた。教授はフラクタル幾何学の分野では高名で、僕の興味の先にそのまま いるような人だった。教授の授業にはこまめに顔を出していたこともあって、無事に配属が決まった。

研究室に入ることで、僕はようやく勉強と研究の違いを知った。勉強はすでにある道を辿る作業だが、研究は道を作っていく営みだった。教授は僕へ具体的な課題を与えなかった代わりに、進捗状況の報告を求め続けた。僕が週に一度、報告に行くたびに助言をくれた。自ら道を作るトレーニングが始まっていた。

「自分でこのペースが守れているなら順調でしょう。来週、私は国際会議でフランスにいますから、次の面談は再来週にしましょう」

いつもの報告で、アドバイスを受けた後のことだった。僕が頷くと、教授が続けた。

「そういえば田辺くん、君もどこかへ遠出をしたいなら行ってくださいね。学生にとって、出かけるのに勝ることなんてありませんから」

「……そういうものですか？」

「もちろん」教授は大きく頷いた。「色々なものを見に行くことをお勧めしますよ。若いうちに多様なものに触れることはとても大切なことです」

最近、何か目新しいものを見ただろうか。そう思うとディアハンツに飛び込んだ一回生の自分の姿がちらついた。近頃、どこかへ出ていくということを怠っていた気がした。

『お前はまったく新しい、鮮烈なものを見たいんだ』

僕に語り掛けるのは夷川さんだった。

パスポートを取り、航空券を探した。日本とは違う世界について目を閉じて想像したとき、脳裏に浮かんだのは、世界史の教科書にあったイスラームのモスク、それから街に流れるお祈りだった。トルコ行きの航空券が割安に買えた。初めての海外旅行だった。

……イスタンブールに夕暮れが訪れる。金角湾のフェリー乗り場にいた僕は、海が撥ね返す橙の光に目を細める。山の斜面にひしめき合って発展した市街、その中に聳《そび》えるいくつかの尖塔《せんとう》、それからドーム屋根。都市の霞《かすみ》の中に巨大なモスクがいくつも建ち、僕を畏怖させる。その光景をものともせずクラクションを鳴らし、混み合った大通りを進んでいく車たち……。

「どんなところでも自分の世界を持って物事を考える集中力と、どんなところにも出かけていく開放的な気持ち、この二つを備えることこそ研究者の一歩目です」

教授はそう言った。だから僕は旅行中も朝に時間を作り、教授に勧められたテキストをきっかり二時間、読み進めた。それから街へ見物に出かけ、昼には市内の食堂で安くて美味しい煮込み料理とパンを食べた。また観光を再開し、疲れたら脳が焼けるほど甘い菓子とコーヒーを飲んだ。

ある意味では規則正しい日々を守った。でもそこに、例えばカフェのテラス席にふと流れてくるスパイスの香りがあるだけで、何か特別な意味が生まれた。それだけのことに僕は感動した。

日本へ帰ってきても、その感動がじんわりと続いているようだった。空に浮かぶ雲の形や図書館にいる人々の装い、街を歩く観光客が増えたこと、色んなものに鋭敏になった。そんな変化の中にいながら、僕は一定のリズムで日々を過ごした。

朗らかな日々というものがあるのなら今だった。僕は僕に整理をつけて、前より少し、周りが見えるようになった。


大学には多くの金木犀《きんもくせい》が植えられていて、出国の頃には甘い香りが構内に広がっていた。けれど旅行から帰ってみれば、今度は東大路通《ひがしおおじどおり》のイチョウが猛威を振るい、潰れた実から激しい臭いが溢れ出ていた。好きになれない風物詩の一つだった。

「お湯割りが美味しい時期やな」

はあ、と野宮さんが熱い息を吐いた。僕らは居酒屋で焼酎のお湯割りを飲んでいた。僕は酔って忘れないうちにとカバンから包みを取り出した。

「これ、あげるよ。お土産」

「お土産？」

「うん、ローズオイル。トルコの名産なんだって」

野宮さんに渡したのは、小瓶の入った箱だった。野宮さんは早速、中身を取り出した。

「これってどう使えばええの？」

「ハンドクリーム代わりにいいって言ってたよ」

「ふうん。じゃあ手、貸して」

野宮さんは自分の手にオイルを一滴垂らし、それから僕の手にも垂らした。手を擦ってみると、甘い匂いが香り、店に満ちた食べ物と煙草の匂いを押しのけた。

「いい匂い」

野宮さんは暖を取るみたいに、小さな手を顔に被せた。僕はその仕草をじっと眺めていた。

「それにしても朔くん、よう行ったよね。そんな遠くまで」

「航空券とパスポートさえあれば行けるよ」

「いや、それで行けちゃう度胸が偉いわ」

「野宮さんも度胸はある方でしょ。いつだって刺激を求めてる」

「人聞き悪いこと言わんといて」

野宮さんは口を尖らせてから、お湯割りのお代わりを頼んだ。

僕らは夏休みの頃から一緒に飲みに出るようになった。月に一、二度こうして顔を合わせると、野宮さんの目まぐるしい近況を聞くことができた。

「野宮さんは、この前の医者の男とどんな感じなの？」

「ああ、もう会ってへん。あの人、彼女がいること隠してたから」

「うわあ」僕は苦笑いをした。「じゃあ、次は？」

「次って言わんといて」野宮さんは口を尖らせた。「うーん、まあ最近は車掌さんと仲ええよ」

「車掌さん？」

「普通にサラリーマンなんやけど、仕事が電車の車掌さんなんやって。だから早番の日はめちゃくちゃ早起きで、朝三時とかに家を出るんよ」

野宮さんはその時々で遊んでいる男を替えた。そのたびに新たな逸話が生まれて、僕らはそれをつまみに酒を飲んでいた。

「でも、あんまええ男やないなあ」

「次に飲むときには、相手が替わってそう」

「そうかも。まあ、長くいられる相手が見つかったらラッキーって感じやし」野宮さんは軽く笑ってから、僕に尋ねた。「ところで朔くんはいつになったら彼女ができるん？」

「今はいいかな。それより面白いことが色々あるし」

「色々って何？」

「別に、色々だよ」

「何それ、気になるやん。教えてよ」

「えー」僕は唸ってから、続けた。「僕がやってるフラクタル幾何学っていうのは基本的に静的な性質をテーマにしているんだけど、最近、これを動的に扱おうって考えが出てきて。つまり、フラクタルの上での物理現象を方程式で書けるかって話なんだけど。で、そのアプローチの仕方がすっごく面白くて。これまでは確率論を経由させないと求められなかったんだけど、最近は直接……」

「ああ、もうええ」横で呻き声がした。「ごめん、何か違ったわ」

「ここからが面白いんだけど」

「これやから理系はあかんわ」

「ちょっと」

僕らはもう少し飲んでから店を出た。冷たい風が強く吹いて、野宮さんは羽織っていたトレンチコートを押さえた。澄んだ空気の中で街灯に邪魔された星が弱々しく光った。

「京都って全然、星見えないんだよな」

「そうなん？」

「うん、光害がひどくて。澄ました顔してるけど、ところどころ汚れてるってのが京都らしいね」

「ちょっと、うちの生まれを悪く言わんでよ」

野宮さんに小突かれながら空を見上げた。白い息を長めに吐いて、それから互いに歩き出した。

「今日はどこに帰るの？　家？」

「うん。車掌さん明日も仕事やし」野宮さんは空を仰いで薄い溜息をついた。「最近ずっとその人の家いたから、久々に自分の家帰るわ。ユーウツ」

「一人暮らしすればいいのに」

「お母さん、許してくれへんよ。こうやって男の家をふらふらするのが精一杯や」

僕にはいくつか分かっていることがあった。野宮さんの行動には、母との関係、それから父の不在が尾を引いているということ。夷川さんを上回る相手が現れないということ。野宮さんにとって僕は安心できる存在であり、それ以上を望んでいないということ。

分かっても、分かるだけだ。僕はわきまえて微笑んだ。

「あーあ、帰りたないなあ。なあ朔くん、もう少し飲まへん？」

「もうどこも開いてないよ」

「えー、嫌や嫌や」

「駄々こねないで」

僕は仰々しく欠伸をした。帰り道が分かれる交差点までやって来て、僕らは足を止めた。

「本当に帰るん？」

「うん」

野宮さんは「そっか」と呟きながら、その場にしゃがみ込んでしまった。僕は「ちょっと」と言って、彼女の服の肩を摘まんで引っ張った。しかし彼女は俯いたままだった。

「ねえ、立ってよ」

僕が困りながら言ったとき、野宮さんはこちらに振り向いた。その目はきゅっと細められ、青信号の光を撥ね返しながら僕を捉えた。僕はその目に弱かった。僕に縋《すが》るような、そして僕を搦《から》め取るような目だった。

色んなことを考えた。野宮さんはまた自分を満たすために僕を摑もうとしているのだろうか。それとも他に何か望むことでもあるのだろうか。それは僕じゃなくてもいいのか、僕でなければいけないのか。

僕は考えを押し留《とど》めた。

「駄目だよ。帰ろ」

僕は言った。それから今度は、野宮さんの柔らかい腕をしっかりと摑み、無理やり彼女を立たせようと引っ張った。でも、その体は思っていたよりずっと軽く、力を入れすぎてしまった。

野宮さんは小さな悲鳴を上げながらよろめき、こちらへもたれかかった。それを受け止めると、彼女の胸が僕の体に当たった。僕は自分の舌をじっと嚙みながら、驚いている彼女をそっと立たせた。

「ごめん、力入れすぎた」

「……うちもごめん」

野宮さんはばつが悪そうに言った。

「いや、別にいいよ」

「ごめん。何というか、不覚やった」

「……不覚って。そんな言葉使う人、初めて見た」

「ふふ。不覚不覚、不覚でござるよ」野宮さんはくしゃりと笑った。先ほどの酔いはどこかへ消えたようだった。「じゃあ、朔くんまたね。お土産ありがと」

「うん」

その瞬間に変な意味が帯びないように、僕は素早く野宮さんから離れた。彼女は薄く微笑み続けた。僕は身を翻し、道を折れて帰路についた。アスファルトの上を行く足音が静かな街に響いた。僕は決して振り返らなかった。

◇

どうしたって素敵な一日になるような青空が広がっていた。人々が外に出たくてうずうずしてしまうような休日だった。鴨川の河原では継ぎはぎのようにレジャーシートが敷かれ、かくいう僕もその一角で場所取りをしているところだった。

花見の約束をしていた。

僕はシートへ仰向《あおむ》けに寝転がっていた。視界の隅から桜の枝が迫り出していた。九分咲きといった具合で、時折、悪戯好きなスズメが枝に止まり、花を落としていった。

「朔くん、おはよ」

初めに僕を覗き込んだのは、野宮さんだった。

「おはよ……うわっ！」

首元に冷たい刺激が走って僕は飛び起きた。見れば、野宮さんがビールのロング缶を押し当てていた。くしゃくしゃと笑う彼女に僕はむくれて、その缶を奪い取った。「ちょっと」と止める声も聞かずに、プルタブを開けて口をつけた。

「もう。うちの取らんといて」

「どうせ、まだたくさんあるんでしょ？」

「……うちが全部飲むし」

「無茶言え」

今日の担当は、野宮さんがお酒、僕が場所取り、そして北垣と三井さんがお昼ご飯だった。朗らかな陽気に微睡《まどろ》んでいると、こちらに向かってくる人影が見えた。

つば広の帽子を被り、体にフィットした白いブラウスを着ていた。綺麗なシルエットだった。肩に掛けられた大きな籐《とう》カゴからはバゲットが突き出ていた。鴨川をパリのセーヌ川と間違えてしまったような出で立ちだったが、そうであっても誰も文句のつけようがないくらい様になっていた。そんな出で立ちができるのは、もちろん三井さんだけだった。

その横には大きなビニール袋を提げた北垣がいた。まだ四月の初めだというのに、すでに半袖のTシャツを着ていた。三井さんの横にいると、その体軀《たいく》の大きさが余計に目立った。

「美女と野獣や」

野宮さんが呟いた。僕はビールを噴き、彼女に背を撫でられた。

二人はかっちりと手を繋ぎ、僕らの前へ現れた。北垣が僕の前にしゃがみ込んだ。

「お待たせ。で、何でむせてんだよ」

「変なとこ入って」

関西人だけが持つ幻の臓器、変なとこ。

「わあ」野宮さんは僕への興味を失って、三井さんが持つカゴを指差した。「そのバスケット、すごいね」

「いいでしょ、これ。でも聞いてよ、北垣ね、そんなかさばるものは置いていけってしつこく言うの。こんな日に使わなくていつ使うのよ」

「お前、途中までそのカゴすら俺に持たせてただろ。肩に食い込んでしんどかったぞ」

「はー、やだやだ。そんな細かいことでネチネチ言うなんて」

小競り合いを始めた二人の手は未だにしっかりと握られていた。趣味は喧嘩、特技は仲直り。付き合いだしてからの北垣と三井さんはずっとこんな調子だった。

痴話喧嘩を一通り鑑賞してから、僕らはそのバスケットを囲んで座った。中にはサンドウィッチやサラダ、パテやオムレツなど、洒落《しゃれ》たものが詰め込まれていた。北垣と三井さんが早起きをして作ったらしかった。

「わ、すごい。三井さん、こんなの作れるんだね」

「レシピを見ただけだよ。でも、頑張ってみました」

「えー。私は大した準備もなくて、こんなものしかないですけど」

そう言いながら野宮さんが取り出したのは赤ワインだった。「完璧だよ」と三井さんがはしゃぐような声を上げた。

花見はすぐに酒盛りへ変わった。僕らの頬は桜に負けず劣らず色づいて満開になった。バスケットの中身はすぐに消えていった。ワインの瓶も空になり、残ったのは昼下がりの弛緩《しかん》した時間だった。春風が僕らを桜ごと撫でていった。土と太陽のどこか甘い匂いがした。

僕らは横並びになってシートに寝転がり、桜を見上げていた。北垣が呟いた。

「俺たちが昼に集まること、珍しいよな」

「確かに」僕は言った。「ディアハンツでしか揃ったことがない。しかも、北垣と三井さんは付き合い始めてから来る頻度も低くなったし」

三井さんがとぼけた顔で僕を見た。そんな彼女は北垣にしっかり体を預けていた。北垣が三井さんに憧れていた時代が懐かしかった。

「みんな知り合ってから、もう二年くらい経つんだね」

野宮さんが呟いた。確かに彼女の言う通りで、何だか早すぎる気がして僕は溜息をついた。三井さんが僕へ聞いた。

「田辺くんは進路、どうするの？」

「僕はそのまま院に進むよ。北垣と同じ志望だから、一緒に勉強してる」

僕と北垣はこの春休み、定期的に『喫茶船凜』で大学院入試のための勉強会を開いていた。あらかじめ決めた問題を約束の日までに解いて、それを持ち寄って答えを検討するのだ。

北垣が大きな溜息をついて「何か、自信ねえなあ」と呟いた。三井さんが北垣を小突いた。

「しゃきっとしなよ」

「俺、そんなに頭よくないからなあ」

「田辺くん、お願いだからこいつにちゃんと勉強教えてあげて」

三井さんに頭を下げられ、「善処します」と言うしかない僕だった。

「でも別に、それだけじゃないんだよ」北垣は枕にしていた自分の腕を組み直した。「自信がないっていうのは、もっと根本的なことで。このままでいいのか、みたいな」

ピンと来ない僕らは首を傾げていた。んー、と北垣はマイペースに話を続けた。

「つまり、俺たちもう四回生だろ？　卒業も近いわけで。何となく、すぐそこに人生の大きな分岐があって、数年のうちに一生を左右する決断が必要になるって分かる。俺はその分岐のためにこれまで努力して、準備してきた気がするんだ。……でも、いざその分岐を前にして、今の俺には想像力が足りてないんだよな。これまでの準備に見合うだけの未来をどうやって用意すればいいか、みたいなことを考えてさ、何か不安だ」

僕は話を聞きながら、脈絡もなく空港のことを考えていた。

昨年訪れたイスタンブール空港。到着してからどこか途方に暮れた気分で空港内を歩き回り、出発ロビーの高い天井を見上げた。すでに二十三時を過ぎていて、僕はどうにかして市街の宿まで辿り着く必要があった。

想像力。僕はここで立ち尽くしてはいけない。そのときに似たようなことを考えた。

「想像力」三井さんが言った。「難しいことを言うね」

北垣が「そうか？」と首を傾げた。

「うん。想像なんて食えないものが手に余っても無意味でしょ？　なるようにしかならないって私は思う。私は考える前に動いちゃうから。結局、やりたいことをやるしかないんだよ」

わー、と甲高い声が聞こえた。子どもたちがじゃれながら走っていた。一人の男の子が転んで、他の子も団子になって芝生へ転がった。

「みんなが羨ましい」野宮さんはぽつりと言った。「うちは卒業できるかも分からないから」

「あれ、そうなの？」

僕が聞くと、はあ、と溜息が返ってきた。

「将来もやりたいことも、うちにはよく分かんないわ。みんなよりできることが少ないから、毎日、必死でいるだけ。もう少し余裕を持って生きられたらよかったけど」

「……そういうもんかな」

僕は何だか投げやりな気持ちで頷いた。野宮さんは笑った。

「朔くんは、あんま悩んでるようには見えへんね」

「僕？　まあ、そうかもしれない」僕は少し考えてから続けた。「僕は単純だから」

「どういうこと？」

「僕はただ、好きなものを好きだって言いたい。研究が好きだから大学院に行く。それだけ」

それは前から考えていたことではなくて、唐突に僕の中から飛び出した言葉だった。言い切ってみると子どもじみていた。

「田辺らしいよ」

北垣が笑った。僕は何だかくすぐったかった。僕は照れ隠し半分、それからちょっとした祈りが半分で言った。

「何かさ、自分にとって一番の困難にちゃんと向き合ってるなら、それ以外の問題は案外、勝手に解決されていく気がする。ズルさえしなきゃいいんだ、きっと」

それぞれがそれなりに悩みながら、それなりの努力あるいは怠慢の中にいた。このままではいけないような気がしたけれど、そんな危機感は朗らかな陽だまりの中に溶けてしまった。

僕は大きな欠伸をした。

「春だなあ」

僕らは相も変わらず何も持たないまま四回生になっていた。

今年の新歓は、後輩の村山くんと小里くんが張り切ってくれた。そのおかげか新たな客も増え、またこれまでの常連から二人、新たなマスターが生まれた。僕の曜日は週一日になったけど、院試と卒論を控える身としては、そのくらいがちょうどよかった。

僕は研究室の先輩たちと論文を読みながら、別の時間には院試のための勉強を進めた。また、三年続けたドラッグストアのバイトを辞めて、代わりに教授の授業のアシスタントを始めた。

それから、週に一度くらいのペースでどこかの寺社仏閣か美術館を訪れた。神護寺《じんごじ》の薬師如来にじっと頭を下げ、東大寺《とうだいじ》の金剛力士像を見上げ、岸田劉生《きしだりゅうせい》の自画像に睨まれ、小野竹喬《おのちっきょう》の描く景色に見惚《みと》れた。

これまでも「せっかく京都に住んでいるんだし」といって色んな所へ足を延ばしてきたつもりだった。でも、このときの僕の動機は少し違った。先の冬からずっと、僕の日々は単調だった。だから、何かしらの引っ掛かりを掴みたかったのだ。

新鮮な感情を古典から見つけることにおいて、僕には長年の教師がいた。

「ご機嫌よう」

汀先生はいつも明朗に教室へやって来て、授業を行った。僕は今年も「中国文化史Ⅰ」を履修した。正確に言えば重複履修はできないので、履修登録をせずに潜っていた。先生は毎年、読み進める詩人を替えた。

「今日も引き続き、王維を読みます。杜甫が人の心の美しさを歌い、李白が人の行為の美しさを歌うのなら、王維はもっぱら自然の美しさを歌う人でありました。先週も述べた通り、彼は優れた画人でもあり、その自然へのまなざしは徹底されていた。どの詩においても、人の感情からなるべく切り離されているのです。自然は自然としてのみ彼の前にある。その静寂の美を歌うことにおいて、彼に勝る者はいないと私は思うわけです」

汀先生のようになりたいと僕は思っていた。喜びや驚きを人間以外から得たかった。人から受ける刺激は間違いなく鮮やかだけど、その分だけ相手にも影響して、ときに人を傷つけたり、まならない思いを抱いたりした。

僕は他人から影響を受けることが嫌になり、また怖くなっていたのかもしれなかった。

建物にぶつかる風の音が、壁伝いにディアハンツへ響いていた。梅雨入りしてから一週間ほど経ったが、その日は日本へ近づく台風の影響か雨は止み、その代わりに風が強く吹いていた。僕がグラスを拭いていると、カウベルが鳴った。

「やあやあやあ。私こそ四鳥科学記念財団スカラーシップ招聘《しょうへい》研究員、大桂であるぞ。ひれ伏せひれ伏せ、ビールを寄越せ」

大桂さんは勇ましい足取りでやって来た。

「もうそれ先週も聞きましたよ」

僕は苦笑いをした。大桂さんは奨学金の採択通知を受け取ってから、ずっとこの調子だった。

カウンターに座る野宮さんはぼそりと呟いた。

「てか、大桂さんってちゃんと博士課程にいたんやな」

「失礼な。今年で博士の二回生だ。ここまで時間はかかったが、私は何としても博士の学位を取ってみせる所存だぞ」

今日は大桂さんと野宮さんの他に、二人の後輩がソファに座ってあれこれ話し込んでいた。天気のせいか、いつもより静かな夜だった。外の風で換気扇がかたかたと揺れていた。

「そういえば、まだマスターが朔くんだけやった頃、こんな日があったよな」

野宮さんは肘をつき、キャスターを吸いながら呟いた。

「よく覚えてるね」

僕は驚いた。ちょうどその日のことを思い出していたからだ。ディアハンツが復活して、人が集まるようになった頃の夜だった。

「もう数年前やな。懐かしい」

「そうだね。あのときは何を話してたんだろ」

「何やったかなあ」野宮さんは結露したグラスを撫でた。「でも多分、今より真面目な顔で、色々話し込んでたんじゃないかな。あの頃、うちは一番むちゃくちゃやったから」

「今もでしょ。男をとっかえひっかえ」

「ちょっと」

僕はおどけて笑った。本当のことを言えば、僕はあの夜に何を話したか覚えていた。

『朔くんはどんどん変わっていって、うちはまた取り残される気がする』

野宮さんがそうやって不安がるから、僕は約束した。

『ディアハンツを開け続けるよ』

だから今日もここに立っていた。

人は人を救えない。でも、場所は人を救える。僕がすべきことは、相手と一緒に深刻な顔をするより、ちょっととぼけた顔で笑うことだった。僕は少し器用になった。

野宮さんは考え込むような顔をして呟いた。

「今のうちは、あの頃よりずっと分かりやすくなった気がするわ。喜んだり、怒ったり、そういうのが上手くなった。これまでのうちは、何か、自分でも得体が知れんかった」

「多少は成長した？」

「どうやろ。成長というよりは、時間が経って、見えるものも広がって、色んなことに諦めがついたんやと思う。うちが求めているものはどこにもない、だから早くここから離れなきゃいけない、みたいな感じ」

目元に柔らかい笑みを浮かべる野宮さんは大人びていた。

「やっぱり成長じゃない？」僕は穏やかな気持ちで言った。「きっと、野宮さんはとてもいい流れの中にいる。正しい場所へ進もうとしてるみたいに見える」

「そうかな」野宮さんは照れたように笑い、それから「そうかも」と言った。

「うち、もう少しな気がするわ。もう少しで、色んなことが解決するって思う。うちはみんなよりできることが少なくて、どうしようもないところばかりで、だらしのない人間やけど、あと少し自分なりに自分の力で生きたら、まともな人間になれるって思う」

野宮さんは今まで見たことない、屈託のない笑みを浮かべていた。前向きで曇りなく、思わせぶりなところもない笑み。僕は驚いていた。

その瞳は僕へ何も語り掛けなかったのだ。

そのときカウベルが鳴り、扉が乱雑に開かれた。

カーキ色のジャケットを羽織った男がそこにいた。長い縮れ髪を蓄え、鋭い目をこちらに向けた。彼はカウンターに立つ僕を認めて満足そうに笑った。

僕は言葉を失った。

そこにいたのは夷川さんだった。

「よう、久々。やってんな」

それからカウンターを見てわずかに目の色を変えた。視線は野宮さんに向いていた。

「お前もいたのか」

野宮さんは夷川さんの方へ向いていた。彼女の後ろ姿だけが見えて、どんな表情をしているか分からなかった。大桂さんが立ち上がって声を荒らげた。

「おい、夷川じゃないか。何でここにいるんだ」

「まるでいちゃいけないみたいな口ぶりじゃないですか、大桂さん」夷川さんはにやりと笑っていた。「俺だってこの大学の学生ですよ。帰ってくることもある。日本でやらなきゃいけないことが溜まってたし、大学も片道なら航空券代を出すっていうから、とりあえず戻ってきたんですよ」

カウンターに腰掛けた夷川さんは辺りを見渡した。

「少し片付けたか？　俺がいた頃より綺麗だな」

「……今はマスターが五人いるんで。たまに掃除してます」

「そんなにマスターが増えたのか。偉いな」

夷川さんは笑みを浮かべた。それは不滅の笑みだった。余裕があり、僕を上回り続け、新たな景色を見せる笑み。彼は何も変わっていなかった。夷川さんが大した意味もなく褒めるだけで僕は喜んでしまった。それが悔しいとすら思った。

煙草をふかし始めた夷川さんに、大桂さんが口を挟んだ。

「お前がろくな説明もないままいなくなって、彼が手探りでここを継いだんだ」

「必要なことは全部ちゃんと教えましたよ。それに俺、手取り足取り教えるのが大嫌いなんすよ。自分の頭を使って、やりたいようにやればいい」夷川さんは僕に煙草の先を向けた。「こいつはそういうやつでしょ？」

不敵に笑う夷川さんは、僕の中のイメージにある姿とまったく同じだった。彼はそのままカウンターに肘をついて言った。

「何か作ってくれよ。美味しいやつ」

僕は夷川さんと出会ったときのように口下手になり、ぎこちなく頷いた。それでもすぐに背筋を伸ばした。僕は自分を見せつけるべきだった。

負けてはいけないのだ。

僕はビュレットのライウイスキーとアーリータイムズ、それからスイートベルモットを目の前に並べた。ミキシンググラスにそれらを注ぎ入れ、最後にビターズを垂らした。氷を入れてきっちり三十回ステアをしてから、ストレーナーで氷を除いてグラスに注ぎ入れた。

マンハッタン。一番自信のあるカクテルだった。

「へえ」

夷川さんは滑らかな動作でグラスを手に取り、赤い液体を口に含んだ。そのとき今さら、僕は手に汗を掻いた。青筋が走り、鼓動が激しく高鳴った。ステアの間はどうにか抑え込んでいた緊張が遅れて爆発していた。

夷川さんは僕の作った液体を口の中で揉みほぐすように味わってから、ごくりと飲み込んだ。

彼はしばらく黙った。僕は言葉を待っていた。

「こんな凝る必要もないのにな」ようやく口を開いた夷川さんは愉快そうに中空を仰ぎ見た。それから僕を見た。「美味い。よく練習したんだな」

その瞬間、体がびりびりと震えた。夷川さんに褒められたことが、自分でも驚くほどに嬉しかった。僕につられて大桂さんまで嬉しそうだった。

「いかにも、私が教え込んだだけあったな」

「悔しいですけど大桂さん、味覚と嗅覚だけは確かだからなあ」

「だけ、とはどういうことだ」

夷川さんたちが話しているうちにまた扉が開き、「あれ、夷川？」と驚きの声が上がった。昔からの常連のグループだった。すぐにディアハンツの思い出話に花が咲いた。

僕はそれに頷きながら、野宮さんが粛々と煙草を吸い続けるのを目の隅で追っていた。

「大丈夫？」

手が空いたときに野宮さんへ話し掛けた。

「うん」野宮さんは薄く微笑んだ。「そろそろ帰るし」

言葉と裏腹に野宮さんはなかなか帰らなかった。彼女はキャスターに火を点けて少し吸っては、灰皿に放置することを繰り返した。口紅がついた煙草は形を残したまま何本も燃え尽きていった。

僕は注文を受けながら、カウンターの向こうの会話に耳をそばだてた。そのうち夷川さんの隣に、野宮さんが音もなく座った。

「うちがここに来てるって思いました？」

「もちろん。どうせ居ついてるんだろうって思ってた」

夷川さんは相手を弄ぶような笑みで答えた。野宮さんは瞳をわずかに震わせた。

カウンターの中でせわしなく動いていた僕は、二人の話を部分的にしか聞き取れなかった。僕が注文を捌き終え、グラスを拭きながら耳を傾けると、野宮さんは言った。

「うち、手紙を夷川さんの研究所に送りました。ちゃんと届いてたんですか？」

野宮さんは夷川さんをじっと見ていた。初めて聞いた話だった。夷川さんは何も答えないまま、正面を見つめて煙草をふかしていた。

「せめて国際郵便の代金分くらい、奢られてもいいと思いますけど」

「馬鹿言え」夷川さんはようやく表情を崩した。それから溜息交じりに煙を吐いた。「仲のいいスタッフがお前の手紙を見つけて、嬉しそうに俺のところまで持ってきたよ。どうしてよりによってあんなガキみたいな封筒で手紙を寄越すんだよ」

「ちゃんと届いてたんだ。よかった」

野宮さんは笑みを浮かべていた。

「どうせ、ここ宛てに書いた手紙の住所を見たんだろ？」

野宮さんは「はい」と微笑んだ。彼女の白い頬に赤みが差していた。

「うちに返事はないんですか？　あんな甲斐甲斐《かいがい》しい手紙もそうないですよ」

「忙しかったんだよ」

「嘘つき。ここに手紙を書く余裕はあったのに」

「……あれを送って気付いたんだよ。俺は手紙を書く柄じゃない」

僕はソファから声を掛けられた。注文を聞いてからカウンターに戻ると、野宮さんと夷川さんの話は終わっていた。野宮さんはまた煙草に火を点け、数口吸ってから飽きてしまったようにそれを放置した。夷川さんは大桂さんと別の話題に移っていた。

僕は野宮さんに声を掛けた。

「その、僕は夷川さんが帰ってくるなんて知らなかった」

「うちもびっくりした。あの人、やっぱり気まぐれや」

「手紙なんて送ってたんだね」

野宮さんは何も答えず、曖昧に笑った。僕は小声で続けた。

「ねえ、野宮さんはまだ、夷川さんのことが好き？」

「……そんなん、何も言えへんよ」

その弱々しい目尻に、僕はかつて惹かれたものを見た。こちらを釘づけにして、手繰り寄せるような憂い。僕はぞわりとしながら、彼女から目が離せなかった。

ディアハンツの客たちは一人、また一人と帰っていった。しかし野宮さんはそこに居続けた。夜も更け、店を閉める流れになった。夷川さんは立ち上がった。

「じゃ、また来るわ」

「また」

その横で、野宮さんも身支度を整えて立っていた。二人は一緒に出ていった。

やがて大桂さんも帰った。一人になると、僕は看板を仕舞って閉め作業をした。帰りに中庭を覗くと、いつしか外の風は止み、風に洗われた空気が満ちていた。空を見上げるといくつかの星が瞬き、大木がどこか力なく枝葉を広げていた。

結局、同じ場所に戻ってきてしまったんじゃないか？

再帰的だと思った。

僕はまた繰り返していた。夷川さんに惹かれて、野宮さんにも惹かれて、苦しくなって。すべて見知った感情だった。それには慣れていたけれど、やり切れない気持ちには違いなかった。

そうやって何度も繰り返して、僕はどこに辿り着けばいいんだろう。

僕は夜闇の中で目を見開いた。せめて何かを見通したかった。

◇

それからディアハンツは連日、夷川さんの帰国を聞きつけた客で溢れた。

彼の学部からの同期や、昔のディアハンツの常連たち、それから留学生のコミュニティに、卒業してからも京都に残った人々、夷川さんが寝泊まりしている大学寮にも彼の友人が大勢いた。繁盛するディアハンツに夷川さんが飲みに来ることもあれば、夷川さんが大勢を引き連れてやって来ることもあった。

「歩がマスターの頃はもっと治安が悪かった」

夷川さんを歩、と呼ぶのはジッシツの柏さんだった。今日も襟まで留めた学生服を着て、背筋を伸ばしてカウンターに座っていた。品行方正な姿だが、手元にあるビールの缶だけは場違いだった。

「歩の時代はひどいものだった。信じられないくらい濃いウォッカトニックを作るし、すぐテキーラを配るし。客に対して『話が面白くない』ってキレて、外で取っ組み合いになるし」

「あれはあの映画ナードの評論がダルいから」

「センスがないからって殴っちゃいけない」

「いいんだよ。言葉より暴力だ。だいたいな、言葉が暴力を上回るのは、そこに暴力を削ぐ力があるか、そこに暴力を呼び寄せる力があるか、その二つのときだけだ。ジッシツのお前が一番分かってるだろ」

「……まあ、頷かなくもないけれど」

柏さんが弱気になった隙に、夷川さんが指を立てて詰め寄った。

「てか、大体お前はいつになったら時計台に上るんだよ。お前のそれも実力が伴わないそれなのかよ？」

「僕だって着実に計画をしてるんだ」

「はいはい、ダセえのはその学生服までにしとけって」

柏さんが言い包《くる》められているのを僕は初めて見た。珍しく背中を丸めた柏さんは、溜息とともに呟いた。

「君はいつもそうやって吹っ掛けてくる。何で愛想を尽かされないのか分からない」

「でも、そんなお前も俺を愛してくれてる」

「愛してない」

その溜息に、夷川さんは首を傾げて笑った。二人の話に聞き入っていた江本さんが、おまけのようにワハハと笑った。そのときカウベルが鳴った。

「こんばんは」

野宮さんだった。彼女はグレーのパーカーを緩く羽織っていた。化粧は薄めの自然なもので、どこかの帰りではなく家から直接来たのだと分かった。彼女は夷川さんと目を合わせ、自然に頭を下げてからカウンターに座った。キャスターに火を点け、それからカクテルを頼んだ。僕は酒を取り出しながら尋ねた。

「野宮さん、今日は家から来たの？」

「うん。前の人と切れてからはずっと家にいるわ」

「初耳だ」

「あれ、そうやっけ？」

野宮さんは首を傾げた。夷川さんが帰ってきてから、彼女は僕を飲みに誘わなくなった。僕からも誘うことはなかった。きっと、知りたくないことを聞く羽目になるからだった。

野宮さんのグラスが空く頃、夷川さんが人の中心から離れて彼女の横に座った。

「何飲んでんの？」

「ラスティネイル」

「渋いな」

「甘いよ？　変なの」

「そうじゃねえよ」

そのまま二人は何かを話し始めた。僕はその場を離れ、別のところの話題を聞きに行った。二人の脚がわずかに触れて離れる様子が見えた。

やがて夷川さんは薄いコートを羽織って席を立った。周りの人に小さく声を掛け、軽く手を振ってから去っていった。それは僕にも向けられていたから、軽く微笑んで頭を下げた。

それから何が起きるか、僕には予想がついていた。

案の定、しばらくしてから野宮さんが荷物をまとめ始めた。彼女が席を立つ前に僕は言った。

「行くんだ」

野宮さんは僕と目を合わせて、飾り物のように綺麗な唇を微かにむっと歪めた。その言葉の意味はきっと野宮さんにも伝わっていた。

「うん。帰るわ」

「そっか。おやすみ」

僕はカウンターに肘をついたまま小さく手を振った。それは夷川さんが僕へ向けるような、寂しいくらい何の執着もない掌を真似たものだった。

夷川さんと野宮さんはどこかで待ち合わせているに違いなかった。

「また二人は仲良しだねえ」

扉が閉まってから、江本さんが呟いた。僕は鼻を鳴らした。

「でも朔くん、いいの？」

「……別に、いいも悪いもないですよ。僕には関係ないし」

僕もまた硬い微笑みを浮かべたまま言った。いつも笑ってばかりの江本さんが、今日はつまらなさそうに口を尖らせた。僕はしばらく目を閉じて、息を吐き切った。二人のことを頭からも退出させ、再び目を開いて客との話に戻った。

野宮さんと夷川さんについて、僕が口を出す権利はなかった。ただ、目の前の関係に肯定も否定もしないことが僕の役割だった。人は人を救えない、でも場所は人を救える。僕はそう信じて微笑みを浮かべ続けた。

そんな僕は、夷川さんが来てから客としてディアハンツに行くのを避けていた。彼と野宮さんの関係に口を出さないためには何も見ないことが手っ取り早かった。

そして、久々に自分の曜日ではないディアハンツへやって来たのは、夷川さんが学会出席のために京都を離れていると聞いたからだった。

「田辺先輩、野宮さんと夷川さんって何かあったんですか？」

僕だけがカウンターに座る中、その日のマスターである小里くんはコーヒーを淹《い》れながら尋ねた。彼の曜日には相変わらずジャズが流れ、コーヒーが淹れられた。その豆は焙煎《ばいせん》も自分で行ったもので、僕はそんな凝り性な彼が好きだった。

「最近？　まあ、見た通りじゃない？」

「それは分かりますけど、もっと昔の話です。夷川さんがマスターだった頃から、野宮さんと知り合いだったんですよね。この前、大桂さんが少しだけ話してて」

「……野宮さんが高校生の頃、夷川さんが家庭教師で、そのとき色々あったらしいけど」

「え、高校生に手を出したんですか？」

小里くんはそう聞きながら僕へコーヒーを差し出した。

「どうなんだろう」

僕は素知らぬふりをしてコーヒーを飲んだ。

「人の心配より、自分の心配をした方がいいよ。小里くんに何か素敵な出会いはないの？」

「そういう先輩は最近、何かあるんですか？」

「……僕は当分いいよ」

「うわあ、大人びちゃって」

そのとき、カウベルが鳴った。

「こんばんは」

野宮さんだった。僕と小里くんの間の空気が、凝固するように締まった。彼女は僕の隣に腰掛けて、スコッチウイスキーを頼んだ。ぶかっとしたパーカーを羽織り、短いパンツを穿いていた。

「……今日は来ると思わなかった」

「何で？」

「だって今日、夷川さん来ないから。広島の学会に行ってるし」

野宮さんは目を小さく震わせた。その様子だと、夷川さんの予定を聞かされていないようだった。彼女はばつが悪そうに呟いた。

「夷川さんおらんかったら来ちゃ駄目なん？」

僕は何も答えず小里くんを見た。彼は「野宮さんはいつでも歓迎ですよ」と困った笑いを浮かべていた。

「だって。よかったね」

僕は野宮さんを見て首を傾けた。彼女は証明写真のようにつまらない顔を僕へ向けた。

そのまま僕らはカウンターで他愛のない話を続けた。かかりの悪い発動機みたいに、話題が現れては膨らみ切らずに途切れた。話すのに疲れ、何だか集中も途切れてしまった。黙ってウイスキーを飲んでいるとき、野宮さんがぼそっと言った。

「ねえ、朔くんは私を責めてるん？」

「何で？」僕は尋ねた。「やましいことでもあるの？」

野宮さんはこちらを見ずに呟いた。

「今日の朔くんは皮肉っぽくて嫌や」

その言葉はとても素直なもので、僕は何も言えなくなった。

「うちに言いたいことがあるなら言えばええやん」

「別に、何もないよ」

「あるやろ。絶対」

「何もないよ」

「じゃあ、いつも通りでいてよ。不機嫌にならんでよ」

「なってないよ」

「なってるやん」野宮さんは俯きながら言った。「そのくらい、分かるわ」

それから野宮さんは黙り込んでしまった。こんなとき、頼れるマスターなら何か気の利いたことを言うかもしれないけれど、小里くんはグラスを黙々と拭き出して、この場を見捨てていた。

「……言いたいことがあったとしても、僕には言う権利がない。野宮さんが決めるべきだよ」

「でも」

「でも？」僕は声を尖らせた。「野宮さんを責めているのは、僕じゃなくて野宮さん自身だよ。どうして僕がそれに付き合わなきゃいけないの？」

野宮さんは黙ってしまった。

「帰る」

僕はその場から離れた。「ちょっと」と野宮さんが僕の腕を掴んだけれど、僕はその手を躊躇いなく振りほどいた。僕も冷たくなれるのだ。

キューチカから中庭に出たとき、外では小雨が降り出していた。梅雨に沈んだ京都の、行き場のない不快な気配が充満していた。僕は真ん中にある木の下に入って煙草に火を点けた。細かい水滴が頭上の枝葉を叩き、音の霧に包まれたようだった。

口にできないまま溜まった言葉を、すべて煙に変えるように息をした。雨の霞に白いもやが上って、そのまま薄れていった。火の灯る先を雨が掠め、じ、じ、と音を鳴らした。

小雨の中に、小さな靴の足音が忍び寄った。

「朔くん」

野宮さんだった。僕は振り向かなかった。そのままでいると彼女は続けた。

「小里くんが、まだ朔くん上にいるかもって言ってたから」

僕は顔がほてり、目を閉じた。どうして真っすぐ帰らず煙草を吸ったのか。小里くんにも分かるくらい僕は単純だった。

「ごめん。うち、朔くんと話したい。話、聞いて欲しい」

「どうして僕？」

「うちがこんなこと話せるのは、朔くんぐらいや」

僕は震えた。その言葉が嬉しくて、でも喜んでいる自分が悔しかった。

「うち、夷川さんのこと、分からんくて」

野宮さんは話し出した。僕は煙草を潰したのに、そこに立っていた。口実はもうなくて、あとは彼女の話を聞くしかなかった。

「夷川さんの何が分からないの？」

「……それも、分からへん」

「何それ。無力すぎるよ」

「そうや。朔くんの言う通りなんよ。今のうちは何も決められへん」

野宮さんは俯いて、その場に立ち尽くしていた。僕は溜息をついて、彼女の腕を引いて木の下へ導き、ベンチに腰掛けた。

「夷川さんに、やっぱり、惹かれてるんだ」

野宮さんはまた「うん」と言った。

「どこに惹かれるの？」

「どこやろ」野宮さんはぽつりと話し出した。「あの人は、すぐどっかに行こうとするやろ？うちは追っかけたり、待たされたりして、ずっとハラハラしてるんよ。近くにいるときも、うちのことどう思ってるか分からんの。……でも、うちにどっか行けとも言わんの」

「そんなところがいいの？」

「分かってる。しょうもないわ、ほんまに。……何か、うちの中のしょうもないところがずっと騒いでる。それが嫌や」

僕は雨に感謝した。むしゃくしゃした気持ちを少しは宥《なだ》めてくれた。

「夷川さんといて、幸せ？」

「その瞬間は幸せ。でも、また夷川さんのことが私の中で膨れていくのは、苦しい」

幸せだった、と聞いて僕は胸が痛んだ。純粋な嫉妬だった。

「野宮さんの求めるものがそこにあれば、一緒にいればいいと思う」

「……あると思う？」

ない、と言えば、野宮さんは夷川さんと距離を置くのだろうか。

「野宮さんは聞いてばかりだ」僕は突き放すように言った。「自分で考えなよ。僕は知らない」

そのまま立ち上がった。

「待って」

「待たない。野宮さんが野宮さんの意志で決めるんだよ」

トルコのお土産を渡した、冬の始まりの夜を思い出していた。

あの夜、僕は野宮さんを抱き締めることだってできたと思った。もしそうしても、彼女はきっと拒まなかった。

でも僕は野宮さんの手を取らなかった。もし同じことが何千回も起きたって、僕はやっぱり一度たりとも彼女を引き寄せないのは分かっていた。

それは僕と野宮さんの求めるものが違ったからだ。僕が欲しい特別と、野宮さんが僕に求める特別は違うからだ。そこにあった都合のいい未来を、僕はこの手で拒んだ。正しいかも分からない誠実さを僕は捨てなかった。

野宮さん。僕だって僕の意志で確かに選んでいたんだ。

「帰る」

僕は振り向かずに中庭を出た。霧雨は続いていた。体が隈《くま》なく濡れて、服が張りついた。雨の匂いが辺りを覆っていた。吸いつくような自分の足音を聞き続けていた。

◇

七月になった。スコールのような激しい夕立が降ったかと思えば、一気に雲が開けて、濡れた高い木立が橙の夕日に照らされた。そのまま凪いだ夜がやって来た。その美しさに皆が誘われ出てきたのか、ディアハンツは繁盛していた。

僕は馴染みの客たちとカウンターで夏休みの予定の話をしていた。梅雨明け宣言が九州に出され、京都の人々も次の季節の訪れに胸を躍らせていた。

夷川さんが薄い柄シャツを着て、スプモーニを飲みながら言った。

「そういえばここにバーベキューセットって置いてなかったか？」

「バーベキューセット……あ、ありましたよ。焼き台とビニールシートですよね」

大桂さんが「懐かしいな」と呟いた。「昔はよくやっていたなあ。夏休みに入る頃に、常連を集めてバーベキュー」

「それです」夷川さんは頷き、僕を見た。「あれ、楽しかったよなあ。酒と肉をしこたま買い込んで、八瀬《やせ》の方まで出かけてさ」

後輩のお祭り男、村山くんは、その話題を聞き逃しはしなかった。

「めっちゃいいじゃないですか、それ。みんなでやりましょうよ」

他の馴染みの客たちもはしゃぐように話を弾ませた。夷川さんが僕を試すように見た。

「だってよ、マスター」

「……僕、院試まであと一か月しかないんですけど」

「でも、夏もあと二か月しかない」

「んな無茶な」

「何だよ、ノリ悪いなあ。可愛げがない」

僕は大きく溜息をついた。夷川さんにそう言われると引けなくなってしまった。

「……分かりましたよ。七月中に、ディアハンツ主催でバーベキューですね」

歓声が上がった。僕は皆に予定を聞き、暫定で日にちと集合時間を決めた。テスト期間後の土曜日ということになり、みんなは何を持っていくか、何を焼くかというような話で盛り上がり始めた。

夷川さんはその様子をにやりと笑いながら見つめていた。彼が言い出しっぺだから、こうも簡単に決まるのだと思った。彼が望んだことはきっと何でも叶ってしまう。そんな気がした。

野宮さんはバーベキューに来るだろうか、と僕は考えていた。あの小雨の夜以来、野宮さんとまともに話していなかった。この頃、夷川さんがいる日であっても彼女はディアハンツにやって来なかった。


バーベキューの当日、僕らの頭上には抜けるような青空が広がっていた。日差しが容赦なく僕らを焼き、青々とした山から大きな入道雲が飛び出していた。

集合場所は叡山《えいざん》電車の八瀬駅だった。京都盆地を北東に外れ、比叡山や大原の方へ向かう道のちょうど入り口で、市街から電車で容易に来られる渓谷だった。

僕は他のマスターたちと車を借りて、買い出しを終えてから駅に着いた。先に場所取りをしていた北垣が手伝いを何人か連れて車まで迎えに来てくれた。

「お疲れ。うわ、たくさん買ったたな」

「何人くらい集まってる？」

「ざっと二十人だな」

「分かっているけど多いなあ」

僕らは荷物を抱えて川沿いに降りた。八瀬を流れるのは鴨川の上流にあたる高野川だった。幅は広いが歩いて横断できるくらいの浅い川で、周囲は気持ちのいい森になっていた。河原は親水広場として整備されていて、すでに多くのグループがビニールシートを広げてバーベキューをしたり、子どもと川で遊んだりしていた。

少し下ったところに石の転がる河原があり、木陰がそこに落ちて木漏れ日を瞬かせていた。ディアハンツの面々はそこに集まっていた。

僕らはテキパキと準備を始めた。火起こしは村山くんの仕事だった。バーベキューに慣れていた彼は手早く焼き台を組み立てて、同期の常連たちとうちわで必死に風を送った。一方の小里くんは食材担当で、持参したまな板と包丁で野菜を切っていた。

優秀な後輩たちによって僕は仕事を失ったので、川で冷やされている大量の缶ビールを一本拝借して、それを飲みながら河原の大きな石の一つに腰掛けた。

後ろから「おやおや」と仰々しい声がした。

僕を見咎めたのは三井さんだった。その後ろに野宮さんもいた。

「サボってるの？」

「違う」僕は首を振った。「優秀な後輩のせいで仕事がなくなった。仕方なく飲んでたんだ」

「仕方なく？」

「うん。不本意ながら、苦渋の決断の末に、やむを得ず」

三井さんはやれやれという顔をしながらも、両手にちゃっかりビールを携えていた。そのうち一本を野宮さんに渡し、二人は僕の隣に腰掛けた。

「乾杯」

三井さんが僕の缶を缶で小突き、野宮さんもそれに倣った。僕と野宮さんはその日初めて明確に目を合わせた。小里くんの日のディアハンツで気まずく別れてから、僕らはまともに言葉を交わしていなかった。

僕らがわだかまりを残したままビールを飲んでいると、川の向かいで水しぶきが上がった。夷川さんが何人かと一緒に足を水に浸してはしゃいでいた。

「よし、相撲取るぞ」

夷川さんが腕を捲って立ち合いの構えを見せると、大桂さんが「私が倒すしかなかろう」と対戦相手に名乗りを上げた。すでに酔っている江本さんがビールを片手に行司を引き受け、川の中に入っていった。

「はっけよい、のこった」

江本さんが腕を振り上げると、夷川さんと大桂さんはぶつかり合った。二人は川底の岩に足を取られながらよろめき合い、やがて互いに倒れて大きな水柱が上がった。夷川さんたちは倒れてもなお取っ組み合いを続け、オーディエンスは快哉《かいさい》を叫んだ。

勝ち負けはどうでもよくなって、夷川さんは気持ちよさそうに体を起こした。

「さあ、次はどいつだ？」

夷川さんが次の獲物を探していたとき、「もう肉焼けますよ」と焼き台の方から声が上がった。

「びしょ濡れなのは俺たちだけかよ」

夷川さんは口を尖らせ、それを皆が笑った。

やっぱりこれは夷川さんが望んだ景色なのだ。僕はそんなことを思った。彼は誰よりも愉快な景色を見たがった。その願いの強さはそのまま、想像を具現化するエネルギーに変わった。見たいものを見るために夷川さんは疾走していた。

僕はふと野宮さんを見た。彼女も夷川さんの景色に微笑んでいた。

村山くんと小里くんが音頭を取って焼き台に立ち、僕らは網の上の肉に群がった。買いすぎたかもという思いは杞憂《きゆう》に終わり、具材はみるみるうちに減っていった。それより減りが早かったのはお酒だった。後輩のマスターが僕に声を掛けた。

「田辺さん。ビール、足りなくなりそうですけど」

「え、本当?」

川の方へ確認に行くと、養殖池の魚のように水面の一角を占めていた缶はすっかりなくなっていた。

「お酒、もうこれだけなん? やばくない?」

声を掛けられた。振り向くと野宮さんがいて、僕は頷いた。

「そうらしい。まだウイスキーと炭酸は余ってるけど、買いに行かなきゃいけないかな」

ここから歩いて五分くらいのところにコンビニがあった。野宮さんは言った。

「うち、買ってくるわ。ちょっと用事あったし」

「僕も一緒に行くよ。一人だと重いって」

「大丈夫や」野宮さんは首を振った。「夷川さん連れていくから」

僕は野宮さんを見た。彼女も僕の方を真っすぐ見ていた。川のせせらぎや蝉の声、人々のはしゃぐ声が遠のいていくような気がした。

「うち、決めた。夷川さんとちゃんと話してくるわ」

野宮さんの瞳は揺らがなかった。彼女は続けた。

「朔くん、前に言ったよな。自分の意志で選ばなきゃいけないって」

「……そうだね」

「うちな、なんて残酷なことを言うんやろうって思ったよ。自分のことが可哀《かわい》そうになった。だってな、うちのところにはいつも、うちの意志もお構いなしに色んなもんが来たから。お母さんがお父さんと別れたことやろ、それから、おばあちゃんとお母さんがずっと喧嘩をしてること、夷川さんが家庭教師として現れたこと、あと、朔くんが夷川さんの手紙を見せてきたことも。みんなうちをこじ開けて、入り込む。……そうやってうちが仕向けてるのかもしれんけど」

確かに僕は夷川さんの手紙を見せた。僕は野宮さんの心をこじ開けようとした。彼女を傷つけてきたものと同列だった。

「でも朔くんは言うんやな。うちは自分で選ばなきゃいけないって」

「それは」

「朔くんが正しいわ」

俯きかけていた僕ははっと顔を上げた。野宮さんは口調を変えずに続けた。

「うちはな、うちの中に入り込むものを選ばなきゃいけない。それで、選ばなかったものは、もう絶対に拒絶しなきゃいけない」

僕は話の行く末が分からなかった。

「……ここから北へ少し行ったら、この川を跨《また》ぐ小さな橋があるやろ？」

「うん」

「その下で待っててくれへん？　上から見えないように。うちがいいって言うまで、何も言わずに隠れてて」

僕は「分かった」と頷いた。

野宮さんはその場を離れ、焼き台の近くにいた夷川さんに声を掛けた。二人は何かを話した後、そのまま駅の方へ出る階段を上っていった。

僕は野宮さんの言う通りにするしかなかった。ディアハンツの面々が集まっていた場所を離れ、水辺ではしゃぐ子どもたちの歓声を聞きながら北上した。橋まで行くには足元の悪い岩場を越えなければならず、苔で滑らないように注意深く進んだ。

選ぶ余地はないんだな。

ふとそう思った。野宮さんが経験してきたことを僕は追体験しようとしていた。この後、僕の見たくないものを見る羽目になると分かった。

野宮さんから言われた通りに橋の下まで来た。木造の古い橋で、裏側はしっとりと濡れて黒く光っていた。僕はその下に座り込み、ただじっと待った。野宮さんが二度と現れなければいいと思った。僕は迎えを待つ子どもで、ひどく無力だった。

どれくらい経ったのだろうか。頭上から足音が聞こえてきた。

「買い出しじゃないのかよ」

「ごめんなさい」

夷川さんと野宮さんの声だった。僕はぎょっとして、それから息を殺した。

「今ここで話さなきゃいけねえの？」

「うん」

野宮さんははっきりと言った。夷川さんは何も言わなかった。

「うち、もうあなたとは一緒にいない。今日で全部終わりにします」

夷川さんに狼狽えた様子は微塵もなかった。はっ、と一息に笑った。

「その話、何度目だよ。結局また戻りたいって言い出すんだろ」

いつしか野宮さんが言っていたのと同じだった。夷川さんは求めれば現れるし、拒めば去っていくのだ。彼は続けた。

「帰国して、ディアハンツでお前と目が合ったとき、俺にははっきり分かった。お前は俺を未だに求めてるって。お前は今も渇いてる。だから、満たし続けなきゃいけない」

野宮さんは穏やかな声で言った。

「確かにうちには足りんもんばかりや。でも、分かったんです」

「何を？」

「そんなもん、満たそうとしちゃいけないってこと」

「何だそれ」

「結局、うちは死んじゃうくらい愛されたい。誰かと一緒にいて、それ以外になーんもない場所まで行ってしまいたい。でも無理や。そんなん続かんし、それに愛されたって死なん。そんなこと考えても幸せになれへん」

野宮さんは自嘲するように笑って続けた。

「うちには足りんもんばかりで、これからもすっごく苦しくなるし、色んなものを恨むと思う。それでも、うちは今の自分が持つもんだけで精一杯やっていくしかない。誰かに身を預けてぐちゃぐちゃになるのは、もう嫌や」

夷川さんは口調を変えず、すぐに言った。

「無理だろ。どうせお前はすぐに俺を呼ぶよ。これまでもそうだっただろ」

野宮さんはじっと黙って、それから首を振った。

「何となく分かります。今回はもう前とは違うって」

粘っこい沈黙が流れた。僕は息を殺していた。

「そうか」やがて夷川さんは溜息をついた。「利口になったな」

「うん」

「つまんなくなった」

「……それでいいですよ」

「どうかな。頭で出す答えと、体が選ぶ答えはいつも違う。だから難儀なんだろ」

足音がした。夷川さんが野宮さんの方に歩み寄っていた。

「来んでよ」

「止めてみろよ」

「来んで。……来ないで！」

ピチンと爆《は》ぜる音がした。野宮さんが夷川さんの頬を張っていた。

足音は退いた。日常が復活し、周囲の音がまた盛り返していくようだった。しかし僕の鼓動だけは元のペースに戻れないでいた。

「うちは本気。舐めんで」

「そうか」夷川さんは呟いた。「寂しいな」

乾いた足音は遠ざかっていった。夷川さんは橋を歩いていったようだ。

野宮さんはその場に残っていた。そして、ぽつりと言った。

「これで終わり。本当に終わりや」

僕は野宮さんの言葉をただ聞いていた。

「苦しいな。うちが何をしたっていうんやろ」

その声は震えながらも、何かに抗うように周りへ響いた。

「うちな、色んな人と寝てな、そうすれば強くなれると思った。でも駄目やな、私は夷川さんを克服できんし、強くもなれへん。結局、うちが分かったんはそれだけなんや。うちは一生、満たされて生きることなんてできないんや。でも、うちは生きなきゃいけないんや。……生きていかなきゃいけない」

　僕は泣いていた。野宮さんの元に駆け寄りたかった。

　でも、それが一番、駄目だった。

　野宮さんが乗り越えようとしていたのは、こうやって彼女の中に入り込もうとする人々だった。やっぱり僕は野宮さんと一緒にはいられなかった。彼女を救おうとする僕は、決して彼女と付き合えないし、付き合ってはいけない。人は人を救えない。場所だけが人を救える。

「朔くん、もういいよ」

　優しい声がした。僕は涙を拭き、呼吸を整えてから、橋の下を出た。野宮さんが欄干に肘をついて僕を見下ろしていた。彼女は何事もなかったような顔で僕に微笑んだ。熱い風が僕らの間に吹いた。僕もささやかな笑みを彼女に向けた。

　野宮さんは言った。

「せや、買い出し行かへんと」

「結局、行ってなかったの？」

「うん。朔くんも手伝ってな」

「一緒に行かなくても大丈夫じゃなかったんだっけ」

「……意地悪言わんといて。早くこっち来てや」

　僕は舌を小さく出して、すぐに河原から上がる階段を探した。小走りで動きながら、もう涙が乾いていることを確かめた。野宮さんはすでに泣いていなかった。だから僕も泣かないのだ。

コンビニでの買い出しを済ませて皆の元へ戻ってくる頃には、具材も焼き終わり、河原にはのんびりした時間が流れていた。僕と野宮さんの抱えた袋に皆が群がり、酒を取っていった。

夷川さんはブルーシートの上で足を伸ばしていた。くつろいでいるように見えた。僕と目が合った。彼は普段と変わらない様子で小さく微笑み、靴を履いてこちらに来た。

野宮さんは僕の横で顔を強張らせていた。僕は気まずくそこに立っていた。

「遅かったな」

何もなかったかのように夷川さんは笑った。呆気にとられる僕をよそに「一本貰うぜ」と言ってビールを持っていき、またブルーシートでの話の輪に戻っていた。

夷川さんは一種類の笑顔しか持たないみたいだった。誰彼をも上回る乾いた笑み。

「ね、うちらも飲も」

野宮さんが僕に缶を差し出した。彼女もいつも通り笑っていた。

本当に何もなかったのかもしれない、と僕は思った。夷川さんや野宮さんのように、僕もすでにいつもの笑みを浮かべることができた。動揺を心の奥に仕舞いこんで、バーベキューの団欒《だんらん》の時間に戻ることができた。

僕らはみんな強かった。強くならなきゃいけなかった。

◇

夏休みを迎えると、僕の頭はいよいよ院試一色になった。

唯一の息抜きはディアハンツを開けることだった。

夏休みは店に来る客が少ないシーズンだった。この時期の学生は、旅行に出かけたり帰省したり、何かと京都を離れることが多いのだ。だから店を占めるのはバイトや研究に追われる苦学生で、僕は彼らに慰めの一杯を作った。

あのバーベキューから、夷川さんも野宮さんも店に現れなくなった。僕はそれを寂しく思いながら、一方どこかで安堵していた。

だから夷川さんがふらりと現れたとき、僕は思わず緊張して、マドラーを落とした。僕と目が合った彼は愉快そうに肩を揺らした。

「何でそんな驚くんだよ」

「いや、久しぶりだと思って」

夷川さんは迷わず僕にギムレットを頼んだ。よりにもよって夷川さんの最も得意なカクテルだった。

「……自分で作った方が美味しいですよ」

「お前のギムレットが飲みたいんだよ」

僕は渋々、シェイカーを振った。夷川さんは僕の一杯に口をつけ、「俺が作った方が美味いな」と呟いた。

「言いましたよね。せめてマンハッタンかサイドカーにしてください。こっちは自信あります」

「今日はこれでいいんだよ」夷川さんは煙草に火を点けて言った。「ところで明日、暇してないか？」

「……空いてますけど、よっぽどのことでない限りは断りますよ。さすがに試験勉強しなきゃいけません」

「俺がナイジェリアに帰るのはよほどの用事になるか？」

僕ははっとして夷川さんを見た。彼は相変わらず涼しい顔で煙草を吸い、その息を僕に吹きかけた。「よっぽどの顔だな」と嬉しそうに笑った。


夷川さんはサングラス越しに窓から空を見つめていた。すでに太陽が高く上り、暑い一日が始まっていた。僕は溜息をつきながらハンドルを握り、カーシェアで借りたＭＡＺＤＡ２を運転していた。

「何であらかじめ教えてくれなかったんですか？」

「教えただろ。昨日」

「もっと前から航空券、取ってたでしょう」

助手席には夷川さんが座っていた。昨日、空港まで送って欲しいと頼まれ、僕はそれを渋々了承した。夷川さんは十四時十分の便で大阪を出発し、インチョンとエチオピアで乗り継いで、三十二時間かけてナイジェリアに辿り着く予定だった。

「車は快適でいいな。関空まではどうにも遠くて、バスでも電車でもくたびれる」

「だからって僕に運転手をさせますか」

「ちゃんと日給払ったからいいだろ」

僕はすでに前金一万円を受け取っていた。「高くつくことをしますね」と僕が言うと、夷川さんは「安いもんだ」と嘯きながら窓を開けた。それから顔を窓の外に覗かせた。長い髪が旗のようになびいてボサボサになっていた。僕は彼に聞こえるよう、大きな声で言った。

「帰ること、他には誰に伝えてたんですか？」

夷川さんも、キャッチボール中の会話のように声を張った。

「研究室のボスと、向こうのスタッフくらいだな」

「何でディアハンツの人たちには教えないんですか」

「言う必要もないだろ。もう俺の場所じゃない」

「ディアハンツは夷川さんの場所ですよ」

「やめてくれ。あんな場所にずっといちゃ駄目だ」

夷川さんは満足したように顔を引っ込め、窓を閉めた。車内に流れるトゥー・ドア・シネマ・クラブの疾走するようなアルバムがよく聞こえるようになった。

「俺はもうあの場所を出たんだ。あそこは居心地がいいけど、かと言ってずっといるべき場所でもない。人が入れ替わり続けていく場所なんだよ」

僕は夷川さんをちらりと窺った。彼は真っすぐ続く高速道路の果てを、睨みつけるでもなくただ見つめていた。

「俺はディアハンツがなくなるかもしれないと思ってた。だって、あんないい加減に引き継いだからな。俺はつくづく、次の世代なんて想像できないし、興味も持てない」

僕が「それはもういい加減でしたね」と言うと、夷川さんははっと笑い飛ばして続けた。

「だから、帰ってきてから驚いた。こんなに賑やかになってるなんてな。みんな、あの場所をさりげなく必要としていた。なくてもいいけれど、あれば確実に世界の価値が上がるような、そんな場所だと思ってた」

「そう思ってくれているなら嬉しいですけど」

「結局、お前にはみんなを呼び込む才能があったんだ」

僕は脳に血が上って、ぼおっとするのを感じた。慌ててハンドルを強く握った。

「……自分の才能なんて考えたことないけど、僕はただ、ディアハンツが好きなんです。あの場所の価値を信じてる。そんな僕を見て、みんなもディアハンツを好きになってくれたかもしれないって、たまにそう思うんです」

「なるほどな」夷川は頷いた。「俺はお前が羨ましいよ」

「羨ましい？」

「お前は震えるほどに単純なんだぜ。好きなものを好きと言いたいだけだ」

夷川さんが口にしたのは、いつの日か僕が自分について辿り着いた結論だった。

そうだ、僕は単純なんだ。

曲のボリュームを一つ上げた。僕は腰の辺りがふわふわして、いつまでも落ち着かなかった。嬉しかったのだ。ただ単純であることが、無性に嬉しかった。

僕はむず痒さに耐えられなくて、話を変えようとした。

「でも、夷川さんこそ好きなものがたくさんあって、それを追い駆けるのに忙しそうです」

「違うだろ。何も分かってねえなあ」

夷川さんは相変わらず道の果てを眺め続けていた。

「何も好きになれない。だから追い駆けるしかないんだ」

「え？」

「そういうもんだろ？」

　はあ、と夷川さんは呟いた。

「好きかもしれないって思っても、理解できた時点で、俺の中で死んじゃうんだよな。でも、追い駆けてる間だけは、そのことを忘れられる。だから、追い駆ける」

　前のミラーで夷川さんの顔を見た。彼は静かに窓の外を見ていた。横顔に滲む彫りの深い絶望に、僕は驚き、怖くなった。

　タイヤは一定速度で路面を撫で、吹雪のような音で車内を満たした。エアコンが二十一度の冷風を粛々と送り出して、それは世界の終末でも律儀に機能し続けるようだった。

　僕は思い出していた。

『生きていかなきゃいけない』

　橋の上でそう言ったのは野宮さんだった。

　車は見通しのいい高架を快走していた。空には大きな塊雲がいくつか漂い、青空にくっきりとした輪郭を落とした。隠れる場所がないような気分になった。

　僕らは色んなアルバムを聞き流した。The 1975、スーパーカー、the pillows、ブルーノ・マーズ……。優しいピアノの中で、一際甘い声がした。ブルーノ・マーズの「Talking to the moon」だった。感動する余地のない都市高速の景色の中で、曲は遠のく誰かへの思いを高らかに歌い上げた。

「野宮美咲は変わったな」

　夷川さんはぽつりと言った。

「え？」

「お前、俺が振られるところ、見てただろ」

僕が息を呑むと、「恥ずかし」と夷川さんは笑った。僕が何も答えられないでいると、彼は大きな溜息をついた。

「あいつは面白いやつだったよ。貪るようにしか生きられない人間だから」

それから夷川さんは小さく舌打ちをした。

「でも、あいつはつまんない人間になろうとしている」

「……そうですか？」

「ああ。あいつはこれから、何もかも見知ったような顔で生きるんだ。満たされない気持ちのまま、もう新しいものなんてこの世にない、みたいな顔でさ」

僕は何も言わずにその言葉を反芻した。またタイヤの地面を撫でる音が、僕の中で支配的に響いた。

「……誰だってそうじゃないですか？」僕は言った。「僕らには日常ってものがあるし、どんな景色も見慣れないわけにはいかないじゃないですか。その日常から喜びを見つけることに専念するのは、きっと賢明です」

「ならお前は賢く生きられるのか？　本当の意味で、何かを諦めることができると思うか？」

夷川さんは助手席から僕に真っすぐな視線を送った。その視線は運転する僕の頬に刺さった。

「お前はそんなつまんねえ人間じゃない」

胸の内から込み上げてくるものを感じた。滾々《こんこん》と溢れ出るそれは、怒りであり、喜びでもあった。夷川さんから受け取ったのは、静かには生きられないという烙印《らくいん》であり、それと同時に退屈でない人間という勲章だった。

「野宮美咲もそんな人間じゃないんだ」夷川さんは鼻で笑いながら言った。「あいつはまともじゃないし、強くない。だから誰の隣にもいられない。いつだって求め続けて、激しく消費しなければいけない。俺はそういう姿が見たい」

　その言葉が野宮さんに強く作用したことに僕はすぐ気付いた。

『うちはまともじゃないし、強くない。だから誰かの隣にはいられない』

　野宮さんがいつしか口にした言葉を覚えていた。

「……夷川さんがそれを言ったんですか？」

「何だよ」

　僕は込み上げる憤りに震えていた。

「夷川さん、あなたがまだ幼い野宮さんに入り込んで、あなたのまともじゃない姿を押しつけたんじゃないですか」

「は？　俺に責任があるって言いたいのかよ」夷川さんは冷めた目で笑った。「お前もあいつを選ばなかっただろ。あいつに近づいて、救うのは無理だって諦めただろ。違うかよ」

「違う。僕は野宮さんを助けようとした。でも彼女は自分の力で乗り越えなきゃいけなかった。だから僕は近づくのをやめた。それだけです」

「なら、俺は救う代わりに教えてやったんだよ。どうやって乗り越えたらいいか、どうやって自分を満たせばいいのか」

　夷川さんは苛烈すぎた。彼が教え込んだのは荒療治だった。

「……まあ、でも結局、あいつは俺のやり方を選ばなかった。それだけだ」

　僕が何かを言う前に、ふっと夷川さんは笑い、助手席の窓の外を見た。車内に張られた緊張は解けてしまった。道は高度を上げ、空港へ続く長い橋への分岐に差し掛かろうとしていた。

「次はお前だぞ、田辺」

「え？」

「お前だって、俺と野宮と一緒だろ。どうしようもなくて、どう生きるか決めなきゃいけない人種だろ」

そのとき僕は広いところに投げ出されたような気分になった。

「なっげえ橋だなあ」

夷川さんはそう言いながら窓を全開にした。海の匂いが吹き込んだ。

車は橋をひた走った。左右の海は黒く、細かい波が日差しを絶え間なく弾いていた。動揺したとて、速度を緩めることはできなかった。目的地はすぐそこだった。

走り去ると決めた夷川さんは、また窓から身を乗り出し、吹きつける潮風を一身に受けて笑っていた。僕はアクセルを強く踏んだ。体が急いていた。

◇

次にディアハンツを訪れたとき、僕は夷川さんが帰ったことを伝えた。みんなは急な話だと嘆き、それでも彼らしいと笑った。

野宮さんはただ静かな表情をしていた。

その日の夕方、北垣といつものように『喫茶船凜』で院試勉強をした。その日が院試前、最後の勉強会だった。僕らはこれまで解いてきたもの、難しかったものを粛々と点検した。

「やることはやったって感じだね」

僕が言うと、北垣は神妙な顔で頷いた。

「これ以上、新しいことをする気にもならない」

「北垣が言うなら間違いないよ。僕よりよっぽど勉強してた」

「これまでの俺がやってなさすぎたからな。こんなストイックになったの、中学の野球部時代と、高校の受験勉強以来だ」

ここ数か月の北垣は、これまでのツケを払うべく猛勉強を続けていて、その結果は目覚ましかった。その前は僕が教師役をしていたが、今では僕が彼に質問することも多くなっていた。

「でもさ、何だか、こんなもんかって思った」

北垣がそう呟くから、僕は尋ねた。

「どういうこと？」

「勉強とか研究とか諸々がさ、自分の中にすっぽり収まっちまった気分なんだよ。パターン化して、数をこなして身につける。要はそういう作業だろ。全部一緒に思える」

「……それはつまり、北垣はひどく優秀で、すべてを理解し尽くしたと」

北垣は僕の冗談に軽く笑っただけで、また真面目な顔をした。

「何か、分からないものは分からないままでいいんじゃないかって思ったんだよ」

僕は首を傾げた。「分からないままだと院試に落ちる」と言うと、北垣は愉快そうに笑った。

院試の会場は大学の理学部数学棟、三階の教室だった。受験者は二十人ほどで、全員が一つの部屋に収まっていた。北垣より先に会場へ着いた僕は、手持ち無沙汰に試験開始を待った。授業で何度も世話になった部屋だったから、僕は上手く気持ちを高めることもできず、ただ落ち着かない時間を過ごした。

僕の受験番号は〇〇一六、北垣は〇〇一五だった。だから彼は僕の一つ前の席だった。

北垣はなかなか現れなかった。彼はいつだって時間にルーズだったから、こんな日までいい加減なのかと不安になった。

しかし、それにしても遅かった。僕は彼に『大丈夫？』とラインを送った。監督官が来てスマホの電源を切るよう促したとき、彼の返信が届いた。

『ごめん』

僕はそれを見ながら電源を切った。ごめん？

北垣は試験が始まっても教室に現れなかった。遅刻が認められるのは二十分までだった。僕はひとまず問題を解いた。どれもこれまでの勉強を踏まえたら答えられそうなものばかりだった。

九時十九分、僕の前の席に二人の監督官が来た。二人で腕時計を確認し、それから頷いた。机へ置かれた解答用紙に、油性マーカーで大きなバツを書いた。

そのマーカーの擦れる音は、試験中の僕の頭で鳴り続けた。

未来は築くものではなく、削るものではないか。無数の分岐にバツ印を何度もつけ続ける作業ではないか。僕はふとそう思い、冷酷な気分になって、ようやく試験に集中することができた。

結局のところ、僕らの中で、最も先に人生への決意を定めたのは北垣だった。

五章　Wonderwall

北垣は何の連絡も寄越さなかった。

僕は京都で試験を受けた四日後、併願していた東京の大学院の試験を受けに行った。高校の修学旅行以来の上京だった。

やれることはやった。そんな手ごたえで一日がかりの試験を終えて帰りの新幹線に乗ると、僕はすぐに眠ってしまった。次に目を覚ましたとき、僕はふと北垣のことを考えた。

最後に『喫茶船凜』で会ったとき、北垣はすでに院試を受けないと決めていたのだろうか。

『何か、分からないものは分からないままでいいんじゃないかって思ったんだよ』

僕はまた浅い眠りについた。少しだけ夢を見た。

女の人が僕に「君はそこで見ていて」と言った。僕はその場で直立していた。彼女は僕の前を何度も走り去った。軽い足音が加速していき、ゴールまで辿り着くと減速して止まった。彼女はそれを繰り返し、僕はそれをじっと見ていた。彼女は言った。

「もう空回りしてる気がするよ」

京都駅に着くアナウンスで目を覚ました。それと同時に、夢に現れた女性は沙山さんだと気付いた。高校の同級生で陸上部、東京の大学へ行った沙山さん。高校を卒業してから会っていないというのに、彼女の姿が今さら僕の記憶から蘇った。

その夢はまるで、僕を始点に引き戻し、大学での時間を剝がし取る装置みたいだった。

京都に戻ると、久々にやるべきことがなくなった。持て余した時間に対して困惑しているうちに八月が終わった。積んである論文を読もうと思ったけれど、研究室に行っても、印刷済みの紙を捲る気にならなかった。席で溜息をついたとき、スマホが震えた。

途絶えていた北垣からのラインだった。

『心配かけてごめん』『京都、帰ってきた』

僕はすぐに返事を送った。

その日の午後に『喫茶船凜』で会うことになった。昼を過ぎた店には、派手な髪色の女の子と、何かを話し込む後輩らしき男の子たちがいた。僕はアイスコーヒーを飲みながら、話の繋がりも知らずに『ジャンプ』を捲っていた。

そのとき南向きの入り口の扉が開いた。未だに滾《たぎ》った強い日差しが床に延びた。扉の光の中から卵形のシルエットが現れた。

「よう」

僕は言葉を失った。それは頭を丸めた北垣だった。

北垣は迷わず僕の前の席に座った。水を持ってきたマスターが「うえ」と声を上げた。

「何で坊主なんだよ」

「まあ、色々あって」

マスターは眉をひそめてから、僕に「カシスのお湯割りいるか？」と耳打ちした。僕が「まだ昼なんで」と言うと、マスターは肩を竦めてカウンターへ戻った。

北垣のつるりとした頭を眺めながら、何を言ったらいいのか考えていた。マスターが神妙な顔でアイスコーヒーを持ってきてから、僕はようやく口を開いた。

「三年ぶりに見た」

北垣は首を傾げてから、「ああ、これ」と頭をさすった。

「確か田辺とは、この頭のおかげで話すようになったんだよな。覚えてる」

「どうして坊主に……いや、それより、どうして試験を受けなかったの？」

北垣は口を噤んだままだった。僕は手元にあった『ジャンプ』の端をぺらぺらと捲るでもなく触っていた。指先が少し黒くなってきたころ、ようやく北垣は口を開いた。

「親父が倒れたんだ」

僕は顔を上げた。北垣はこちらに目を合わせず、続けた。

「心筋梗塞だって。でも命に別状はなかった。本当によかった。それで、大学院に行くのはやめた。金もかかるし、親の近くにいたいし」

「なら、実家に戻る？」

「うん。あんまり時間はないけれど、地元で就活するよ」

「……そっか」

僕以上に動揺しているはずの北垣がひどく落ち着いていた。だから、やり切れない気持ちを呑み込んで頷くことしかできなかった。

「俺の話はもういいよ。田辺は院試、上手くいった？」

「やれることはやった、かな」

「よかった。お前なら大丈夫だよ」

僕が受かるなら北垣も受かるはずだった、と言いたかった。

「そうそう、地元で久々に小学校の同級生と会ったんだよ。たまたま鉢合わせして、かなり仲のいいやつだったから、すぐ昔みたいに打ち解けてさ。で、何してるか聞いたんだよ。そうしたら、そいつトリマーになったって言うんだ。あの、ペットの手入れをするトリマーね。青天の霹靂《へきれき》って感じでさ。確かにそいつの家には犬がいて……」

泥に足を突っ込んだような お喋りだった。大切なことは何も言わないのに、北垣はこの場を切り上げようとはしなかった。僕はそんな彼に付き合って、ゆっくりコーヒーを飲んだ。僕らの頭上で真鍮《しんちゅう》色のファンが回り続けた。

いつまでもこの無為な時間が続くと思った。でも、また扉が開いた。

三井さんが立っていた。こちらを冷たい目で睨んでいた。

僕の表情の変化に気付き、北垣も後ろを振り向いた。三井さんは無言でこちらに向かってくるところだった。目の前の男をズタズタにするという強い意志が滲んでいて、怒りの演技なら百点だった。

三井さんは不機嫌そうに僕の横に腰掛けた。その異様な光景にマスターすら恐縮して、銀のトレイをしおらしく抱えて注文を伺いに来た。マスターが去ってから、僕はどうにか口を開いた。

「えっと、久しぶり」

「今週、ディアハンツで会ったばかりでしょ」

アイスコーヒーが届くと、三井さんは早速切り出した。

「で、どうして何も連絡してくれなかったの？」

北垣は目線を逸らしたまま言った。

「……連絡してないのに、何でここにいるって分かるんだよ」

「それは、あの子たちが」三井さんは顎で別のソファ席を差した。その先では、僕が来たときからいた二人組の男たちがこちらを恐る恐る見守っていた。「あれ、別の劇団の知り合いでさ。私に教えてくれたの」

京都盆地は狭すぎた。北垣は溜息をついた。三井さんはその姿を不満そうに見ていた。

「何そのダサい頭。信じられない」

「自分の髪型は自分で決める」

「そういう次元の話じゃないよ。もういい。とにかく何があったの？」

北垣は手短に、先ほどの話を繰り返した。

「じゃあ、京都から出て、実家に戻るんだ」

「うん」

「分かったけど、どうして勝手に決めるの？　私に相談してくれないの？」

「相談してどうするんだよ。俺だって受け入れてる最中なんだ」

「違うでしょ。あなたのお父さん、大学入ったときから体を悪くしてたじゃない」

「え？」

その声は僕のものだった。初耳だった。三井さんは追及を止めなかった。

「お父さんが倒れるたび、実家に帰っていたでしょ。全部、今さらの話じゃない」

僕は一回生のときのことを思い出した。初めてディアハンツに辿り着いた日は、もともと北垣に『やじろべえ』の手伝いとして呼ばれていた。それなのに彼は現れず、僕は代わりに夷川さんと出会ったのだ。

あの時も実家に帰っていたのか。つまり、北垣はそのときからずっと、親のことを黙っていた。

「実家に戻るなら、もっと早くから準備ができたでしょ。なのに、あなたは勉強を続けていた。進学するつもりだったのに、どうしてギリギリになってやめたの？　お父さんの調子、そんなによくないの？」

北垣は何かを言おうと唇を動かした。しかし、元栓の閉められた蛇口のように、どれだけ試みても何も言えないようだった。彼は諦めるように、また口を閉じた。そして呟いた。

「帰る」

「待ってよ」

三井さんは咄嗟に呼び止めたが、北垣はそれを聞かずに立ち上がり、こちらを見ないまま机に千円札を置いた。僕も声を掛けた。

「ねえ、本当は何があったの？」

僕を見た北垣は、唸るように息を吐いた。

「親父が倒れたから、帰るんだ」

北垣は店を出てしまった。三井さんは堪えるような顔つきで俯いていた。

家のこと、という分厚い壁が僕らと北垣を隔てていた。でも僕は彼が何かを隠しているような気がしてならなかった。

それから数日後、北垣は僕に連絡をくれた。

『この前は悪かった』『三井とは別れたから』

急だという思いと、妥当かという諦めがないまぜになった。僕は今年の四月のことを思い出した。僕と野宮さん、北垣と三井さんが仲良く並び、昼からビールを飲んだ花見の日。

研究室の学生部屋を一人で使っていた僕は、ふと東向きの窓を見た。夕暮れ時の空では雲と日差しが混ざり合い、紫色の不思議な輝きを纏っていた。僕は部屋を出て階段を上り、建物の屋上に出た。

京都の街並みは景観条例によって建物の高さが抑えられていた。その中でも比較的高さがある大学の建物の屋上からは、街の景色を一望することができた。空の高いところに筋雲が浮かび、その下に柱のような積乱雲が聳えていた。西日を受けて橙に輝き、僕の目を奪った。空は不思議だった。何度見ても飽きずに僕を感動させてくれた。

かつての僕もこうして夏の雲に足を止めた。あれは一回生の頃、自動車教習所からの帰り道だった。その景色は、大学生活で待ち受ける色んな感動を予感させた。

……振り返ってどうだろうか。僕は色んなものを得た。失意も衝撃も含めて、様々な感動があった。でも、どんな思いも刹那的で、僕を裏切って去り行くようにも思えた。

僕は果たして何かを手にできたのだろうか。

大学生という四年間が急速に畳み込まれていくような気がした。

九月の後半、家に院試の結果が届いた。京都と東京、どちらの大学院も受かっていた。

「さすがやん。おめでと」

ディアハンツで僕を祝ってくれたのは野宮さんだった。僕がマスターのその日、早い時間の客は彼女だけだった。

「ありがと」

「あんまり嬉しそうには見えへんな」

「そうかな？　安心してはいるけど」

野宮さんは大きな溜息をついた。

「うちは朔くんが心底、羨ましいけどな。うちは来年も四回生」

夷川さんが帰ってきてから野宮さんはまともに授業に出ておらず、前期の時点で留年が決まっていた。僕が何も答えられずに神妙な顔をしていると、彼女は「ちょっと」と笑った。

「やめてよ、そんな顔。別に後悔してへんからええわ。どうせ就活もしてへんから、卒業したって何もなかったし。うちは大丈夫」

「……それならいいけど」

「うん、それに、何となく分かるわ。今の自分はそんなに間違ってない」

野宮さんは確信を持って呟いた。僕はそれを見て安心しながら、上手くいっているはずの自分がどうも不安になっているのを感じていた。

「あとは彼氏やな。いい彼氏が欲しい」

「元気だなあ」僕は笑った。「この前までは、男なんていらない、とか言ってなかった？」

「ちゃうわ。相手に頼りすぎないだけ。特別じゃなくていいから、普通に付き合いたい」

そこまで真面目に言ってから、「どうせうちは男好きや」と照れ隠しのように付け加えた。

僕は笑いながら、変わっていく野宮さんを見ていた。

しばらくしてカウベルが鳴った。三井さんだった。

「二人とも久しぶり」

三井さんは欠けたところのない笑みを浮かべて、カウンターに座った。すべてが整っていて、北垣と別れたようには見えなかった。

「久しぶりやね」野宮さんが言った。「元気？」

「うん。秋の演劇の準備で大忙し」

「さすがやなあ」

「忙しい方が性に合ってる。それに、暇だと余計なことも考えちゃうし」三井さんは少し目を伏せてからもう一度、僕らを見た。「私、別れちゃった」

「聞いたよ。とても残念」僕は言った。「本当に、残念だ」

「うちも残念。お似合いやと思ってた」

野宮さんにも声を掛けられ、三井さんは微笑んだ。

「そんなこと言ってもらえるなんて嬉しいな。……まあ、どこかで駄目になっちゃうって、何となく分かってたけどね」

僕は首を傾げた。

「北垣のこと、あんまり好きじゃなかった？」

「ううん。大好きだった」

即答だった。その態度に少しも迷いはなく、むしろ僕が狼狽えてしまうくらいだった。

「その、どういうところが？」

僕が探るように聞くと、三井さんは笑って「犬っぽいところ」と言った。

「犬？」

「うん。でっかい犬。どっしり構えて、でもしっぽは振っちゃってさ。私のことを何でも手伝ってくれて、何でも認めてくれるんだ。私だけじゃない、誰にでもそうじゃん。いつも誰かのことを手伝って、顔を見に来てくれる」

野宮さんが「確かに忠犬やな」と呟いた。僕はディアハンツの仕入れのことを思い出した。マスターが僕しかいないとき、北垣はいつも手伝ってくれた。

「私が参ってるときはそばにいてくれた。あんな素直に私を支えてくれた人、初めてだった」

三井さんはこちらがくすぐったくなるような笑顔を浮かべていた。それは素の彼女で、そんな様子を見せるのはきっと珍しいことだった。目を細めた彼女は、ふと視線を落とした。

「結局あいつさ、実家に帰る理由は教えてくれなかったんだよね。本当に親のことだけが理由なのかな。いつもそう。私のことは知りたがるのに、自分のことは教えてくれない」

「……しかも、語らないくせに決意は固いんだ。秘密主義者め」

僕は北垣の坊主頭を思い出していた。その意味は一回生のときと同じだった。

『今の俺にはそういう強制的な力が足りねえんだ』

北垣は自分を律したがった。僕が想像力を持たないまま、ただ慣性に従って大学院へ進もうとしているとき、彼は何かしらの決意をしていた。

「でもね、私だって悪いんだ」三井さんは、はあ、と困り顔の溜息をついた。「私もあいつが実家に戻ってまで付き合い続けようとは思わなかった」

野宮さんが尋ねた。

「遠距離恋愛は向いてない？」

「うん。多分こっちで浮気しちゃうよ。私は近くにいる人間から色んな感情を浴びたいの」

そう言ってまた溜息をついた。それは僕らに見られるのを前提としたもので、さっきの隙ばかりある笑顔の片鱗はすでに消え去っていた。

「私、もうあいつと幸せになることなんて一生ないんだって思った。これは私の直観。でも、私の直観って当たるの。……北垣と別れるなら、それならもう私は飛び出していくしかないんだ。行けるところまで行くしかない」

三井さんはにっこりと笑っていた。

「あーあ、私はこういう人間なんだな。こういうふうにしか生きられない」

まるで悲しみをエネルギーに変える大きな機械があるみたいだった。「三井さん」と野宮さんが背中を撫でた。「大丈夫」と三井さんはくすぐったそうに笑った。

「私は開き直って演劇をやるの。これ、宣伝してよね」

彼女はポスターの束を取り出し、僕へ押しつけた。

『「劇団地平」学祭公演　三文オペラ　十一月＊日〜＊日　〈不正をあまり追及するな〉』

ビラ一杯に誇張された文字で書かれていた。

「十一月の学祭に合わせて演劇をするの。ブレヒトの『三文オペラ』」

「『三文オペラ』？」

「聞いたことない？　すっごくいい劇なんだから」三井さんは捲し立てた。「今回はすごいんだよ。東京の『劇団赤青年』に演出補助をしてもらうの。私の憧れの劇団の一つだったんだけど、向こうが私のことを知ってくれてね。駄目元で補助を頼みに行ったら、いいって言ってくれて。本当に夢みたい！　それで、もうこれは一番大きい規模にしなきゃって思って、京都中の学生演劇に声を掛けてる。とんでもないものにするつもりだよ」

言葉は熱を帯び、目の輝きはいっそう強まった。僕は頷きながら、三井さんが放つエネルギーをただ浴びた。そして、そのたびに僕の心が疼《うず》いた。

僕はそのとき、どうして院試の合格を心から喜べないか分かった。

三井さんも、北垣も、それから野宮さんも、みんな藻掻いていた。乗り越えなければいけないものがあって、自分なりに決意を重ねながら変わろうとしていた。

そういうみんなを、僕は安全な場所からどこか冷めた目で傍観していた。

僕は今、何に対しても熱意を欠いていた。

◇

四回生後期の僕は、どの学生よりも暇だった。

卒業単位は足りていたから後期は授業を取る必要もなかった。あとは卒業論文を仕上げれば卒業で、これも前からやっていたことを丁寧にまとめれば十分だった。

つまり、すべてが上手くいっていた。

……それなのに僕は、ずっと空回りした気持ちだった。

原因は分かっていた。何の決意もなく、決断もなく、日々がぬるりと過ぎているからだった。

「何だか最近、元気がなさそうですね」

週に一度の研究室の面談で、池坂教授は僕にそう言った。僕が曖昧な返事をすると、教授は笑った。

「君の熱量に際立ったものがあるのは事実です。しかし、君にとって学問は現実逃避の場でもある。分かりますよ、やることに困りませんからね。だからこそ勉強は簡単なのです」

教授は僕の返事を待たなかった。

「しかし君は四回生です。院に進むと言っても、そこからは社会人と同じくらい、どう生きていくかを考えなければいけない。何をして生きていくか。いや、何で自分を満たしていくか。そこに無責任なままでは、もう駄目なわけです」

僕は首《こうべ》を垂れた。何だか頭が重くて、上手く言葉が浮かんでこなかった。教授は顎を触りながらこちらを見つめていた。しばらく沈黙してから、また口を開いた。

「こうしましょう。しばらく教科書を開いてはいけません。論文も、自分の卒論もです」

「え」

「幸いにも君の研究は進んでいます。今は学問から離れなさい。またやりたいと心から思ったときに、研究なり勉強なりをすればよろしい」

「でも、いいんですか」

「焦らないことです。人生の数か月、数年がどうだと言うんですか」

研究室にも来ちゃダメですよ、と釘を刺され、面談は終わった。指導教員から出禁を言い渡される学生も珍しいと思った。


暇を持て余した僕は、ただ京都を徘徊《はいかい》していた。

その日に訪れた岡崎公園は、平安神宮を北に据えて広がり、周囲には展示ホールや図書館などが集まっていた。どの建物も明治や大正時代のものをベースに近年改築されており、のどかで開けていながらもどこか近代的な気配が漂っていた。豊かな街路樹は葉の色を変え始め、季節を進める準備をしているようだった。

僕の目当ては京都市美術館だった。潜るように掘り込まれたエントランスから中に入ると、中央のホールには昼過ぎの白い光が差し込み、空気の粒子を瞬かせていた。奥では大きな企画展が開かれていて、人の流れはそちらに動いていたけれど、僕は手前の常設展に用があった。最初の一室に目当ての作品があった。木島櫻谷《このしまおうこく》「寒月」。

大きな屛風《びょうぶ》絵で、六枚折りの屛風が左右二隻で一つの絵を成す、いわゆる六曲一双の作品だった。一九一二年に描かれた絵で、日本画として描かれながらも、西洋絵画のようなリアリティが追究されたものと評されていた。

研究を止めてから、週に何度かここへ来るようになった。作品の目の前にあるベンチに腰掛け、もう何度もそうしてきたように、僕はその絵を改めてじっと見つめた。

太った半月が昇る夜、雪の積もった竹林の中を一匹の狐《きつね》が歩いている。夜だと確かに分かる静けさだが、その絵は雪の白さも相まって明るい。ぽつりと歩く狐も、凛と延びる竹や木々も、輪郭を強固にして艶を帯びている。木には木たる所以《ゆえん》があり、枝には枝たる、竹には竹たる所以がある。包み込まれるような広がりを持って、その絵は僕の前に開けている。

あらゆる箇所に焦点を合わせながら、僕はただぼおっとしていた。僕の日々には取っ掛かりがなかった。彷徨うしかなく、目の前のことをただ続けるしかなかった。この惰性から出ていくためのヒントを探していた。

学祭の通し営業を思いついたのも、その過程の中にあるようだった。三井さんのエネルギーに煽られて、焦るような気持ちになっていた。

「今年の学祭は、店を開け続けよう」

僕は大真面目に言った。他のマスターはきょとんとした顔で僕を見た。

その日は二か月に一度行っているディアハンツの例会だった。マスター全員がディアハンツに集まって会計をして、議題があればそれを相談し、なければそのまま店の営業を始めるというのがいつもの流れだった。

その場には僕を含めて七人のマスターがいた。今のディアハンツはすべての曜日に一人ずつマスターがいる大所帯だった。すっかり先輩となった小里くんが首を傾げた。

「開け続けるってどういうことです？」

「言葉の通りだよ。十一月の学祭期間の四日間、交代で店を開け続ける。九十六時間、まるまる連続営業。どう？」

「どうって……何でそんなことするんですか？」

「それは、そっちの方が面白いからだよ」

僕は涼しい顔で言った。ちょっとした思いつきだった。

村山くんが「俺は賛成っす」と手を挙げた。

「去年の学祭、不完全燃焼だったんすよね。ディアハンツだって学祭に乗っかって何かするべきですよ。ディアハンツが開くなら、俺は四日間ぶっ通しで酒飲みますよ」

他のマスターも面白がって、反対意見は上がらなかった。強いて言えば小里くんが「絶対しんどいに決まってるよ」とぼやいたが、「眠気覚ましの深煎りコーヒー、用意します」と最後には約束した。

僕は楽しげな皆を見ながら、ディアハンツの引き継ぎについて考えた。部長はいなかったが、会計を最終的に管理しているのは僕だった。そろそろこの役目を誰かに譲ってもいいと思い始めていた。

例会中のディアハンツの部室は営業中と異なり、備えつけの蛍光灯が点けられていた。お世辞にも綺麗とは言えない部屋がくっきり浮かび上がった。カウンターの染みや、壁のテープの跡、それから部屋を舞う埃。その一つ一つが、僕にはまるで「寒月」の構成物のように艶を帯びて、愛おしく見えた。その艶が持つ輝きを僕はとにかく留めたかった。

『お前は震えるほどに単純なんだぜ。好きなものを好きと言いたいだけだ』

夷川さんはそう言った。

周りの至る所が艶を帯びた。僕はこの日々が好きだった。しかし僕の横を、世界は依然として素早く通り過ぎていった。景色は変わっていくし、まだまだ変わらなければいけないと思った。変わり続ける日々の、変わらないように見える一瞬を愛しながら、そこから去らなければいけないと感じていた。

僕はまだほんの二十二歳だった。

『新しい場所でもっと、色んなものを見よう。……また忘れちゃうとしてもね』

沙山さんは高校生の僕に言った。その約束は未だ生きていた。

日々の艶は僕に責めるでもなく問いかけた。お前はどうしたい？

僕はじっと考えたかった。だからその日も「寒月」の前に座っていた。

客はしばらく足を止め、去っていくのを繰り返した。絵の端に女の子が立った。短めの髪を銀色に染めて、黒いカーディガンを羽織っていた。派手さはなく、絵と展示室の沈み込むような気配に調和していた。

彼女は僕の方を見た。たまたま目に入ったのではなかった。

「田辺先輩」

僕はぶるりと震えた。その声で誰か分かった。

「日岡さん？」

彼女の印象は大きく変わっていた。髪だけでなく化粧も変わったのか、素朴な気配は消えて、どこか作り物みたいな冷ややかさと可憐さが前に出ていた。唯一、日岡さんの表面に滲む、意志のようなものには変わりがなかった。

「田辺先輩、ずっとこの絵を見てましたね。特別な絵なんですか？」

「そうではないけど」僕は言った。「この絵はずっと見ていられる。色々、考えたい気分なんだ」

「そうですか」

会話は途切れ、僕は鑑賞の世界に戻った。日岡さんはその場を去らなかった。僕らは離れてベンチに座り、ずっと「寒月」を見ていた。

僕らが美術館を出た頃、空は澄んだ茜色になっていた。いつの間にか日が暮れるのは早くなり、空気からは夏の湿り気も消えてしまっていた。短い秋が始まっていて、油断すれば日の入りの隙に冬になってしまいそうだった。

「帰る？」

「はい」

日岡さんは頷いた。外で見ると、やはり彼女の印象は昔とまるで違った。そして、そんなことに気付く時間がある程度に、僕らは立ち去りがたい気分になっていた。

「少し、お茶でも飲みます？」

口を開いたのは日岡さんだった。僕は「そうだね」と頷いた。二人で少し歩いて、蔦屋書店《つたやしょてん》と一緒になったスターバックスに入った。僕はコーヒーを、彼女はラテを頼んで席に着いた。僕らの間に流れる気配はどこか固かったけど、互いにそれを解こうとしていることは何となく分かった。

「日岡さん、本当、変わったよね」

「田辺先輩もですよ。気配が何だか違います。大人っぽくなりました」

「……僕は後輩に幼いって思われてたの？」

「まあ、否定はしないですけど。先輩、可愛らしいところがありましたよね」

僕が「その率直な物言いは変わらないね」と溜息をつくと、日岡さんは顔を綻ばせた。

日岡さんは三回生になっていて、就職と院進で迷っていると言った。花屋のバイトを辞めて、新たに植物系の研究室で標本製作のバイトを始めていた。

僕は大学院に受かったことや、最近のディアハンツの賑やかさ、学祭の連続営業のことを喋った。それから先の常設展に話題が移り、「寒月」や他の日本画のことでも話が弾んだ。

気付けば外は暗くなっていた。再び会って分かったのは、僕らがいつまでもお喋りを続けられるということだった。

「日岡さんと喋るのは楽しい」

「……私、また口説かれてます？」

「別に前も口説いたつもりはないけど」

日岡さんは微笑みのうちに首を傾げて、それからふと力を抜いた。

「野宮さんとは、どうなんですか？」

僕はつい口ごもった。けれど、胸が痛むことはなかった。

「ちゃんと終わったよ。いや、何も始まってなかったというか」

「随分と抽象的ですね」

「……どう言えばいいんだろう。結局、僕と野宮さんは友だちでしかないんだ。僕らが付き合うことはあり得ない」

「あり得ないことなんてないですよ」

「いや、確かにそういうことはあるんだって」

日岡さんは僕をじっと見つめ、「信じませんけどね」と小さく舌を出した。その慣れた仕草を見て僕は感心した。今度はこちらが尋ねる番だった。

「日岡さんは何かなかったの？　彼氏ができたりとか」

「聞いちゃいます？」そう言いながら、隠すつもりもないようだった。「あの後、二人の人と付き合いました。最初は『やじろべえ』の人で、次はバイト先の花屋の先輩です」

「今は？」

「別れちゃいました」

「そっか」僕は頷くほかなかった。「少し意外かも。日岡さんは人ともっと長く付き合うものだと思ってた」

「私もそう思ってましたよ」日岡さんは自嘲するように言った。「二人とも向こうから告白してきて、嫌なところもなかったから、それで付き合ってみたんです。でも難しいですね。いい人だったけど、面白いとは思えなかった。その人たちに時間を使うより、自分のために使いたいって思っちゃって。どちらも私から別れました」

「なるほど」僕は呟いた。「日岡さんらしいかもしれない」

「それ、褒めてます？」

「もちろん。向上し続ける強さを感じる」

「何ですか、それ」

互いの飲み物はすでになくなっていた。僕は尋ねた。

「まだ時間は大丈夫？」

「はい。田辺先輩は？」

「今日はもう暇。どこか飲みに行く？」

日岡さんは何かを語り掛けるみたいに僕の目を見つめて、それから「いいですよ」と頷いた。かつて狛ネズミを観に行こうと誘ったときの驚いた眼差しは見当たらなかった。きっと女の子は大学生のうちに、瞳に宿る光の種類を変えるのだ。数か月の断絶の後にディアハンツへ現れた野宮さんのように。

店を出て、バスに乗って河原町《かわらまち》に出た。僕らはオーパの裏にある居酒屋に入った。レモン酎ハイふたつとつまめるものを頼み、乾杯をした。話は喫茶店の続きに戻っていった。

「日岡さんはきっと、常に新しいものに目を向けてるんだ。そういう人の目に留まり続けるのは、かなり難しいことかもしれない」

「つまり、私が彼氏と長続きしないのは、つまらない彼氏が悪いと」

「いや、高望みする日岡さんが悪い」

「ちょっと。今のは私を立てる流れじゃなかったですか？」

それから僕は僕で、野宮さんのことを厳しく聞かれた。

「田辺先輩は結局ああいうのがいいんですもんね。野宮さんみたいに小さくて、あざとくて、ちょっと危ういところがある女の子」

「言い方」僕はむくれて、それから首を傾げた。「でも今の日岡さんもそういう方向に寄せてない？　髪型とか、化粧とか」

「私ももう少しモテてみようと思ったんです」

「……意外に豪胆だね」

僕は気持ちよく喋り続けた。日岡さんは僕とコミュニティを共有していなかったから、話しにくいことが少なかった。それに僕らは互いの人となりをよく分かっていて、話していても噛み合っている気配が明確にあった。

「結局、田辺先輩は『寒月』を見て、何を考えたかったんですか?」

「そうだなあ。……何も考えたくなかったのかもしれない。ああいう絵を見つめていると、言葉が奪われていくような感じがする。言葉っていう平たいものに還元できないというか」

「……絵の中に吸い込まれていくような感じ、ですか?」

「多分、合ってる。僕はその感覚に身を置きたかった。今、求めているのは頭で考えて見つけるものじゃない気がする。何を探してるかを、探してる」

「私も、何かを探してる気がします」

「何か?」

「何か。言葉になんてできないですよ。というより、探しているってポーズの方が大事なのかもしれない。何でもいいから手を伸ばしてるような、そんな気分」

日岡さんは目の端に愁いを浮かべた。

「最近、今まで考えてきたことがすべて役に立たなくなってしまった、って思うんです」

僕は頷いた。この大学の四年間、一貫していたのはほんのわずかなことだけで、それ以外はすべて移り変わってしまったような気がしていた。日岡さんは続けた。

「ねえ、覚えてますか? ディアハンツでみんなが飲み潰れて、そのまま朝になって、私たちが中庭で顔を合わせたときのこと」

「うん。日岡さんが花を生けていたときのこと」

「サクラソウです。よく覚えてますね」

僕はあのときのことをありありと思い出せた。外の匂いも、空の白さも、木立のしなりも全部。

「あのときは色んなことがシンプルでよかったなって思うんです」

日岡さんは知らないうちに煙草を吸うようになっていた。マルボロのゴールドに火を点けて、遠くを見ながら煙をふかした。細く長い息を吐いて、彼女は呟いた。

「私、複雑になんてなりたくなかった」

銀色の髪に日岡さんの目線は隠れた。様変わりしたメイクに、慣れた喋り方の中に、そもそも彼女の眼差しは隠されていた。僕は頷いた。でも、それを取り消すように首を振った。

「それは違うよ」

「え？」

「今の僕らは、もっと新しいものを見るべきだ」

だらだらと長居をして、店を出る頃には二十三時を過ぎていた。僕らは肩を並べて四条通を歩いた。季節の変わり目にある街で通り過ぎる人々は、着ている服がまちまちだった。

日岡さんが路地を覗き込んだ。

「わあ、すごい人」

そこは木屋町の通りで、喫煙所の周りに人があぶれていた。僕は「クラブだね」と呟いた。一回生以来の懐かしい景色だった。

「あ、あそこにあるんですね。私、行ったことないなあ」

「日岡さん、向いてなさそう」

「先輩も絶対向いてないでしょ」

「でも、ちゃんと行ったことがある」

一回生の冬、夷川さんに連れられて、僕は確かに足を踏み入れた。

「え、ウソ。どうでした？」

「面白かった。行ってみる？」

本気と冗談の間の口ぶりで尋ねてから、僕はまだこの夜が続くことを望んでいるのだと気付いた。少し驚いた日岡さんに、顔つきを変えず微笑み続けた。後づけで消費される小さな勇気を感じながら、愉快な気持ちになっていた。どう転んだって、この夜はいい夜だった。

日岡さんは頷いて、「こんなことがないと行く機会もないですし」と付け足した。彼女だって僕ともう少し一緒にいてもいいと思ってくれたのだ。

入場料を払って、コインロッカーに荷物を預けて地下へ降りた。ちょうど人が集まるピークの時間だった。音が強まって声の通らなくなるこの感じは、威圧的だけど少し懐かしかった。日岡さんを連れてカウンターでドリンクを貰い、スタンディングテーブルに陣取った。彼女は緊張しながらも、目の奥をキラキラさせていた。

僕は日岡さんの耳元に口を寄せた。彼女もそれを真似て、どうにかコミュニケーションを取った。しばらく様子を見てから、僕は彼女の手を引いて人混みの中に踊りに行った。初めは戸惑っていた日岡さんも、少しずつ楽しみ方を掴んできた様子だった。僕らは自然と手を取って、音に体を浸していた。

リズムに心地よく揺蕩《たゆた》う自分、日岡さんのことを意識する自分、背伸びをしている自分、もっと踊りたい自分……色んな自分がいた。すべてが等身大で、矛盾なくここに共存していた。

僕はそれが気持ちよかった。僕は今、何一つ欺いていなかった。

一時間ほどで僕らはクラブを出た。人の熱気から外れて地上へ出ると、そこには確かに秋の空気が満ちていて、ほのかに汗ばんだ僕の体を夜風が撫でた。

「帰ろうか」

僕が言うと、日岡さんは頷いた。クラブの余韻のまま僕らは手を繋いで歩いた。他愛のないお喋りは続き、手も繋がったままだった。僕らはコンビニで二本ずつお酒を買って、飲みながらまた歩いた。彼女のアパートの前に着いてもお酒は残っていた。

日岡さんを見ると、彼女も僕を見つめていた。飾りのない街灯の下で僕らの視線はぶつかり、その衝突地点に向かって、夜長の虫たちの鳴き声がすべて滑り落ちていくようだった。

「残りの缶、一緒に飲む？」

僕は日岡さんの家に上がった。綺麗に整えられた部屋には花が飾られていた。すっと伸びた茎の先に、細い花びらを持った花が集まって咲いていた。それを見ながらお酒を飲んで、僕らはキスをした。

罪悪感はなかった。あとは彼女が僕を許すか否か、それだけが問題だった。

ひとまずその晩、僕はどうやら許されたらしかった。

同じベッドに入りながら、日岡さんは言った。

「私、こんなふうに誰かを家に上げるのは初めてなんですよ」

「僕も初めて」

「本当に？　野宮さんは？」

「……概《おおむ》ね、初めて」

日岡さんはむっとして僕の脇腹をつねった。僕は痛みに跳ねて、それから二人で笑った。

「私、田辺先輩のこと、まだ好きなんでしょうか」

「……願わくば好かれていたいな」

「じゃあ、私のこと、好きなんですか？」

「確たることは言えないけど」

複雑になった日岡さんは前よりは魅力的で、僕は現にしっかりと惹かれていた。でも、何も決意できない今の僕は、自分の感情が移り変わるものだと知っていた。

「ずるいなあ。私、先輩のこと信じてないですからね」

「それは、そうだよなあ」

自分だって信じていなかった。

僕は寝息の中に溜息を混ぜ込んだ。僕だって随分と複雑になってしまった。その複雑さを摑まえるには眠たくて、僕はゆっくり眠りに落ちていった。

◇

十一月に入り、ついに学祭が始まった。

この時間、普段ならがらんどうの構内も、前夜祭の行われた今日はどこか慌ただしい人の気配に満ちていた。同じオリジナルパーカーを着たサークルの面々、一・二回生と思《おぼ》しき浮足立った集団、それから誰かと電話をする学祭事務局のスタッフたち。浮足立った連中があちこちにたむろしていた。

喫煙所になっている旧文学部棟の中庭からも、祭りの始まりを告げるのろしのように煙が立ち上っていた。僕はそれを尻目にキューチカへ降りて、ディアハンツの扉を開いた。

喧騒と音楽が零れた。部屋の生温さは十一月の空気とは程遠かった。

「あ、遅いっすよ、田辺さん」

カウンターに立っていた村山くんが真っ先に僕に気付いた。着ていたスウェットの腕をまくって注文を捌いていた。クラブミュージックとともに、彼の肝入りで設置されたミラーボールが頭上でゆっくりと回り、ひしめき合う客たちを光の破片がなぞっていった。

僕がウォッカトニックを頼んだとき、カウンターの端にいた北垣と目が合った。僕は人を掻き分けて、彼の隣に立った。

「よう。何か久しぶりだな」

北垣は煙草を吸いながら言った。僕も自分のを一本取り出すと、彼は火を点けてくれた。

「確かに久しぶり。……相変わらず髪が短い」

その頭はサッカー場の人工芝くらい味気なく刈り込まれていた。

「また切った。こっちの方が髪洗うの楽だしな」

「昔の方が格好よかった」

「あんま格好よすぎても悪いから」

僕は「誰にどう悪いの？」と首を傾げ、笑った。北垣の軽口に付き合いながら、彼のいつも通りの様子に安心していた。

「北垣は一人で来た？」

「いや、『やじろべえ』のやつらとグラウンドの前夜祭を観に行って、それからみんなでこっち来た」北垣は声を潜めた。「今日、日岡さんも来てるぞ。ずっとディアハンツに寄りついてなかったのに。ほら、あそこ」

日岡さんはグラスを持って、『やじろべえ』の部員たちと話していた。それから彼女は僕の方を見た。向こうはこちらに気付いていたらしく、彼女は僕へ小さく手を振った。北垣がすかさず僕を見た。

「おい、手振ったぞ」

「本当だね」

「……何かあったな？」

「別に、何もないよ」僕は話を逸らす材料を見つけた。「あ、三井さんも来てる」

三井さんがソファに座って何かを飲んでいた。その隣にいるのはジッシツの委員長、柏さんだった。彼のスマホの画面を覗き込みながら親しげに話していた。

「あいつ、柏さんと一緒に来たんだよ。『劇団地平』がジッシツの手伝いをしてたらしい」

北垣は「今日のジッシツの話、やばかったよなあ」としみじみ呟いていた。

「柏さん、何かやってたの？」

「そうか、田辺は前夜祭いなかったよな。今日の柏さん、すごかったんだぞ」

「すごかったって？」

北垣が言うにはこういう話だった。

前夜祭の大トリは、有志によって結成されたアイドルユニット「楠坂《くすのきざか》46」だった。内輪ノリも甚だしいが、盛り上がれる何かを探していた観客にとっては格好のパフォーマンスで、大歓声が上がり続けたらしい。そして最後の曲を目前にして舞台に現れたのが、柏さん扮《ふん》するプロデューサーだった。

本家に寄せるため、わざわざ恰幅のいいスーツや頬の肉を仕込み、厚い黒ぶち眼鏡で現れた柏さんに会場は大盛り上がりだった。すべての注目が集まる中、彼は言った。

「皆さまに重大発表があります。我々はある極秘情報を入手しました。それがこちらです」

ステージ後ろの画面に映し出されたのは、味気のない書類だった。

「これは大学当局が作成している来年のアカデミックカレンダーです。この十一月のところを見ていただきたい」

画像が拡大された。そこには「学祭期間」として二日間のスケジュールが取られていた。

二日間？　そんな声が飛んだ。柏さんはそれに答えるように弁を奮った。

「その通り。例年、我々の学祭は四日間、行われます。しかし大学当局は学生に断りなく、その期間の短縮を目論《もくろ》んでいる。まさに暴挙と言うしかありません」

不安と不満の混じった声がグラウンドに広がっていった。

「この学祭に危機が迫っているのです。我々は声を上げなければいけない。皆さん、どうかこの学祭の最終日、後夜祭で一緒に声を上げましょう。『楠坂46』ラストライブにご期待ください」

観客に動揺が広がる中、柏さんはステージから捌けていった。「楠坂46」のセンターがマイクを引き継ぎ、その日最後の曲に移っていった。ざわつきが消えないまま、客たちはどこか上の空でそのパフォーマンスを見つめていた……。

「学祭の短縮って本当なの？」

僕は尋ねた。それが事実なら確かにひどい話だった。

「大学側が学祭の期間を短縮したがっている話は前に何度も聞いたことがあるな。資料は本物っぽかったけど、まだ分からない。学祭の後夜祭で何かをするつもりらしいけど」

僕は後ろを振り向いた。噂の柏さんは何かを熱っぽく三井さんに話していた。

「三井さん、また何か話し込んでるね」

「口説かれてるだけだ」北垣はやさぐれながらビールを呷《あお》った。「あと、あっちに野宮さんもいるぞ」

「え、どこ?」

僕は咄嗟に聞き返してしまった。その姿を僕は見つけていなかった。

「ほら、あそこ」

北垣が指差す先には女の子が座っていた。それが野宮さんだと気付くまで少しかかった。彼女はベージュのブラウスに綺麗な黒いロングスカートを穿いていた。髪の毛はセミロングくらいに切り揃えられ、胸元には小さなネックレスをつけていた。いつもより優美で落ち着いた装いで、纏っている気配がまるで違った。変わっていないのはキャスターの煙草だけだった。

「雰囲気、めっちゃ変わったよな」

野宮さんの横にはニット帽を被った男の子が座っていた。彼女の話に頷いたり、驚いたりしながら、何かをにこにこと話していた。

「ったく、どいつもこいつも楽しそうだ」

北垣が大袈裟に溜息をついた。そうやって茶化してくれたから僕は笑った。僕は二杯目のウォッカトニックを貰うと席を立ち、日岡さんへ話し掛けに行った。

「ここで会うの、久しぶりだね」

「まったくですよ」日岡さんは小さくむくれた。「ディアハンツのこと好きだったのに、誰かのせいで行けなくなってたんですから」

「ごめんって」

「さっき来たんですか？」

「うん。日岡さんは前夜祭を観てきたんだっけ」

「はい。すごかったですよ！　最後の『楠坂46』が大盛り上がりで」

「らしいね」

僕らは席を並べて話し込んだ。人が入り乱れるディアハンツの中で、ぼんやりと丸い線を描くみたいに言葉を重ねた。そんな曖昧な円がディアハンツの色んなところに浮かんでいた。

日岡さんがお手洗いに立ったとき、僕は煙草に火を点けた。煙はエアコンの暖気と人の熱気にかき乱され、薄暗い光を放つ明かりの辺りで霧消した。

「すごい。今日は全員集合やね」

話し掛けられて横を向くと、野宮さんが立っていた。

「久しぶり」

「うん。一か月ぶりくらいかな」

僕が野宮さんに呼び出されることはもうなくなっていた。二人で久々に乾杯をすると、野宮さんは悪戯めいた顔で首を傾げた。

「朔くん、日岡さんとヨリ戻すん？」

「そもそも付き合ってない、振られてるよ」野宮さんのせいで、とは言わなかった。「そっちもいい感じに見えるけど」

「うん。ええなって思ってる。高校の同級生なんよ」野宮さんは前と毛色の違う笑顔を浮かべていた。「この人なら正しく好きになれそうって思うわ」

屈託のない単純な笑み。自律していて閉じた感情。しばらく見ないうちに、野宮さんはそれをものにしたようだった。

「僕も、日岡さんとはちゃんと一緒にいられる気がしてる」

僕の笑顔は野宮さんのそれと交錯して、玉虫色の光を帯びた。僕らは曖昧な頷きを互いにぶつけた。こういうとき、次の言葉を先に見つけるのは大抵、彼女の方だった。

「そうや、朔くんは『三文オペラ』いつ観に行く？」

「……千秋楽かな、三日目の夜。野宮さんは？」

そのとき、日岡さんが戻ってきた。僕らは咄嗟に口を噤んだ。野宮さんは何食わぬ顔で話を切り上げて戻っていった。そして入れ替わるように日岡さんが帰ってきた。

「田辺先輩、私にも煙草一本ください。忘れちゃって」

「高くつくよ」

日岡さんが「えー」と口を曲げた。僕は煙草を一本取り出し、彼女の口先にフィルター側をねじ込んだ。彼女はその煙草を上下に揺らし、相好を崩した。

そのときスマホが震えた。画面を開くと、野宮さんからのラインだった。

『うちも千秋楽に観に行く』『一緒に行こ』

僕は手早く返事をしてスマホを仕舞った。

『いいよ』

その夜、ディアハンツには色んな線が交錯していた。僕はそうして編まれた網にもたれるような気分で酔っ払っていった。学祭初日の夜だといってお酒が快調に振る舞われた。脳が濡れ雑巾のようにアルコールへ浸っていった。

気付いたときには、僕はソファで横になっていた。遠くからカラスの声が聞こえた。頭の奥に鈍い痛みを感じながら、それを頼りに体の感覚をゆっくりと読み込んでいった。

そして僕は、胸元の暖かい感覚に気付いた。

そこには日岡さんがいた。僕は彼女に手を回し、腰を抱くような形で眠っていた。

部屋は静まっていて、電気は最小のものになっていた。部屋の上部にある横長の窓から白い光が差して、もう朝が来ていると分かった。僕は顔を覆うように目の前にあった日岡さんの温もりを感じながら、体を半分起こした。

わずかについた明かりの下で、北垣がカウンターに肘をつき、僕を見下ろしていた。

「気持ちよさそうに寝てたぜ。ときどき顔まで押しつけて」

北垣の向かいでは村山くんも同じように僕を見て、生意気な笑みを浮かべていた。他の客は寝るか帰るかしていたものの、僕は咄嗟に恥ずかしくなった。北垣は半笑いで言った。

「だらしねえやつ」

「……初めて誰かにだらしないって言われた気がする」

昨日の僕は眠たかったし、日岡さんを抱いていたかった。それをまるで隠さなかった結果、寝て起きたらこうなっていた。僕は最近、色々と剝き出しになっているようだった。

そんな僕を、北垣はじっと見ていた。笑顔は途切れて、ただ真剣な顔をした。

「北垣？」

僕が首を傾げても、北垣はこちらを見つめ続けた。まるで誰かを見初めるように、こちらの息が詰まってしまうくらいに。

「俺はお前が羨ましいよ、田辺」

北垣はそう呟き、そのまま立ち上がると、僕の前を通ってディアハンツから出ていった。僕は何もできないまま、中途半端な姿勢でそれをただ見送った。

僕は北垣に見放されたような気がした。どこか自罰的な気持ちが湧いて、そんな気分にさせた彼へ腹が立った。ひどく落ち着かず、彼が怖くも思えた。

とにかく僕と北垣は、最近上手くお喋りができなかった。

◇

三井さんの演劇『三文オペラ』の噂は、すでに大学中に飛び交っていた。

大学で最も勢いのある演劇サークル『劇団地平』が、過去最大の公演をやるということで、その劇はもともと注目されていたそうだ。そして初日から評判は上々、どの公演も超満員での上演が続いていた。

「楽しみだなあ。三井さん、どんな役なんやろ」

学祭三日目の夕方、野宮さんは作品のパンフレットを読みながら歩いていた。頭上には厚い雲がかかっていた。冬の京都らしい明るい曇り空だ。それも刻々と光を失い、気温も沈み込むように下がっていった。僕は大きく欠伸をした。野宮さんは呆れるように笑った。

「朔くん、疲れてるなあ」

僕は目の下に隈を浮かべて頷いた。とにかく睡眠時間が足りていなかった。

……ディアハンツで酒を飲み、煙草をふかし、たまに思いついたように他のサークルの展示を眺めに行き、模擬店の食べ物をつまみ代わりにして再びディアハンツで飲み、朝を迎え、アルコールに溶けた頭で不完全な仮眠を挟み、慰めのような休息を得て、起きたらまた大学へ向かい、そして酒を飲み、煙草をふかし……。

僕はこんな日々を繰り返していた。

ディアハンツには様々な人が押し寄せた。初めて会うOBのマスターや、卒業していったかつての常連が懐かしそうに立ち寄り、客の皆にお酒を奢った。他大学の友だちを連れた学生も多く来て、この真っ暗で怪しい空間に目を光らせていった。馴染みの常連たちもマスターにかこつけて連日ここで酔っ払い、話が弾んだ。

昼過ぎには酒を抜く時間だと言って小里くんのオリジナルブレンドコーヒーが振る舞われ、ある夜は村山くんの計らいでカウンターがDJブースになった。マスターの企画するイベントが行われ、僕はそのほとんどに顔を出した。

「朔くん、ディアハンツにずっとおるよな」

「ここまで来たら意地だよ」

「馬鹿やなあ」

野宮さんに笑われるのは何だか嬉しかった。

公演会場である食堂は寮の北側に位置する、寮の本棟とは別の建物だった。食堂とは呼ぶが、そこは事実上の共有スペースで、サークルのライブやイベント、もちろん演劇にもよく使われる場所だった。

辺りは開演を待つ観客でいっぱいだった。チケットはすべて売り切れて、あまりの人気に二日目の公演からは椅子が撤去され、その場で座ってもらう形にしたそうだ。

食堂の外の広場には寮生や近隣の飲食店による出店があり、多くの人が集まっていた。こちらは夜遅くまで開いていたから、人もますます増えていた。僕らも少し飲むことにした。紙コップに注がれた熱燗《あつかん》を飲みながら、野宮さんが首を傾げた。

「そもそも『三文オペラ』ってどんな演劇なん？」

「ブレヒトっていうドイツの劇作家の代表作だって」

……強盗や殺人を繰り返すメッキース。そんな彼がポリーという若い娘と駆け落ちする。そのポリーの親、ピーチャムは街の乞食の元締めで、娘の突然の結婚に憤る。彼らはメッキースを警察へ突き出そうと躍起になり、娼婦《しょうふ》の館にいるメッキースを捕まえる。メッキースは昔の女の手引きで牢《ろう》を脱出するも、結局は再び捕えられ、ついに処刑台に立つ。

「……そういう、息苦しさと欲望にまみれた物語」

「へえ。詳しいなあ」

「全部、三井さんの受け売り。ディアハンツに来るたび話してたから覚えちゃった。今回は気合いの入り方が違うみたい」

「……北垣くんと別れたから？」

「かもね。開き直ってるというか、何というか」僕は三井さんが滾らせていたエネルギーを思い出していた。「北垣にも見て欲しいんだと思うよ。これまで一番近くで見てきたのが北垣だったから」

三井さんは北垣にもチケットを渡したと言っていた。でも彼の姿は見当たらなかった。はあ、と野宮さんが白い息を吐いて、呟いた。

「みんなで観に来られたらよかったのにな」

「そうだね」

「朔くんとも観に来れんかったら、うち、泣いてたわ」

「本当に？」

野宮さんは僕に「うん」と薄い笑顔を向けた。その目を見たとき、僕は太い神経を一本引っ張られたような気分になった。何か強い気持ちが湧いたけど、僕はそれを言葉にすることができなかった。


寮の食堂は照明が絞られ、劇の評判を聞きつけた人々でごった返していた。十一月とは思えない熱気で、僕は着ていたシャツが汗ばむのを感じていた。

そして、『三文オペラ』の劇が始まった。

掛けられていた幕が除けられ、照明が一気に点いた。幕の後ろにいたのは街の人々に扮する多くの演者たちだった。広いとは言えない食堂の舞台が、奥行きを持って目の前に現れた。綿の飛び出たソファや脚の揺らいだ椅子、普段は寮に転がっているであろうものが背景としてちりばめられていた。

作品の世界へ一気に引き込まれた僕は、目の前の人物たちによって展開する劇を、ただひたすらに見つめていた。

劇の主人公は大悪党のメッキース。彼が婚約者のポリーを連れて初めて登場するシーンで、美しく爛れた気配を纏いながら現れたのは、男装をした三井さんだった。それは見事な姿だった。

黒い毛皮のコートを羽織り、彼女は不敵に笑った。

メッキース　おい、誰もいないのか？

僕の中で、三井さんとメッキースの人格が混ざり合っていった。メッキースは貧相な飾りつけしか盗んでこなかった子分を叱りつけながらも、連れてきた牧師の前でポリーと愛を誓った。子分が新婚二人に遠慮して姿を消すと、観客が息を呑むほど大胆に、誰も寄せつけない勢いでポリーと見つめ合い、抱き合った。

しかしポリーの勝手な結婚に、父のピーチャムは激怒して、メッキースを捕まえようと動き出した。メッキースがそれを知ると、あっさりポリーを置いてアジトを去ってしまった。すぐ戻る、と聞こえのいいことを言うが、ポリーは彼が帰らないことを察していた。

ポリー　あの人はもう帰らないわ。
素敵だったときは終わり

メッキースは、すぐ街を去ると言いながらも、行きつけの娼婦の館へ寄っていた。彼は女に囲まれながら、昔の最愛の恋人ジェニーを思い出した。しかし帰り際、待ち伏せていたピーチャムの妻と警官にまんまと捕まってしまった。娼婦たちが彼を裏切ったのだ。

牢獄に入れられたメッキースの元には、昔の女であるルーシーがやって来た。ルーシーは彼をめちゃくちゃに罵りながらも、本当は彼を助けに来たのだ。しかしその場にポリーが同じ考えを持って現れ、女二人は男を取り合って激しく罵り合った。間に挟まれた彼は、どちらにも甘い言葉を吐き、どうにか自分を助けてもらえるよう懇願した。結局、ルーシーの手によって牢を出ることになった。

そこにいるメッキースは三井さんで、彼女はその欲望に躊躇《ちゅうちょ》しなかった。極悪非道で、誰にでも都合のいいことを言う彼女は、しかし誰の前にも一貫した瞳を向けた。自身の欲望と憧憬には嘘をつかず、その一点で誠実だった。

物語は続いても、メッキースの姿勢は変わらなかった。そして、最後には彼は再び牢へと戻され、絞首台へと上ることになる。

命運は尽きた。メッキースは演説を始め、すべての人の許しを乞うて歌った。

メッキース　後の世に生きる奴らよ
俺たちをそう厳しく裁くな
俺たちが死刑になっても
そんなにいやらしく笑うな。
罵るな俺たちの破滅に
怒りの裁きを下すな。
俺たちはみな無分別——
人間よ分別をなくすな
俺の末路から学び

俺の許しを神に願え。

許しを乞うメッキースも、それはやはり三井さんだった。演じる者とそのキャラクターを安易に結びつけるのは悪癖かもしれないが、しかし僕には、彼女が許しを乞うているようにしか見えなかった。

誰を許して欲しい？

僕らだ。

僕は思った。許して欲しい。何も決められない僕を、誰かを頼った野宮さんを、ここから逃げ出そうとする北垣を、北垣を置いていくしかない三井さんを、走り去ってしまった夷川さんを、許して欲しい。

メッキースは絞首台に立った。そのとき照明が、ピーチャムに当てられた。

ピーチャム　皆様にはせめてオペラの中ぐらいは
　正義より恩情が通じるところを見ていただきたい。
　そこで皆様のご期待に応えて
　これから国王の馬上の使者を登場させます。

合唱　聞け、誰か来る！
　国王の使者だぞ、馬にまたがって！

それは観客に突きつけられたハッピーエンドだった。

使者が宣言した。女王様がメッキースを恩赦され、彼は貴族となり、城と年金を受け取って新婦と幸せに暮らすのだ、と。人々は歓喜した。釈放された三井さんはポリーを抱き、全身で喜んだ。それをピーチャムが笑っていた。

ピーチャム　本当の世界では、救いの神は来ない。ひどい末路だぜ。踏みつけ合うのがオチさ。だからあまり不正を追及するな。

最後の合唱が始まった。歓喜の中で高らかに皆が歌うのを、僕は隙間風の中で暖炉に身を寄せるように聞いていた。後ろ指を差されながらも、許される喜びを感じていた。

全員　不正をあまり追及するな
この世の冷たさに遭えば、
不正もやがて凍りつくさ
考えろ、この世の冷たさを。

僕はびりびりと痺れたのか、ぶるぶると震えたのか区別がつかないまま、終幕を見届けた。こちらを突き放すようなハッピーエンドへ、しがみつくように拍手を送った。会場では喝采がいつまでも続いた。

他の観客とともに食堂の外に出てくると、劇が始まる前よりも人は増えていた。ドラム缶で焚かれた炎が煌々《こうこう》と輝き、火の粉が寒空へと真っすぐ上っていた。

ようやく少し落ち着ける場所まで出てきた。大きなイチョウの木立の下だった。僕らは足を止めた。野宮さんは頬を紅潮させていた。

「すっごく面白かったね」

僕は頷いた。今の今までものすごい集中力で舞台に没頭させられていた。僕は酸欠の魚のように口を動かして、言葉を引き寄せた。

「……何だか不思議だ。登場人物の誰にも共感できないのに、感動で叫ばされてるみたいだった。オペラだからいいのかな。あと、ピーチャムのオチもすごいよ。ご都合主義でハッピーエンドを僕らに叩きつける」

感情を追い駆けるように僕は話した。今、体に帯びているこの熱を、言葉によって留めておきたかった。しかし僕の言葉では足りなくて、やがて降伏するように呟いた。

「すごいな。三井さん、こんなものを作っちゃうんだ」

僕はその場にしゃがみ込んだ。踏んづけられていく落ち葉がよく見えた。トレイや日本酒のワンカップのゴミが落ちていた。

「朔くん、どうしたん？」

野宮さんが屈んで僕の顔を覗き込んだ。どうしたんだろう、と自分でも思った。胸が熱を帯びてじくじくと疼く感じ。それが消えてくれなかった。

「ちゃんと来てくれたね」

横からの声にぱっと顔を上げた。それは三井さんだった。彼女は衣装の黒い毛皮のコートを羽織り、舞台化粧のまま僕らの前にいた。

「どうだった？」

「面白かった」野宮さんが駆け寄るように言った。「三井さんすっごく格好よかった」

アイドルか宝塚《たからづか》の男役を目の前にしてはしゃぐような反応だった。僕は立ち上がり、三井さんをもう一度しっかり見た。その表情からさっきのメッキースの蛮勇さは消え、浮かんでいるのは整った微笑みだけだった。感情をスマートに仕舞い込むいつもの彼女がそこにいた。

僕は言った。

「すごく面白かった」

「ならよかった」安堵するように三井さんは眉を開いた。「でも、まだまだだよ。足りないものばっか」

「でも、こんなのを作った三井さんを尊敬したし、嫉妬した」

「嫉妬？」

「うん。僕も何かを作りたいと思った」

「次は朔くんが脚本を書く？」

「演劇は三井さんに任せるけど」

僕は笑いながら、頭の中では頁《ページ》を繰っていた。シュプリンガーの分厚いペーパーバック。読み進めていた教科書だった。

「僕が何かを作るとすれば、数学でしかありえないよ」そう口にすると、じくじくとした胸の疼きはさらに加速した。「久しぶりにこんな気持ちになった」

三井さんは薄い微笑みに鋭利なものを混ぜ込んだ。

「そっか、田辺くんにも分かるよね。君も何かを作る人なんだ」僕の輪郭を写し取るように、三井さんは瞳を動かした。「ずっと思ってたんだけど、多分、君は優しさで生きる人間じゃないんだよ」

「え？」

「私はね、未来がないような気分で生きてるの。ただ、今日の自分に肯定を積み重ねるだけ。その肯定こそ何かを作るってこと。君もそういう人間だよ。田辺くんが自分を認めるには、何かを生み出し続けなきゃいけない」

三井さんは激しい吸引力を持って僕に迫っていた。それは夷川さんに似ていた。彼女は僕を見て、野宮さんを見て、また僕を見た。

「君はもっと苛烈で、とんでもないエネルギーに満ちている。なのに、それに気付かないふりをしてる。それはズルじゃないかな」

その目は僕に、そして隣の野宮さんに指を突き立てていた。野宮さんと未だに並ぶ僕を咎めていた。僕はこう言うしかなかった。

「……不正をあまり追及するな」

三井さんはむっとしながら、口角を上げた。

「今日はその答えで許してあげるよ」

そして、話は終わり、とおどけるように両手を挙げた。しかしその目の奥に滾った気配は、未だに消えようとしなかった。

「私には、私のエネルギーを見せる義務がある」

「それがこの演劇？」

「ううん。まだ足りない」

足りない？　今日が千秋楽のはずだった。しかし三井さんは言った。

「最終日、楽しみにしててね」

　僕が尋ねる前に三井さんは身を翻し、人混みの中に消えていった。野宮さんの困惑した視線に気付いたのは、しばらくしてからだった。

「何の話？」

　僕らの話にピンと来ていない顔がそこにあった。無邪気で幼い表情は、この世界に降伏して跪《ひざまず》いたような姿でもあった。僕はふと、物寂しい気持ちに襲われた。野宮さんがこの広い世界と相いれるために労を割く中で、僕はこの狭い世界から抜け出すために走り続けていた。

　僕らはまったく別の生き物で、すでに袂《たもと》を分かちていた。

　突然、アコースティックギターが掻き鳴らされた。

　どよめくような声とともに、その曲にオルガンとチェロの音色が混じり、アコーディオンとトランペットが飾り立て、単調なベースとドラムがマーチのリズムでまとめ上げた。広場の中では三井さんがマイクに手を取り、演者とともに歌い始めた。

　それは冒頭のメッキースの歌であり、最後にピーチャムが物語を閉じるための歌でもあった。

『不正をあまり追及するな』

　その歌はあっという間に大合唱になって、何度も繰り返された。皆が現実を放置して、気分よく歌っていた。野宮さんも愉快そうに笑いながら口ずさみ始めた。炎の勢いは増し、歌声も大きくなった。

『不正をあまり追及するな』

　三井さんは僕の不正を突いた。それは何も残そうとしない僕を責めるものだった。絵も演劇も、芸術も、常にこちらに語り掛けていたのだ。生み出せ、と。その経験を何かに結実させろ、と。

火の玉のような気持ちが僕の中に湧いていた。

歌声が止んで、拍手と歓声に包まれた。それを眺めていた野宮さんは僕に言った。

「こうやって二人で並ぶのも不正かな」

冗談のつもりだったのかもしれない。でも、僕は野宮さんをじっと見つめた。奇妙な引力が発生しても、僕はそこから離れなかった。彼女はわずかに首を傾げたが、目を逸らしはしなかった。行けるところまで行くしかないのだ。

僕は野宮さんと唇を重ねた。

その感触を確かめて、そっと離れた。

『不正をあまり追及するな』

……もう不正ですらなかった。

そのとき感じたのは、ただの寂しさだった。僕の恋した野宮さんはもう死んでいた。石ころのような失意が僕に飛び込んで、心の底に沈んだ。かつての強い感情は、永遠に過去のものになっていた。野宮さんはただ戸惑うような目を向けていた。

僕は頭がぐるぐるとしていた。少しまともじゃなかった。

「ごめん、帰る。疲れてるみたいだ」

「ねえ、待ってよ」

僕は野宮さんの声を聞かずにその場を離れた。誰にも見られたくなくて、僕は俯き続けていた。濡れたイチョウの葉を踏み抜けて、ふと顔を上げたとき、僕を見つめる人影に気付いた。

北垣だった。

ちゃんと演劇を観に来ていたのだ。彼は僕に向かって強張った目を向けていた。その視線で、僕たちの口づけが見られたと分かった。

◇

演劇を観た夜、僕は真っすぐ家に帰った。全身に熱が走り、頭の中に燃え殻が詰まってしまったようだった。シャワーも浴びずにベッドへ倒れ込んだ。気が付いたときは昼だった。

学祭の最終日はカウンターに立つと決めていた。僕は身支度を整えて、正午を跨ぐ頃に家を飛び出した。玄関の向こうには、抜けるような青空と固く締まった冷たい空気が待っていた。それはもう冬の晴天だった。

今日は日曜日で、構内は人で満ちていた。サークルの宣伝のために看板を持って声を張り上げる学生と何度もすれ違ったし、グラウンドの模擬店にはいくつもの列ができていた。同人誌や会誌を売るサークルの屋台番たちは、今日も大きな欠伸をしていた。

澄んで賑やかな空気に背を向けるのは勿体ないような気もしたが、僕は渋々、キューチカに降りた。ここは年中無休で陰気だった。扉を開けると、中では小里くんがカウンターにもたれて眠っていた。他に客はいなかった。

「……あ、田辺さん。おはようございます」

「ごめん、起こしちゃった」

「いや、いいですよ。うわ、もう昼過ぎですか」

小里くんがコーヒーを淹れると言うから、僕も便乗して一杯貰い、そこにブッシュミルズを垂らしてアイリッシュコーヒーもどきにした。

「昨日の夜はどうだった？」

「大盛況でした。日岡さんが文句を言ってましたよ。どうして田辺さん来ないんだって」

僕は言葉に詰まって、「疲れて帰っちゃったんだ」と答えた。間違ってはいなかった。

小里くんとマスターを代わると、彼は「客が来るまでもうひと眠りします」と言ってソファで横になった。僕は彼のレコードを、ボリュームを絞って流した。それから持ってきていた湯川秀《ゆかわひで》樹《き》の自伝を手に取り、頁《ページ》を捲った。科学者の書いたものを読みたい気分だった。

この学祭が終わったら、と僕は考え始めていた。

昨日の演劇で流し込まれた熱量を、僕は忘れ難かった。それは大学へ入った頃にも確かにあった熱で、僕はそれを長らく忘れていた。でも、何度忘れても、何度でも現れ、思い出すことになる。その気付きは再帰的だった。

「こんにちは」

次に扉が開いたのは十六時を過ぎた頃だった。僕は随分と集中して本を読んでいて、天井近くの窓から差す光が赤くなっていることに気付かなかった。

顔を上げると野宮さんがいた。黒いコートを羽織り、白い厚手のマフラーを巻いていた。彼女がそのマフラーを解くと、隠れていた口元が現れた。血の通った薄い赤色。

僕は頭を下げた。怖いと思った。

「昨日はごめん」

野宮さんは僕のつむじをじっと見ているようだった。

「顔、上げて」

僕は恐る恐る頭を上げた。野宮さんは眉をわずかに寄せた。

「うちも、悪かった」

今度は野宮さんが頭を下げた。僕は慌てて顔を上げるように言った。彼女はわずかにばつの悪い表情を滲ませた。

「あれは、その、不用意やった。もううちらには必要なかった。そうやろ？」

野宮さんは互いを諭すように言った。僕は何度か瞬きをして、言った。

「そうだね」

僕らはやっとまともに目を合わせて笑った。僕の勘違いでなければ、野宮さんの中にも失意があった。

「でも、一杯は奢ってもらうわ。うちの唇は高くつくから」

「なんだそれ」

互いの失意は言葉にならないまま、過去の一点でほんのりと熱を帯びていた。野宮さんと話しながら、それが冷えていく様子を、僕は静かに見届けていた。

「やあやあやあ」

「やっほー、やってる？」

明朗な声とともに扉が開かれた。上機嫌で入ってきたのは大桂さんと江本さんだった。大桂さんが周りを見渡して驚いた顔をした。

「何だね、私がつまみを買い込んできてやったというのに、こんなにしけこんでいるのか」

大桂さんの文句は杞憂に終わった。すぐに学祭を回り終えた常連が集まってきた。模擬店で働いていた後輩の客たちが余りものを持ってきた。僕らが不可避的にビールを開けるうちに、夜は深まっていった。

注文を一通り捌き、煙草を吸っていた僕に大桂さんが尋ねた。

「そういえば、後夜祭は何時からだったかね」

「確か、二十二時ですね」

学祭最後の企画、後夜祭は二十二時から始まる予定だった。グラウンドの中央に大きな火が焚かれ、日が変わるまで祭りを貫徹するのだ。

「ジッシツの騒ぎはどうなったんだ」

「学祭の短縮の話ですよね。後夜祭のパフォーマンスで詳細を話すって言ってましたけど」

学祭短縮の話はすでに学内全体で噂になっていた。反応は様々だったが、憤りや苛立ちが大半を占め、今日の後夜祭でジッシツが何をするか注目が集まっていた。大桂さんはむっと顔をしかめて顎を触った。

「柏くんのことだから、当局の計画を話して終わり、とはならんだろうなあ」

「というと？」

「ひと騒ぎあるかもしれん。学祭が無事に終わればいいが」

大桂さんが不穏なことを言うから、僕は思わず眉をひそめた。そのときカウベルの音とともに賑やかな声が聞こえてきた。

「よう。混んでるな」

それは北垣だった。『やじろべえ』の部員を連れていて、中には日岡さんもいた。

「ネグローニください」日岡さんがカウンターに来た。「田辺先輩、今日は元気なんですね」

「昨日、よく休んだからね。そっちは外にいたの？」

「片付けがひと段落ついたんで、外で軽く打ち上げしてたんです」

北垣が僕らへ割り込むようにカウンターに肘をついた。

「田辺、ウォッカトニックくれ。濃い目で」

僕は北垣を正面から見た。彼の目の中には多少のアルコールしか見つからず、顔を赤らめて陽気に笑っていた。昨日の鋭い視線は、今日はどこにも見当たらなかった。

「……濃い目ね。他のみんなは？」

僕はいつもと変わらない北垣に安堵してお酒を出した。

人が増して、ディアハンツはより一層騒がしくなった。祭りの余韻を引き延ばすように客の口は饒舌《じようぜつ》に動いた。僕はいよいよ真面目なふりをやめて、宴の中に身を投げた。祭りはまだ終わっていなかった。

その熱気の中で、今日の北垣は強く言葉を奮っていた。いつもより雄弁なまま、僕の向かいに座って後輩たちに話し続けた。

「俺は面白いものが見たいんだよな。面白くないものを見てると、搾取されてる気分になるだろ。何だろうな、そう、面白いというか、弾けるというか、しがらみのないものが見たいんだよ。とにかくさ、面白くなきゃ駄目なんだよな」

横に座っていた野宮さんが「同じことしか言ってないやん」と呟くと、北垣は相変わらず熱を帯びた様子で、「田辺なら分かるだろ」ともどかしそうに僕を見た。突然向けられた視線は酔っ払いのそれで、僕は面倒臭くなって目を逸らした。「田辺ぇ」と北垣が泣きつくから、みんなが笑った。

カウンターひとつを隔てて、僕はお酒を作り続けた。夜は築くもので、そこに従事している自分はどこか気持ちがよかった。こんな場所に立つなんて、入学したときには思いもしなかった。

「そろそろ私たちも後夜祭、観に行きますか？」日岡さんが時計を見て言った。二十二時を少し過ぎていた。「あれ、北垣さん、寝てるんですか？」

北垣はよほど早いペースで飲んでいたのか、ソファに肢体を投げ出すようにして眠っていた。

「今日の北垣、やけにテンション高かったからなあ」

「なんか、すごかったですよね」

「仕方ないよ」僕は言った。「北垣も、本当は色々考えてるんだよ。それで地元に戻って就職するって決めて、三井さんと別れて。まだ整理が間に合ってないんじゃないかな」

小さな呟きが聞こえた。

「考えてるよ」

北垣の声だった。彼は目を瞑ったまま体を振り回すように起こした。

「考えてるよ！」

ニュートラルのままエンジンをふかしたみたいに、唸り声を上げて北垣は怒っていた。僕がお水を差し出しても、彼は顔に手を当てたまま俯くだけだった。その癇癪《かんしゃく》めいた怒りに、どこかざらついた空気が流れた。彼は俯いたまま、呂律《ろれつ》の回らない口調で呟いた。

「何でお前らキスしてたんだよ」

「え」

「お前と野宮、何で昨日、キスしてたんだよ」

野宮さんは急にフラッシュを焚かれたような顔をしていた。僕も唖然《あぜん》としたが、それからすぐに不快な感情でいっぱいになった。

「北垣には関係ない」

「関係なんかねえよ。何か言ってみろよ」

「……説明する筋合いなんてないよ」

「そんな説明、こっちも聞きたくもないね」

「じゃあ何？　何がしたいの？」

「俺はお前に言いたいだけだよ。知ってるか？　田辺、お前クズなんだよ」

北垣は立ち上がった。百八十センチの巨体が間近に迫り、僕を見下ろした。怖かった。それは夜の闇が持つ怖さと一緒だった。彼はいつまで経っても得体が知れなかった。

「お前、日岡さんも野宮さんも好きなんだもんな」

日岡さんが大きく開いた目をこちらに向けていた。僕は言った。

「……野宮さんとはもう何もない」

キスをして、それから分かった。不正ですらなかった。

「くたばれ」きゅうりを齧るような歯切れのよさで北垣は言った。「お前は拾い食いするみたいに何かを好きになる。決意も覚悟もなくて、ふらふらしてる。周りのことは何も考えてない。それだけの、ガキだよ」

北垣の言っていることは正しかった。ただ正しかった。でも、僕は頷けなかった。

「僕、怒ってるよ」

気付けばそう言っていた。答えを出さなければいけなかった。それは恐らく今だった。

「僕はさ、日岡さんに惹かれてて、でも野宮さんへの思いが残って、わがままで、子どもじみてる。周りを振り回して、芯もない。惨めで情けないよ。どうにかしなきゃって思うよ。……でも、好きなんだよ。全部好きだよ。僕はそれだけだよ。ディアハンツも好きだし、数学も好きだし、っていうか、北垣も好きだよ。何で大学院、一緒に行かないんだよ」

なんて綺麗な言葉だろう。誠実であるふりをして、自分を正当化しようとしているだけだった。やはり子どもじみていた。子どもなりに続けるしかなかった。

「分かってる。何かを正しく好きになるって、それに責任を持つことだ。全部を好きではいられないんだ。だから僕は、整理しようとしてる。どっかに着地したいって思ってる。僕が北垣に怒ってるのは、それを邪魔されたからだよ。気まずさもばつの悪さも無視して言うよ。僕は北垣に怒ってる」

身勝手な自分に辟易《へきえき》した。僕は自分が思っていたよりずっと醜い人間だった。僕は醜い人間です、と叫んでしまいたかった。自罰的なポーズを取れたら楽だと思った。

でも、引けなかった。僕は僕の好きを守ると決めていた。

「どうしてだよ」

「……何が？」

「どうしてそんなに、何かを好きになれるんだよ」

北垣は壁が風化するようにゆっくりと表情を変えて呟いていた。僕は戸惑った。

「俺もお前みたいに、駄々こねるくらいになりたかった。でも、無理なんだよ。俺は数学の出来が悪いなら就職に身を振れるし、実家に戻るなら三井香織と別れられるんだ」

捨て鉢な叫びだった。僕は黙りたくなかった。

「でも、僕よりも北垣の方が色んなことを知ってる。好きなものをたくさん持ってる」

「好きでも何でもない。知ってるだけだ。俺は何にも憧れられない」

北垣の目は充血していて、その奥には静かな澱みがあった。それは嫌に整っていて、外からは手出しができないようだった。

「俺も数学は好きだよ。でも、自分の未来を決められるほど、その気持ちは強くない。俺は何かを好きになる努力ばかりしている。でも、努力とかじゃ駄目なんだ。自分の行動を変えるくらい何かを愛するってのは才能だ。俺は何も好きになれない」

北垣は僕を突き放すように言った。

「俺はお前が羨ましい」

僕は無性に寂しかった。

「……北垣が何に挫けてるのか、やっぱり分からない」

「何に？　そうだな」

北垣は吸い込まれるように俯いた。僕は彼の頭を見つめ、耳を澄ました。

「何って」

そして、泡の弾けるような音がした。悲鳴が上がった。

北垣は思い切り吐いていた。

僕らの緊張は途切れて、人々はそのゲロを中心に離れていった。コンクリートの床にぶちまけられた液体は、綺麗なパンケーキを焼くように丸く広がった。

「わ、ちょっと。拭けるものありますか？」

咄嗟に動いたのは日岡さんだった。誰かからティッシュを受け取り、北垣の顔を拭いに行った。他のマスターたちが慌てながらその処理に動いた。換気扇を強め、扉を開け、床を拭き取り、消毒代わりにウォッカを撒き散らした。

僕は北垣の背中をさすった。彼のしっかりした体軀が力なく曲がり、その顔は脂汗で滲んでいた。彼の靴先が濡れた以外、大した汚れもなかったのが幸いだった。

「北垣、大丈夫か？」

「大丈夫だよ。俺は、もう」

大丈夫ではなかった。北垣はまだひどく酔っているようだった。僕は彼を椅子に座らせ、その背中を撫で続けた。

「俺は、大丈夫だから。知ってるんだ、俺は俺だって、上手くやれるって……」

「今、喋らないで」

北垣のうわ言が続いた。

ざわついていた室内がようやく落ち着いてきたときだった。無数の足音がこちらに近づいて、隣の部屋になだれ込んでいった。壁に何かがぶつかる音や、慌ただしいやり取りも聞こえた。

「これは……ジッシツかね」

大桂さんがディアハンツの扉を開けると、すぐ廊下に人影があった。ヘルメットを被り、口元をマスクで隠していた。同じ装いの人たちが、いつか見た長い梯子を持って廊下をぞろぞろ歩いていくところだった。

「お前たち、何をしている！」

「時計台に上るんですよ！　ついに、僕たちが！」

大桂さんに怒鳴り返した男は、唯一見えている目を輝かせ、早口で捲し立てた。

「ディアハンツも部室に集まってないで、時計台まで来てくださいよ。ジッシツが後夜祭を抗議集会に変えて、時計台にものすごい数の学生を集めたんです。みんな、学祭の短縮に反対して、団結してる。こんな光景、初めてですよ。しかも今から時計台で『劇団地平』が演劇をするんです。今年の『三文オペラ』観ました？　あれの続きをやるんですよ」

ガタリと音がした。北垣が立ち上がっていた。

「『劇団地平』？」

それは綺麗な立ち姿だった。北垣は生まれ落ちてすぐの仏陀《ぶつだ》みたいに背筋を伸ばして、ヘルメットの男を見た。「早く行け」と誰かの声がして、ヘルメットの男はその場を退散していった。

後ろからぞろぞろと出てきたのは、この前の『三文オペラ』で見た衣装の人々だった。

その一行の後ろで、三井さんが黒い毛皮のコートを羽織り、メッキースの化粧をして凜とした姿で立っていた。彼女はディアハンツを覗き込み、その目に北垣を捉えた。

「私も覚悟決まったよ。時計台まで見に来てよ」

北垣は三井さんに見つめられ、動けなくなっていた。ジッシツとその一団は再び地上へ出ていった。僕らは唖然としてしばらくその場で立ち竦んだ。

最初に動いたのは北垣だった。

「俺、行くわ」

そう言って、背に載っていた僕の手を振り払った。止める間もなく部屋を出ていった。

僕は後を追った。外は異様な騒がしさに包まれていた。旧文学部棟を出ると、歩道には時計台へ向かう人影が無数にあった。時計台からはメガホンを介した粗い声が聞こえた。

時計台の周りは赤い空気で揺れていた。

『今、僕たちは権利を奪われる最中にある！　当局は僕たちの声を聞こうとしない！』

建物の屋上で演説が行われていた。柏さんの声だった。広場の随所にヘルメットを被った人々が立って、後夜祭のキャンプファイヤーから持ち出してきたらしい松明《たいまつ》を構えていた。時計台前の広場は学生で埋め尽くされ、その影は松明の炎で刻々と蠢《うごめ》いた。

時計台の向かいにある正門の前にはパトカーが停まり、赤色灯を光らせていた。当局が呼んだのか、初動の警察官はすでに駆けつけていたが、刺激することを恐れて介入できていないようだった。

北垣を探して周囲を見渡したとき、視界の端に大きな体軀を見つけた。

その人影だけは、時計台と真反対を向き、木立にもたれていた。僕が駆け寄ると、それはやはり北垣だった。彼はさらに何度か吐いているようだった。

「大丈夫？」

北垣は僕の姿を認めても顔を逸らした。僕は近くの自販機で水を買い、彼に差し出した。それをようやく受け取った彼は、水を一息に飲んだ。苦しそうに上下する彼の背がやっと落ち着いた。

「三井のやつ、時計台に上るつもりだ。そこまでやったら逮捕されかねない。止めないと」

北垣は人混みの先を睨んでいた。警察が入ってくるのは時間の問題のように思えた。僕は彼に頷きかけた。でも、そのとき三井さんの言葉を思い出してしまった。

『私には、私のエネルギーを見せる義務がある』

あのときの滾る目に僕は竦んだ。それは三井さんの決意だった。

「三井さんはそれでいいって思ってるのかもしれない」

僕が北垣に怒ったときのように、今の三井さんには手出し無用なのかもしれない。

「好き勝手やらせることがあいつのためになるって言うのか」北垣は僕を見て、それから首を振った。「じゃあ、俺も勝手にやるよ」

もう北垣は振り向かなかった。口の中の水を吐き捨てると、火が燃える方へ歩いていった。彼の得体の知れない背中は、真っすぐ長い影を僕の足元へ延ばしていた。その影に追いつくように、僕は彼を追っていった。

「どけよ！」

北垣は声を荒らげて人混みの中に道を作った。その名残に沿って行けば、僕も容易に前へ進めた。気付けば人混みを越えて、最前へまろび出た。北垣は松明を持ったヘルメットの一人を捕まえた。そこに他のヘルメットも集まっていた。

「おい、三井はどこだ！　用があるんだ！」

冷静さを欠いた北垣とヘルメットたちは揉み合いになっていた。

「この人、三井さんの親友です」僕はどうにか割って入った。「こいつ、伝えなきゃいけないことがあるんです。あの、いいですか。……聞いてください！」

僕の声は群衆に届かなかったけど、目の前で揉める人々にはどうにか通じた。

「三井さん、時計台に上ろうとしてるんでしょ。こいつ、その前に彼女へ伝えなきゃいけないことがあるんです。大事なことなんです。そのくらい、いいでしょ？」

松明を持っていたヘルメットに、火が顔へ触れるほど近づいた。僕もこの場に化かされているようだった。ヘルメットたちはようやく落ち着いて、僕らを時計台の脇まで連れていった。そこにはちんどん屋のように賑やかな連中がいた。『三文オペラ』のキャストたちだった。

「おい、香織」

「……今はメッキース。私、憑依型だから」

毛皮のコートを羽織った三井さんが北垣に振り向いていた。遠くで揺れる松明の光に、男役の凜々《りり》しい化粧をした表情が映し出されていた。

「お前は三井香織だよ」北垣は怒った顔で言い捨てた。「演じてんじゃねえ」

「この後、舞台なの。邪魔しないでよ」

「だから演じてんじゃねえよ。余裕ぶってる姿も、正義に燃えてるふりも、全部うぜえよ」

三井さんの冷笑がぐらりと揺らいだ。北垣は続けた。

「これがお前の本当にやりたいことならいいよ。でも、違うだろ？」

「……何を分かったようなこと言ってるの？」

「じゃあ言ってみろよ。何で時計台に上りたいんだよ」

「それは、『劇団地平』の勢いが抗議のために必要だから。こうやって人を集めるためには必要なことなの」

「それはジッシツの言い分だろ。聞いてるのはお前が時計台に上りたい理由だよ」

「学祭期間の短縮を止めたいからだよ。これを許したら、色んなものがなし崩しに壊されていく。だからやらなきゃいけないの」

「お前はすぐそうやって義務みたいな顔をする。そうやってしか受け入れられないんだろ」

メッキースの野蛮で不遜な瞳は、今や不安に揺れる三井さんのそれに変わっていた。

「そうだよ。私は、義務だから引き受ける。怖いよ、でも、もう決めたんだ」

「そんな無意味な決意をするなよ！」

「でも、あなたも無意味な決意をしたじゃない！」

三井さんは叫んでいた。そして北垣は面食らっていた。

「突然、京都からいなくなってさ。私、どれだけ探したと思う？　急に帰ってきたかと思えば、実家に戻るって決めてさ。意味の分かんない頑固さで決めちゃって、私がどれだけ悲しかったか分かる？　私がどれだけ置いていかれた気持ちになったか分かる？」

北垣の胸板を三井さんは叩いた。

「でも、私はあなたを許したいの。あなたがそうやって決意したなら、私も決めるの」

「何だそれ」北垣は三井さんをじっと見つめた。「俺の決意なんて、みみっちい意地だよ」

目をわずかにすぼめて、北垣は続けた。

「親父が倒れたのは本当。近くにいてやりたいのも本当。それを、自分の諦めの言い訳にしてることも分かってる。……でも、俺は選んだんだ。俺は小心者だから、せいぜいできるのは、一度決めたものを翻さないことくらいなんだ。俺の決意はそんなもんだよ」

三井さんはまた北垣の胸板を叩いた。

「馬鹿だよ」

北垣は額に手を当て、小さく笑った。その手を三井さんの肩に置いた。

「お前の方が馬鹿だ。こんなの決意でも何でもない。捨て鉢なだけだ」

「そうだよ、私はどうせ」

「没頭することを逃げるために使うなよ。お前が本当に考えなきゃいけないのは、演劇を続けるかどうかだろ。東京の劇団がお前のことを呼んでくれたんだろ？　その誘いをどうするかで悩んでたじゃねえか。それなのに、この騒ぎで色んなものを棒に振ろうとしてる。俺はその勇気を、ここじゃなくて別の場所に使って欲しいんだよ。そういう香織が見たいよ」

北垣は僕を振り向いた。

「田辺、お前もだよ。俺はお前らみたいに夢中になれる馬鹿が羨ましい。でも、お前らを見下してもいるんだ。自分のことを何にも分かってない、すぐそうやって没頭の世界に逃げ込むって。だからちゃんと道を選べよ。それで、俺が苦しくなるくらいすごいやつになれよ」

そこにはいつもの北垣がいた。彼を彼たらしめるものを久々に見た。それはディアハンツの仕入れを手伝ってくれる彼であり、三井さんのために身を粉にする彼だった。

北垣はディアハンツで叫んだ。

『俺は何も好きになれない』

酔っ払いの言葉を信じてはいけなかった。

北垣は誰よりも人間を愛することができるのだ。

北垣は三井さんを見つめて、言いたいことは言ったというふうに一歩引いた。

「この抗議集会の特別パフォーマンス、『劇団地平』による一夜限りの時計台演劇です」

時計台の上から、そんなアナウンスが聞こえた。パトカーの赤い光に照らされても決して去らない群衆は、暴動とも思えるほど大きな歓声を上げた。僕らの横ではヘルメットたちが梯子を目いっぱい伸ばし、三井さんたちが上るのを待っていた。

劇団員たちは三井さんをじっと見つめていた。彼女は梯子を見上げていた。僕もその視線の先を見た。火の粉に紛れて星が瞬き、その暗闇に吸い込まれるように梯子が伸びていた。僕が息を吐くたび、景色は白く濡れた。

「私って、子どもなんだな」

三井さんは呟いた。毛皮のコートは肩から滑っていき、木の枝に溜まった新雪のように地面へ落ちた。

「北垣、拾って」

三井さんは俯きがちにこちらを振り向いた。誰も動けない中で、北垣は彼女の元に駆けつけ、コートを拾った。

「風邪ひくぞ。羽織れよ」

「やだ。私より北垣の方が似合うよ」

「俺には派手すぎるだろ。……分かったって、じゃあ俺のと交換。こっち羽織れよ」

「それがいい」

三井さんはこちらに振り向いて言った。

「ごめん、私、上りたくなくなっちゃった」

そして北垣に肩を寄せて、赤い光に背中を照らされながら歩き出した。

「私、『劇団赤青年』の誘い、ちゃんと受けることにする」

「大学はどうすんだよ」

「……中退してもいいと思ってる。怒る？」

「まあ、香織がちゃんと考えてるならいいんじゃねえの？」

僕はその背中に二人の意志を見た。彼らもまた、決めたのだ。将来を恐れ、それでも引き返しはしない果敢さが、周りには当たり前のように満ち溢れていた。僕は今、世界の誰も彼もを尊敬していた。

後ろからは演説が聞こえた。僕は時計台の頂上を見た。宙ぶらりんになった演説を柏さんが引き継いだようだった。

『大学は学生のものだ。それなのに、僕らの言葉を奪おうとするのは誰だ。僕たちは自分がやらなきゃいけないことに気付いている。だから、ただそっとしておいて欲しいんだ。僕らに大義なんてない。でも、叫ばなきゃいけないということだけは分かっているんだ』

柏さんもとっくの昔に決意したのだ。いつか時計台に上ってみせると。その日から彼の時計は止まり、今日に至るまで彼は一生若いままだった。

サイレンが鳴り響いて、怒声が上がった。ついに機動隊が現場へ到着し、構内へ立ち入ったようだった。白い煙が上がった。松明を消すための消火器だった。

僕は足早にその場を離れ、遠い悲鳴を聞きながら、ディアハンツまでの道を歩いていた。

ふと思った。京都という土地を、僕はやり尽くしてしまったみたいだ。

東京へ行こうかな。

気負ったものは何もなかった。ちょっとしたそよ風に背を押されるようだった。京都ではなく東京の大学院に進学する。その考えは、時間が経っても心から消えず、ひたひたと根を下ろしていった。僕は自分の中でその萌芽《ほうが》した思いを見つめて、掌で転がした。

東京へ行こうかな。

もう一度繰り返すと、それは僕の中で思いや意志を超えていると分かった。もはやそのフレーズに情緒はなく、あるのは風化した決定事項だけだった。

どうやらこれが僕のずっと欲しかった決意らしいと気付いた。

それが確かな決意なら、反芻したときに乾いた切なさが込み上げるのだ。

六章　勇敢なこども

後夜祭の暴動は、機動隊の突入によって野次馬が退散し、柏さんを始めとした数人が拘束されたことで、ひとまず幕を下ろした。そして、大学当局は学生に対して注意と憤りを込めた全体メールを送りながら、学祭期間の短縮を正式に否定した。

学祭の翌日は片付けのための休日で、僕らもマスターたちで掃除をすると決めていた。約束の十三時にキューーチカまで出向いた僕は、その光景に唖然とした。

人気《ひとけ》のない旧文学部棟は何百年も前から同じ姿であるような佇《たたず》まいだった。けれど一か所だけ異なるところがあった。キューーチカへ続く階段に『立ち入り禁止』と書かれた規制線が貼られていた。

小里くんと村山くんが中庭で困り顔を浮かべて煙草を吸っていた。

「横暴っすよ」村山くんが言った。「これ、昨日の騒ぎのせいですよね。俺たち関係ないじゃないすか」

僕らは慌てて事務棟に向かった。村山くんが苛立ちを隠さないまま尋ねた。

「キューーチカ、勝手に立ち入り禁止にされたら困ります」

「ああ、今度、警察がジッシツを捜査する言うてるから、現場を保全せなあかんのですわ」

出てきた職員は白髪交じりの中年の男性で、コテコテの関西弁を喋った。

「僕らはジッシツの隣のサークルです。関係ありません」

「そういうわけにもなあ。そもそも大学としても、キューチカの利用状況を正しく把握できてへんかったから、これを機に一回ちゃんと確認して、今後の利用についても考え直す方針なんですわ。今度、おたくの団体にも説明をお願いすると思います」

　のらりくらりと言い包められ、僕らは外へ出てきてしまった。

　僕は溜息をついた。柏さん、やってくれましたね。内心で呟いてみたけれど、どうしてか非難の気持ちは見出《みいだ》せなかった。時計台に上るという宿願を果たした彼は、物理的にも精神的にも、もう手出しのできないような場所にいた。


「えー、キューチカが使えないという前代未聞の事態ではございますが、今日はひとまず先日の学祭について労《ねぎら》いましょう。本当にお疲れさまでした。乾杯！」

　乾杯、と無数のグラスがぶつかり、小気味のいい音を立てた。

　大学近くの居酒屋の座敷に二十人ほどが集まっていた。ディアハンツと『やじろべえ』によるキューチカ合同の打ち上げだった。学祭から一週間ほど経っていた。

　ビールを飲みながら、はあ、と北垣が大きな溜息をついた。一次会の半ば、僕は壁側の席に並び、賑やかな後輩たちを見ていた。

「この先、『やじろべえ』はどうやって活動していくの？」

「例会は教室を借りてやるらしい。でも、サークルの本質って言ったら、あの部屋だったからなあ。部室がないのはキツい」北垣はむすりとしながらビールを飲んだ。「でも、ディアハンツの方がヤバいだろ。他の教室でやるわけにもいかない」

「こっちも場所ありきだからね」

「サークルの存亡に関わる。代替わりだけでもヒヤヒヤするのに」

北垣は視線を横のテーブルに向けた。村山くんと小里くんが『やじろべえ』の部員とともに、今後のキューチカについて熱く話し合っていた。本音を言えば、僕はディアハンツについて、すでに上手く興味を持てなくなっていた。学祭での連続営業をやり遂げて、僕の仕事は終わったような気がしていた。

「僕も代替わりしなきゃな」

「部長、やめるのか？」

「もともと部長なんて決めてないけど責任者は変えなきゃ。僕は京都を出るしね」

北垣が怪訝な顔で僕を見た。まだ彼にはちゃんと伝えていなかった。

「東京の大学院に行くことにした」

ちょうど今日の午後、僕は郵便局へ行き、東京の大学院に入学書類を送付していた。

「え」北垣はビールを机に置き、僕の方へ身を乗り出した。「あー、そうか、なるほどな」

北垣は「マジかー」と呟きながら、頭を手で直接整理するように、こめかみをさすっていた。

「何、その反応」

「いやー、驚いたけど、ちょっと分かるというか」北垣は頷きながら続けた。「田辺らしいと思ってさ。そうか、三井もそうだけど、お前も京都を出るんだな」

「そうだね、出るよ。まだ他人事《ひとごと》みたいだけど」

「お前が決めたんだろ？」

「うん」

「どうして？」

僕は唸りながら言葉を探した。

「ここにいると、何だか上手く時間が進まない気がする。春になったとき、また去年と同じ春が来たって思う。それはつまり、変わらないものが多くて、居心地のいい場所って意味でもあるけど」

「……そうか」北垣は風通しのいい笑顔を浮かべた。「三井も似たようなことを言ってた。お前らはそういうやつらだよな」

北垣の周りに得体の知れない気配はもう漂っていなかった。整理をつけた彼は、また一つ大人になったように見えた。僕も少しは時間を前に進められているだろうか。

一つの時間が終わり、新たな時間が始まろうとしていた。僕は予感を覚えた。これから何か新たなものが始まる、追い風に足が追いつかないような感覚。そんな予感を、僕はあと何度、この身で感じることができるのだろうか。

僕は心地よく酔っていった。当然、何も身構えていなかった。

畳に新聞が落ちていた。大学の新聞部が隔週で発行しているもので、一面はやはり学祭の騒動についてだった。村山くんたちがこれを見ながら議論をしていたと思い出し、手持ち無沙汰になっていた僕はそれを手に取り記事を目で追った。事件のあらましや社説を読み、裏面を見た。学祭関連が多い記事の中に、一つだけ毛色の違うものが紛れていた。

『フィールド調査中に自動車転落、学生一名死亡
十一月＊＊日、文学研究科に所属する学生の夷川歩さん（二六）が、ナイジェリアで乗用車を運転中、崖下へ転落して死亡した。同乗していた△△大学のスペイン人准教授も死亡が確認され

た。当時、車は調査地へ向かっていたが、そのまま連絡が途絶し、行方が分からなくなっていた。……』

僕はそれを読み流した。しかし引っ掛かりを感じて目が引き戻された。その記事の上をメトロノームのように視線が彷徨った。体から酔いが醒《さ》めていった。

「ん？　田辺、どうした？」

北垣が僕を覗き込んだ。

「え、あ、いや、別に」

僕は顔を逸らした。そのニュースを誰からも、そして僕からも遠のけようとした。

どうやって家に帰ったか覚えていなかった。

僕は棚からファイルを引き出した。大切なものはすべてこの中に入れていた。一枚の手紙を取り出し、その封筒を見た。

『To Dear Hant's, ＊＊. From Ayumu Ebisugawa, the research center of ＊＊, ＊＊』

そこに書かれている研究センターの名前で検索すると、簡素なウェブサイトと、プラスから始まる国際電話番号が出てきた。僕はそこに電話を掛けた。しばらくして女性の声が聞こえた。

『This is ＊＊, ＊＊』

英語をまともに使えたためしはないが、英語であるだけ幸運だった。

『アイム・アン・エビスガワ・フレンド。アイ・ワントゥー・ノウ・ジ・インフォメーション』

彼と同じ大学の後輩であることをどうにか伝えた。彼女の言っていることはほとんど理解できなかったが、ＯＫ、という電話越しの声がどこか重たいことだけは分かった。

しばらくして、電話口の声が変わった。

『Hello, アー、モシモシ、I'm サムエル、アユムノ co-worker、トモダチ』

サムエルと名乗る男の言葉をどうにか追い駆けると、彼はナイジェリア人で、日本に留学していたと分かった。今はスタッフとしてその研究所で働いているようだった。

『So, アユムハ、トテモ、カナシイ』

彼は言った。歩はとても悲しい。

僕は拙い英語で話した。サムエルは何があったかを日本語交じりのゆっくりとした英語で教えてくれた。

夷川さんの車は早朝に研究所を出た。山を越えた先にある村へ一週間ほど滞在する予定だった。しかし翌日、滞在先の村長から研究所に、研究者たちが到着していないと連絡があった。彼とも連絡がつかず、捜索を開始したとき、警察から連絡が来た。

現場は崖のそばを縫うように通る狭い道だった。夷川さんが通った時間には霧が立ち込めていたそうだ。事故はトレーラーとの対面衝突だった。木材を運ぶ大型のトレーラーとぶつかり、その勢いで二十メートル下の崖下まで落ちた。その地域は携帯が繋がらず、トレーラーの運転手は近くの村まで数時間ほど車を走らせ、ようやく警察に通報することができた。車が発見されても、その深い崖を前にして容易に引き上げることができなかった。丸一日にわたる通行止めの末、クレーン車により引き上げられた車は、前面も後面も激しく潰れていた。

サムエルは落ち着いた声で僕に言った。

『アユム、スゴク、ゲンキ、パワフル。アユム、イツモ、ハヤイ。キミノトモダチ、ワタシノトモダチ、ワタシハ、カナシイ』

僕は呟いた。

「僕も、悲しい」

そう口にしたとき、僕の中に夷川さんの死という事実が、ようやく入ってきたようだった。電話を切ると、そこは僕の静かな部屋だった。その静けさに耐えられなかった。窓を開けると寒気が流れ込んだ。車が時折、過ぎる音がして、その奥には鴨川の音が聞こえた。学生たちの話し声が近づき、去っていった。

僕の頭は冴えていた。それなのに考えをぶつける先がなかった。

……いや、一つだけあった。それはいつだって数学だった。

僕は家を再び出て、自転車を漕ぎ、大学の研究室へ向かった。人気《ひとけ》のない廊下を歩き、学生部屋に入った。

学祭が終わってから、僕は研究のリズムを取り戻していた。やりたいことは山ほどあった。教科書を読み、論文をあさり、自分の分野の仮説を作っていった。書き重ねた数式は大抵どこかで行き詰まり、難破した。でもときに生き残ったものは、さらに重ねられる数式の礎となった。

本を読み進める目を、数式を連ねる手を、決して止めてはいけなかった。今、立ち止まってしまったら、夷川さんの見出した僕は嘘になってしまうと思った。彼がいなければ僕は何にも出会えなかった。

『アユム、イツモ、ハヤイ』

最後まで夷川さんらしかった。

……でも、これが本望だなんて言ったら僕は怒りますよ。

そう呟いていた。言葉になっているかは分からなかった。

正直に言えば、僕はしばらく夷川さんのことを忘れていました。だからあなたは死んだんですか。あなたは寂しい人です。色々な人の前を過ぎていく。でも、その軌跡はいつも魅力的で、僕はあなたに追いつかなければいけない、何だかそんな気分になります。

あなたは僕の問い掛けにいつだって答えてくれません。僕は独り言を溜め込んで、膨らんでいく羽目になる。この前は京都に帰ってきてくれたからよかった。でも、今回はどうするんですか？

夷川さん、寂しくはなかったですか。……きっと大丈夫ですね。走っている間はすべてから逃れられる。でも、心残りくらいはありましたよね。博士論文の目途が立って、できるなら本として出版したいって言ってたじゃないですか。そのためにひたすら手を動かしていたはずなのに、それが形にならないのは僕ですら悔しいですよ。

……数式と夷川さんの間を意識は往復し続けた。その振動のエネルギーは僕の集中をひたすら保った。この体は加速し続けた。悲しさを追い抜いて、予感に追いつこうとした。

僕は語り掛けるうちに、シンプルな結論に辿り着こうとしていた。

つまり、僕も形にしなければいけないんですよね。僕の世界をどこまで広げられるか、脳にある世界をどこまで整然と形にできるか、試されている。それが、走り続ける者が救われる唯一の方法。そうですよね。

僕は立ち止まってはいけない。辿り着かなければいけない。

どこに？　どこでもいい。

辿り着いたら、すぐに次が待っていた。必要なのは走り続けるフォームだけだった。本当は、問いなんてどうでもよかった。今、ここにある問いに対してどこまでの速さで迫れるか、それだけが問われていた。

僕にはやるべきことが見えていた。あとは手を動かしさえすればよかった。

立ち止まってはいけなかった。夷川さんに追いつかなければいけなかった。

僕は悲しくなかった。まったく悲しくなかった。

何も感じなかった。何も感じたくなかった。


『もう空回りしているよ』


泣き声が聞こえた。その背中を撫でる人はどこにもいなかった。僕が撫でなければいけないのに、僕は眠くて眠くて目を開けられなかった。ごめん。僕は謝った。

目が覚めた。

四角いタイルが敷き詰められた白い天井だった。

僕は何度も瞬きをした。体の神経がゆっくりと繋がっていく気がした。僕はベッドの上に横たわっていた。清潔なシーツの匂いがした。

「あ、起きた」

柔らかいシャワーのような声が降ってきた。僕は体を起こした。パイプ椅子に日岡さんが腰掛け、文庫本を開いていた。

「どうなってるか、分かります？」

僕は首を振った。

「先輩、研究室で倒れてたんですよ。過労だって言ってました。准教授が見つけたときには意識が曖昧で、救急搬送されたんです」

記憶を辿ったが何も思い出せなかった。

「えっと、打ち上げが終わって、そのあと研究室に来て作業してたんだけど」

「先輩が見つかったの、打ち上げの二日後ですよ。ずっと作業してたんですか？」

日岡さんがぎょっとしていた。僕は時間感覚を欠いていた。

「……多分、集中してた。集中というか、何というか」

「夷川さんのせいですか？」

僕は動揺した。それを見て日岡さんは溜息をついた。

「先輩、打ち上げの終わり頃から様子が変でした。それで先輩が読んでた新聞の話になって、そこに夷川さんのことが書いてあって」

僕は黙った。隠し通せなかった、と思った自分が何だか奇妙だった。僕は夷川さんのことを誰にも知られたくなかった。

「悲しい話です。でも、そのせいでこんなふうに倒れる先輩もおかしいですよ」

「ごめん」

日岡さんはずっと心配そうな顔でこちらを覗き込んでいた。僕は尋ねた。

「その……どうして来てくれたの？」

「北垣さんが、先輩が倒れたってわたしに教えてくれました。北垣さんは准教授から聞いたらしいです。お見舞いにも来てましたよ」

「そっか。いや、そういうことじゃなくて」僕は言葉を探した。「僕は君に、その、不義理を働いたと思う。それなのに、どうして来てくれたのって」

僕と野宮さんのキスが暴かれた日から、日岡さんとはまともに喋っていなかった。

「あなたのことが好きだからです」

日岡さんの答えは明快だった。

僕の頭が立《た》ち眩《くら》みのように揺れた。でも日岡さんの視線は僕を放してくれなかった。

「あなたはひどい人です。ずるくて身勝手。私を好きと言ってくれたのに、私はそれを信用できない。だって、あなたは自分を信用していないから。あなたは他にもたくさん、好きなものがあって、私を選んでくれるとは限らないから」

それに、と日岡さんは付け加えた。

「私はあなたが少し怖い。あなたは好きに搦め取られて、どんどん、手の届かない人になっていくみたい。初めから手が届いたためしもないけれど」

僕は俯いたまま、自分の手を眺めた。丸二日、ペンを握り続けたこの手。僕は何かを摑んでいるのだろうか、それとも何かに摑まれているのだろうか。

「あなたは私を不幸にしている気がする。でも、私だって、好きなものは好きなんです。あなたを捕まえてしまいたい。でも、そうしたら、私が惹かれるあなたは死んでしまう。私はどうすればいいんですか。……やっぱり、あなたはひどい人です」

日岡さんは荷物をまとめ、厚いブラウンのコートを羽織った。「お大事に」と言って出ていくと、僕は静かな病室に残された。窓の外には明るい曇り空が広がっていて、寒々としていた。まだ夢を見ているみたいだと思った。

しばらくして看護師が来た。僕より数歳年上に見える女性だった。目が覚めたことを喜ばれて、僕は恐縮した。

「ちょうどお知り合いがお見舞いに来てましたよ」

「はい。少し話せました」

「よかった。前にもお二人、別々にお見舞いにいらしてましたけど、そのときはまだ眠っているようだったから」

「二人？」

「はい。一人は体の大きい男性で、もう一人は小柄な女性でした」

男の方は北垣だろう。女性？　僕は尋ねた。

「その女性、どんな人でしたか？」

「えっと、そうだなあ。そうだ、たまたま見えたんですけど、カバンの中にキャスターが入ってました。煙草です。私の姉が昔、吸ってて、懐かしいって思って覚えてて。……あ、どうでもいいですね」

後半はどうでもいいけれど、前半はどうでもよくなかった。

野宮さん。

僕の元へ来たということは、僕がなぜ倒れたかも聞いているはずだった。

野宮さんとのラインを開き、すぐに送った。

『お見舞い来てくれてありがとう』『無事に起きたよ』『そちらは大丈夫？』

まるで夷川さんのように、連絡は返ってこなかった。

◇

病院から帰り、日常に復帰して辺りを見渡せば、閑散とした京都の冬が広がっていた。四方には凛々しい山々が澄んだ空気の中に聳え、空は厚い雲で閉ざされた。骨が痛むような寒さは今年も健在だった。加えて時折、氷混じりのにわか雨が降った。いけずな気候だった。

退院してすぐ、僕は大学の研究室へ向かった。

学生部屋の勉強机は手つかずのまま残されていた。

そこにはメモ用紙が散乱し、数冊の本が散らかっていた。僕は男子大学生の平均よりは綺麗好きな自信があったけれど、その机には説得力がまるでなかった。

何かを思いつくとメモ用紙に書き散らし、時間を置いてからそれを整理する、というのが僕のいつものやり方だった。しかし今回のメモには、自分でも理解のできない数式の連なりが大量に残されていた。覚えていないというだけでなく、自分の理解の二、三歩先を行っているような展開がそこに記されていた。

散らかったメモの順番を整理することで、式の全体像が見えてきた。僕はどうやら、特殊な性質を持った集合が存在することを示し、その集合を用いることで、ある力学系の解を得ようとしていた。前半はこれまでにも取り組んできたことだけど、後半は見たことのないアプローチだった。

どうやってこの式を導いたのか分からなかった。

自分の中から見えない手が湧き上がってくるようだった。得体の知れない僕だけが残った。

十二月は卒業論文を執筆しながら、並行して自分の残したメモを読み解くうちに過ぎた。メモは自明でない式変換や間違いを多く含み、一概に信用できるものではなかった。しかし、そのアイデアや証明の方向性は教授を唸らせるほどだった。

池坂教授は愉快そうに言った。

「元気になって研究室へ帰ってきたかと思えば、いきなり東京へ行くと決めて、それからこんなものを書き連ねて、それでぶっ倒れるって。君はエキセントリックですねえ」

僕は恐縮するしかなかった。教授は僕が作ったメモの要約を眺めながら呟いた。

「ともかく、この証明はスジがいいと思いますよ」

「よかった。……でも、僕はこれをどうやって思いついたか覚えていません。それが怖いんです」

教授は「なるほど」と呟き、それから少し神妙な顔をした。

「私たちはいつも考えをある枠の中に閉じ込めてしまう。本来はもっと自由なはずなのにね。でも君がこのメモを書いていたとき、君は確かに何かしらの考えから自由になっていたんですよ。無意識が君の脳を借りて、その力をフルに使っていた。きっとそういうことです」

「それは、いいことなんですか？」

「研究を進める上では、素晴らしいことです。しかし、異常なことでもあるでしょう。だから怖い。こういう仕事はね、普通の人なら人生において二、三度ほどしかできません。だからこそ、このメモは大切にしなさい。これが東京での君の研究を導くはずですよ」

僕は手元のメモをもう一度見つめた。その束の重みをいつまでも測りかねていた。

「考えすぎで死ぬことはない、と言う人がいますが、私に言わせれば、考えすぎで人は死にます。

君はそこに肉薄した。そこまで突き詰める力がある。私は君のことを評価しますよ」

教授はあくまで好々爺《こうこうや》の顔を崩さずに微笑んだ。

「先生にもそんな経験があったんですか？」

「そうですね」池坂教授はにっこり笑った。「五、六回くらい、ありますよ」


未だ野宮さんからの返信は来ないままだった。

野宮さんがどうしているか知る術《すべ》を、僕は持っていなかった。こちらの連絡に返事はなく、いつも顔を合わせていたディアハンツは閉ざされたままで、彼女の住所も知らなかった。僕はただ返事のないラインの画面を見つめていた。

ディアハンツが開かなくなって、僕の日々はひどく静かになった。学生部屋で一人、作業をして、たまに北垣と『喫茶船凜』でご飯を食べた。一回生の頃を思い出していた。ディアハンツに出会ってからの時間がすべて夢だったような気分だった。

醒めた気持ちで生きているうちに一年が終わった。

僕は実家で年を越した。東京に行くことは、ほとんど事後承諾で家族に告げた。

「いいわね、東京。きっと楽しいわよ」と母、「どこへ行くのでもいい。ただ、もう少し前に言ってくれよ」と父。

親と年越しそばを啜りながら、僕は怒られたり励まされたりした。それから母の質問攻めに合い、京都での出来事をたくさん話した。

「顔つきが変わったな」

食後、父と煙草を吸っていたときに言われた。首を傾げた僕に父は続けた。

「お前も、もうガキじゃないってことだよ」

「……どうだろう」僕は煙草の燃える先を見つめて言った。「でも、父さんにも母さんにも、きっと色んなことがあったのかもなあ、とか思うよ」

「……どうだかなあ」

父は黙っていた。父が自分について語る姿は見たことがなかった。僕の口下手は、このだんまりを継いだのだろうと思った。

年が明け、僕はベッドに入りながら野宮さんへラインを送った。

『あけましておめでとう』

いつの間にか、『そちらは大丈夫？』というこの前のメッセージに既読がついていた。

『既読がついてよかった』

僕が送ったものに、今度はすぐ既読がついた。息を呑んだ。画面の向こうに野宮さんがいた。しばらく待った。もう一度、年が越してしまうくらい待ったとき、返事が来た。

『あけましておめでとう』『何も返せなくてごめん』

僕は息を深く吐いた。すぐに返事を打った。

『大丈夫？』

『あんまり』『でも、おばあちゃんち来たら少し楽になった』

『今年も帰省中？』

『うん』『今回はちょっと長居するつもり』『のんびりしようと思って』

『それがいいよ』

『もともと休んでばかりなのにね』『うち、弱いわ』

『仕方ないよ』

『お土産買って京都戻る。日本酒や』『戻ったら連絡する』

『うん』『待ってる』

『早く戻らないと、朔くん東京行っちゃうしな』『行かないで笑』

行かないよ。

『行っちゃうよ』『ちゃんと見送ってね』

『頑張るわ』

僕はスタンプを送り、スマホを閉じた。どこかで長らく張りつめていた気持ちが弛緩して、ひどく眠たかった。僕はそのまま目を閉じた。

頭の隅の方で野宮さんが言っていた。

『朔くんはどんどん変わっていって、うちはまた取り残される気がする』

僕は「そうだね」と言った。それから、止まらないんだ、と呟いた。


京都へ戻ると、僕は卒論と発表の準備に追われた。その合間には卒業までに読んでしまいたい教科書を目で追い、倒れながら書き連ねたメモを見返した。

野宮さんからの連絡が来ないまま、一月が終わろうとしていた。

その日は汀先生の最後の授業だった。

「ご機嫌よう」

僕は小さな感慨に浸りながら最後の挨拶を聞いた。この先、もう僕はご機嫌ではないのかもしれなかった。

「後期も終わりの授業ですね。冬というのはどの時代も人々に孤独や寂しさを思わせるものでしょう。白居易《はくきょい》もその例外ではありません。彼は……」

終わらない鼻歌を口ずさむように授業は進んだ。汀先生の話を聞いているとき、僕は野山を過ぎる風になり、大河を流れる雫《しずく》になった。小さな詩人たちの大きな思いが体に注がれた。

周りの学生は一・二回生がほどんどで、彼らも授業から脱落しなかった精鋭だった。どの授業にも律儀に出席する優等生か、そうでなければ妙なものに面白さを見出す酔狂な劣等学生たちで、僕は後者が好きだった。

「それでは、さようなら」

例年通り、簡単なレポート課題が示され、授業は終わった。黒板を消していた汀先生が踵を返したとき、その視線が僕にぶつかった。

「君」

碧い長江のように輝く目は、確かに僕へ向いていた。話し掛けられたのは初めてだった。

「漢詩の本はいらないですか」

「欲しいです」

僕は即答していた。汀先生はゆっくり頷いた。

「我が家の蔵書の整理をするのです。いらないものは譲るか売るかしてしまおうと思っているのですが、よければ手伝ってくれませんか？　何冊か持っていってくれていいですから」

周りの学生もきょとんとしていた。僕は何度か瞬きをして、頷いた。汀先生はポケットからくすんだ背表紙のメモを取り出し、地図と電話番号を書いて僕に寄越した。日にちを決めると、先生は再び身を翻し、教室を出ていってしまった。

週末、僕は十時の約束に合わせて汀先生の家に向かった。

下宿からバスで十五分ほど、意外に近い場所に住んでいた。そこは京都北部にある品のいい住宅街だった。ただし汀先生の家は、その一角にある茶色く錆《さ》びたトタン張りで、大きい邸宅に押し潰されるような格好だった。

汀先生は穏やかな顔で家の前に立っていた。僕の姿を認めると、小さく頭を下げた。いつもの茶色いスーツではなく、色褪せた青いシャツを着ていた。何だか冴えない姿だったけど、丸眼鏡とその奥の澄んだ瞳はいつもの汀先生のそれだった。

「よく来てくれました。狭い家ですが上がってください」

僕は言われるまま、靴を脱いで中に入った。お香のような甘く青い匂いがした。平屋造りで、すでに廊下まで本が積み上がっていた。汀先生の脳内に足を踏み入れるような気分だった。

居間も廊下と似た有様で、本の山が僕を囲んだ。どの山も真っすぐに積まれ、埃避《よ》けの布が掛けてあった。几帳面《きちょうめん》なのか物ぐさなのか分からなかった。

汀先生は急須でお茶を淹れてくれた。

「突然、お呼び立てしてすみません。緊張するでしょう」

「……正直に言えば、少しだけ」

「でしょうね」汀先生は頷いた。「先生の家に上がることは、昔はよくあったものです。私も貧乏な学生を連れて帰ってきて、妻の作った夕飯で酒を飲んでね。後でよく叱られたものです。貧乏なのはうちもでしょうと」

汀先生は懐かしそうに微笑み、お茶を啜った。僕は先生の後ろにある仏壇を見た。甘い匂いの正体は線香だった。年配の女性の写真が飾ってあった。先生は僕の視線に気付いた。

「二年前に妻が亡くなりました。それから、私は今年で定年なんです。娘夫婦が近くに住んだらどうかと言ってくれたので、これを機に家を売って京都を離れようと思いまして」そうしみじみ呟いてから、気恥ずかしさを打ち消すように付け足した。「ほら、幸いこの辺りは上品な住宅街になって、土地も高く売れるんです。色んなものが変わっていきますね」

「……定年。じゃあ、あの授業が最後だったんですか」

「そうですねえ。何かを教えられるような人間ではないのに、長く仕事をしすぎてしまった」いつもより愉快そうに汀先生は言った。「私はただの非常勤講師ですから、資料を譲れる学生もいない。どうしたものかと思ったとき、君の顔が浮かんだのです。他の知り合いは、目をギラギラさせた筋金入りの研究者か、私の蔵書を虎視眈々《こしたんたん》と狙う古本屋くらいで、引き取られる本が気の毒になる連中ばかりです。君くらいの子にもいくつかお譲りしたいと思いましてね」

「……僕のこと、覚えていてくれたんですね」

「もちろん。立派な学生でしたよ」

「授業、面白かったですから」僕は恥ずかしかった。「先生の話を聞くと、この人は本当に漢詩が好きなんだって分かりました。それが心地よくて」

「嬉しいですね。私も自分のスタイルは気に入ってるんですよ」テストの成績を褒められた子どものように、先生は嬉しそうに笑った。「本当はね、私は目の前のテキストを、誠意をもって読みたいだけなんです。だからはっきり言えば、研究者としては落第生でしたねえ」

「そんなことは」

汀先生は非常勤講師、つまり大学専任の肩書を持っていなかった。

「私は一時期までアカデミアにいたのですが、途中でどうにも嫌になって、研究室を出てしまった。それからはずっと在野で、大学や塾の講師として食い繋いできました」

「そうなんですね」

「わがままなものです。妻にはたくさん苦労を掛けました。いつも生活に余裕はなかったし、余裕があっても私が本代に使ってしまった。『本を燃やしてから死ぬ』と妻はよく言っていました。恨まれているでしょうねえ」

汀先生は慈しむように本の山を眺めた。

「妻が亡くなったのは、夏の古本まつりの少し前でした。本が増えるのを見ずに済んでよかったというかもしれない。……いや、むしろ彼女は勿体ないことをしましたねえ。私はあの夏、本を一冊も買わなかったのだから」

僕は夏の古本まつりを思い出した。先生の奥さんが亡くなった二年前は、ちょうど野宮さんと一緒に下鴨神社へ出向いた年だった。

「妻はね、本の買い過ぎを叱るけれど、必ず『どんな本を買ってきたの？』と私に説明させるんです。本棚から溢れた本の山には、ああやって手拭いを掛けて、埃を避けてくれた。彼女は私に夢を見ていた。私が大教授になるとでも思っていたのでしょうか」

「……ただ、先生の眼差しが好きだったんじゃないですか」

「そんな曖昧なもの、好きになっても仕方ないですよ」

汀先生は何かを堪えるように黙り、お茶を飲んだ。

「私は少し、この場所から逃げたくなっているのでしょう。妻に支えられながら、好きなものを好きなまま積み上げ続け、そして、その築いた山をどう値踏みすればいいか分からなくなっている。この山をどこにも繋いであげられなかった、そんなことも思います」

先生の口調に暗いものが混じった。けれどそれに気付いたのか、先生は顔を上げた。

「私の話をしすぎました。今日は君の話を聞きたかったんです」

「僕、ですか？」

「私の思い過ごしならいいんですが、最近の君の様子はずっと気がかりでした。何かあったのではないですか？　何もないなら、あるいは語りたくないなら、別にいいのですが」

「……そんなひどい顔、してましたか？」

汀先生は頷いた。僕は自分の頬に手を当て、その乾いた肌を撫でた。

「……大切な人が亡くなりました」

僕はそう切り出した。でも、口にした途端、言葉は揺れ動いて僕を不安にさせた。

「いや、本当に大切な人だったんでしょうか。僕に大きな影響を与えた人です。僕の生き方の見本になるかもしれないと思ってた人です。でも、どこか遠い人でもあります。彼が死んで、……上手く悲しめないんです。ずっと引っ掛かっています。何か理解ができていない気がします」

僕はそれ以上のことを言葉にできなかった。汀先生は引き継ぐように言った。

「きっと、誰かが死ぬことの理解なんて一生できないでしょう」

「そういうものですか？」

「他人が生きるのも死ぬのも、そこに道理なんてありませんから」

僕の中にある夷川さんの像が震えた。汀先生は続けた。

「これまで色んな人を失ってきました。失うことを人並みに経験してきました。でも、経験があったところで変わることはほとんどない。悲しみはいつでもただ悲しい。それだけです」

汀先生は淡々と語った。けれど、その口調は漢詩を語るときと少し違った。ずっと不器用に言葉を探していた。

「悲しみは、怒りにも無気力にも、きっと何にでも変わるでしょうけれど、そうやって膨らんだものも結局は悲しみに違いない。きっと、その膨らみが詩になり作品にもなるんでしょう。しかしそれに夢中になることを、悲しみから逃げると言うべきか、悲しみと向き合うと言うべきか、私には未だに判断がつきません」

後ろめたさがどこか滲む声だった。汀先生がお茶のお代わりを注いでくれた。僕はそれを飲みながら、この胸にある思いを光に透かすように確かめた。

「僕は、手を動かさないといけないと思ったんです。夷川さん、その亡くなった方は、臆せずに進み続ける人だったたから。……僕は数学を専攻しています。それが僕のエネルギーを一番強くぶつけられるものです。だから今、僕はその数学に、さらに強く打ち込みたいと思っています」

なるほど、と汀先生は頷いた。

「私にはどうもナイーブなところがあって、現実だけでは生きていけないと思うようになりました。だから文献が持つ世界に深く飛び込んだ。芸術や文化は人間を超越し、人間を豊かにします。素晴らしいことです。その世界にあったのは鮮烈な景色で、私は夢中で生きることができた。でもね、どこかで思うんです。それは自分から逃げることではないかと」

僕は首を横に振った。

「でも、先生も奥さんのことをちゃんと覚えていらっしゃるじゃないですか」

「……どうでしょう。思い出はたくさんあります。けれど、私はまた文献の世界に戻ってしまった。そう簡単には出られませんよ」

汀先生は微笑んだ。それは壁一枚隔てられた場所からの笑みだった。授業もそうだった。先生はいつも別の世界に立ち、僕らはそこから漏れ聞こえる独り言を聞いていた。

しかし今は独り言ではなかった。汀先生は壁の向こうから、確かに僕へ向けて語り掛けた。

「ただ一つ言えるのは、若い君は世界の美しさを見つめながら、確かに自分を引き受けているということです。私は君を尊敬しますよ。それをエネルギーと言わずに何と言いますか」


僕は汀先生に勧められた数冊の本とともに、先生の家を辞去した。

考えごとをしながらバス停まで歩いた。

僕は手を動かし続けていた。夷川さんのことを遠ざけるために。あるいは、夷川さんを追い駆けるために。真逆だけど、同じことだった。僕は夷川さんを乗り越えようとしていた。

きっと、すぐに乗り越えられると思った。

でも、つまりは過ぎ去ってしまうのだと分かっていた。

僕はどうすればいい？

空は曇天で、僕は泣き出した。

夷川さんが亡くなった。それが悲しい。

僕は途方もなく悲しかった。

どこかへ行ってしまうみんなが、どこかへ行こうとする自分が、終わりゆく京都での日々が、
僕はとにかく悲しかった。世界が僕に決別を迫っているようだった。次の場所を目指した僕は、もうここから出ていかなければいけなかった。

電話を掛けた。

相手は野宮さんだった。彼女に会えないままこの場所を去るのは耐えられなかった。

電話はすぐに繋がった。

「野宮さん」僕は呼びかけた。「野宮さん、聞こえる?」

電話の先には確かな息遣いがあった。でも、言葉はなかった。

「話してもいい?」

小さく「うん」と返ってきた。野宮さんは僕の言葉を待っていた。

「こうやって電話してもいいのか、ずっと迷ってた。でも、やっぱり話したかった。夷川さんのことを考えたら、どうしても野宮さんのことが頭から離れなかった。それだけじゃない。僕は君に会えないことが悲しくて、寂しくて仕方ない。野宮さんに会いたい」

鼻を小さく啜る音が聞こえた。僕のものか、電話越しのものか、分からなかった。

「野宮さん。僕はあなたと、夷川さんの悲しみを分かち合いたい。誰にも頼らないなんて言わないでよ。頼ってよ。頼らせてよ」

冷え込んだ湖のような沈黙が僕らを隔てた。僕はただ待った。

「助けて。私をここから連れ出して。京都まで連れて帰って」

僕はすぐ答えた。

「助けに行く」

「私のこと、迎えに来て」

「今から行くよ」

野宮さんは息を呑み、「うん」と言った。電話を切ると位置情報が送られてきた。

僕はバスに乗った。二〇五系統、京都駅前行き。

◇

野宮さんのいる祖父母宅は兵庫の日本海側にあった。

京都駅に着いた頃、空からわずかな雪が降り出していた。厚いコートを着た人々が肩をすぼめながら駅を出ていった。その流れに逆行して駅の大吹き抜けに入った。切符売り場で特急券と乗車券を買うと、大体、四時間くらいで辿り着けると分かった。

三一番ホームは京都始発の列車が停まる場所で、建物の中に線路の端が入り込むような構造になっていた。コンクリートに覆われた薄暗い空間で、人が疎らに列車の到着を待っていた。

数分待つと特急がやって来た。外の白い光の中から姿を現し、冷たい空気を巻き込んで僕の前に停まった。しばらくの車内清掃の後、僕は乗り込んだ。新しいとは言えないが、どこか安心感のある車両だった。柔らかいブラウンの席に腰掛けた。

発車のベルが鳴った。電気の行き渡るような音が列車中へ響くとともに、体が若干の加速感に包まれた。外の白い光が車窓から差した。明るい曇天の中を列車は駆け抜けた。

僕は到着時間を野宮さんに送った。すぐ『分かった』と返事が来た。僕はほっと息を吐いた。奥底の緊張が解れ、体がシートに深く沈んだ。

僕は目を瞑り、鼻先を撫でた。指先の熱がじんと温かかった。

降り始めた雪の匂い。駅の冷たいコンクリートの匂い。列車に染みついた人間の匂い。何だか鼻が鋭敏になっていた。僕の持っていた小さなリュックには、先ほど貰った古書だけが入っていた。そのうちの一冊を開いた。『古典について』。乾いた古書の甘く黴《か》びた匂いが立った。

どれも旅の匂いだった。

時間が経つにつれて景色の白さは増した。狭い平野には雪が積もり、空の鈍色はいつまでも続いた。僕の心はときに締めつけられ、ときに緩んだ。窓の外を見て、手元の本に視線を落とし、そして目を瞑った。それを繰り返した。

乗り換えの駅に着いたのは十五時を過ぎた頃だった。次に乗る普通列車が来るまで四十分ほどあった。

先まで乗っていた特急列車は積もった雪を巻き上げて走り去り、白い景色の中に溶けていった。もうホームには誰もいなかった。向かいに停まるディーゼル車が低く唸り、階段を示す鳥の鳴き声がスピーカーから虚空に向かって響いていた。

当てなくホームを歩いた。白く塗られた木造屋根が途切れても、僕はその先に進んだ。古い駅名標の横を過ぎ、その端まで辿り着いた。足元には雪が積もり、向こうには別のホームや車両基地に続く茶色い線路が並んでいた。

吸い込まれるような寂しさがあった。

もう誰も僕とは口を利いてくれない気がした。

強い気持ちが僕をここまで連れてきた。京都というあの場所を出る前に、僕には獲得しなければいけないものがあった。何を犠牲にしたって、今この瞬間、強く流れる感情を捕まえたかった。それを捕まえたら、すべてが終わるのだと思った。捕まえた瞬間にたちまちその感情は死に向かい始め、僕はその感情を永遠に失うのだと分かった。

それでも、今やるしかなかった。

僕は野宮さんに会いたかった。

次に乗る鈍行列車がホームにやって来た。濃いオレンジ色をした古いディーゼル車だった。横並びの席に腰掛け、本を読んでいるうちに列車は動き出した。車両には高校生がぽつぽつと乗っていた。ちょうど下校の時間なのかもしれなかった。

ふと外を見ると、空は急激に夜へと向かっていた。雲越しに降る白い光はつまみを捻《ひね》るように明るさを失っていった。列車の軋み、線路の繋ぎ目を過ぎる音、時折過ぎるトンネルの反響。僕一人の私情に構わず、高校生たちはお喋りを続けた。遠い所へ来てしまったと思った。しんしんと降り続ける外の雪に車内の熱は絶えず奪われているようで、僕はマフラーを外さなかった。

しばらくして山並みの続く景色が海へと抜けた。

集落の屋根は雪が積もって白く光り、その奥に真っ黒な海が続いていた。その上は暗い雲で覆われ、水平線の辺りで灰色に溶け合っていた。トンネルが続き、抜けるとまた海と小さな街が見えた。

野宮さんがいる海沿いの街まではあと少しだった。

忘れかけていた緊張が蘇り、痛いほどに胸が波打った。生きている中で得たすべての感情が、体に流れ込んで熱を帯びた。過去も未来も、悲しみも喜びも、恋も失意も、すべてここにあった。

僕は今にしか生きていなかった。

過去は一つの意味も持たないまま、これからの未来は何も定まらないまま、僕は列車に乗っていた。でも、今を溢さないように過ごしてきた。すべては後づけだった。それでいいと思った。

だから僕は列車に乗っていた。

目的の駅に着いた。

ワンマン列車だから、先頭の車両から降りる必要があった。何人かの高校生たちと一緒にホームへ降り立った。すぐに扉が閉まり、列車は暗い線路の先へ走っていった。辺りはもう真っ暗で、蛍光灯の光が雪をさらに白く照らしていた。向かいのホームでは特急列車がちょうど出発した。僕が来た方面へ列車が走っていくと、駅は一気に静まり返った。

名産だというカニの大きなモニュメントが改札口に掲げられていた。有人駅の名残である改札を抜け、僕は辺りを見渡した。その待合室には自販機が二つ並んで点滅するほか、ものの動く気配は何もなかった。

外へ出た。広いロータリーがあり、高校生を迎えに来た車が何台か停まっていた。すぐに車は心細い街灯の下へ走り去っていった。

僕は待った。待てば待つほど降る雪は重たくなり、辺りは冷え込むようだった。

野宮さんはいなかった。

スマホが揺れた。

『ごめん』『朔くんに助けられるわけにはいかない』

野宮さんからのラインだった。

助けられるわけにはいかない。

でも、僕は君を助けに来たんだ。

僕は電話を掛けた。すぐに繋がった。

「もしもし、野宮さん」

向こうからは息を呑むような音がした。「朔くん」と声がした。僕はその続きを待った。

「朔くん、ごめんな」

「ごめんって、今どこにいるの」

野宮さんは黙った。沈黙の裏で、何か大きなノイズが聞こえていた。

「うち、ちゃんと、朔くんを待ってた」

彼女は謝るように語り始めた。

「朔くんから電話が来て、それから化粧だけはしようと思って、鏡の前に座ったの。こっち来てから化粧すら一度もしてへんかった。それから部屋でぼおっとしてた。どうしようって。でも、何でもいいって思った。うち、朔くんに迎えに来て欲しかった」

僕はスマホを固く握り締めた。

「おばあちゃんに車で送ってもらって、駅で朔くんを待ってた。久しぶりの外やった。でも、待ってるうちに、どんどん怖くなった。駄目やと思った。うちは朔くんに助けられたらあかんの」

「未来の話なんてどうでもいい」

「よくない」

「でも、僕は君に会いたい」

「馬鹿。うちも会いたいわ」

野宮さんははっきりと言った。僕は貫かれるような気分になった。

「会いたいわ。迎えに来てくれた朔くんに、思い切り飛び込みたいわ。抱き締めたいわ。むちゃくちゃ泣きたいわ。……でも今、朔くんに助けられたら、もううちら、動けなくなる」

「それでもいいよ」

「駄目や。東京、行くんやろ」

「行かないよ」

「行くやろ、あほ」

僕は何かを言い返そうとしたけれど、言葉が見つからず、俯いて「うん」と呟いた。

「うち、だから列車に乗った」

「列車？」

「今、京都に帰ってる。うちは自分の力で戻るの。朔くんの力は借りひん」

僕はホームをはっと見た。僕が駅に着くと同時に発車した特急は、もうそこにはいなかった。

「ここでは朔くんと会えへん。うち、先に京都で待ってるから」

僕は体にたくさんの穴が空いてしまったような気持ちになった。

「むちゃくちゃだよ。そっちが迎えに来てって言ったんだ」

「でも、うちに会いたいって言い出したのは朔くんや」

野宮さんが唇を噛みながら笑っている姿が、僕には見えた気がした。

「わがままなやつ」

「知らんかったん？　うちってわがままなんよ」

「知ってるよ」

笑い声が聞こえた。僕も笑った。胸が揺れるたび、しんしんと痛んだ。

「京都駅で待ってるから。朔くんのこと、ずっと待ってる」

僕は頷いて電話を切った。

大きな溜息をつくと、白い息が雪に抗うように空へ上っていった。森を焼く龍のように吐息を空へ溢し続けた。熱い息を吐き、凍《い》てつく空気を吸った。壊れた熱交換器のように呼吸を繰り返した。頭を冷やそうとするけど、息を吐くたび熱は増してしまった。

帰りの列車も海沿いを走った。でも、すっかり日は落ちて、窓には車内の様子ばかりが反射していた。窓に映る僕はモノクロのポートレートのように静かな顔をしていた。

色んなものが失われた気がした。

そして、もう大丈夫だという確信だけがただ一つ残った。

京都へ向かう特急に乗り換えると、僕は眠ってしまった。それはいつまでも寝ぼけているような眠りだった。列車のアナウンスは聞こえるのに、聞いた瞬間に内容を忘れていくようだった。僕の視界はただ明るく、温かかった。

京都に着いたのは、二十三時を過ぎた頃だった。

すでに人の数は少なくなっていて、辺りはひどく冷え込んでいた。僕は真っすぐ中央改札口を出た。もう辺りを見回す必要はなかった。

大吹き抜けの真ん中、改札の前に野宮さんが待っていた。黒いダウンコートに身を包んで、小さな白いカバンを持っていた。彼女は僕をじっと見つめていた。

改札を出て、野宮さんの前に立った。彼女は言った。

「ただいま」

「おかえり」僕は言った。「僕も、ただいま」

野宮さんは微笑んだ。

「おかえり」


「朔くん、遅すぎるわ」

「便がなかったんだよ。あの電話の後、帰りの方向の列車が来るまで二時間も待った」

「それもそうか。すごいやろ、うちのばあちゃんちの田舎っぷり」

「うん。自慢になってないよ」

「へへ。ほんま、今日、帰ってこられてよかった」

「ギリギリだった」

僕らは市バスの深夜便に乗り、狭い二人席に収まって揺られていた。

「朔くん、荷物少ないな」

「外出してて、家に寄らないまま列車に乗ったから。野宮さんもほとんど手ぶらじゃない？」

「うん。何にも考えてへんかったから。また送ってもらうわ」

「何か、夢みたいだ。僕は本当に野宮さんのいた町に行ったのかなって」

「でも、ちゃんと来てくれたで」

野宮さんはスマホで写真を見せた。それは列車の窓越しの写真だった。あの小さな駅の旧改札口の前に、頭上のカニを見つめる背中があった。それは僕だった。

「撮ってたの？」

野宮さんはにやりと笑った。

「せっかく朔くんが来てたから。ほんまは案内くらいしてあげたかったわ」

僕は溜息をついた。どこまでも回りくどかった。

「でも、朔くんのおかげで帰ってこられた。これは本当」

「……追い駆けた甲斐があったよ」

野宮さんはハンカチで窓の結露を拭き、雪の京都をじっと見つめていた。そして僕は彼女の横顔を眺めていた。

心の中に失意を感じていた。野宮さんを迎えに行きながら体に流れ続けた激情が、京都という日常に戻されてゆっくりと冷えていくのが分かった。自分が何か大きな間違いを犯したような気がして、そのたびに心の中で首を振った。間違いなんかではないのだ、と。僕は決して引き返さない思いで彼女の手を摑みに行こうとしたのだ、と。

僕がぼおっと考えていたとき、野宮さんが停車ボタンを押した。『次、停まります』とアナウンスが流れて僕ははっとした。

「なあ、朔くん。少し散歩しよ」

野宮さんは僕の手を握っていた。冷たい手だった。僕は目が合わないままの彼女を見て、その手を握り返した。

降りたのは東山二条のバス停だった。雪は止んでいたが、地面にはすでに数センチほど積もり、一面が白く染まっていた。人の気配が雪に吸われてしまったように静かだった。

京都市美術館がある岡崎公園はすぐそこで、僕らはそこに向かって歩くことにした。

「野宮さんは学祭の後から何をしてたの？」

「なーんにもしてへん」

野宮さんは首を振りながら話した。

「……夷川さんが亡くなったことは、現地の研究所の人が教えてくれた。電話が掛かってきた」

「それって、サムエルさん？」

「そう、サムエル。私が夷川さんに送った手紙を見てな、わざわざ電話を掛けてきてくれた」

僕は会ったことのないサムエルを想像した。背が高くて、困り眉が印象的で、笑顔が素敵。そんな出鱈目《でたらめ》な姿を思い浮かべていた。

「うち、夷川さんのことを聞いてから、何もできんくなってた。悲しいんやけど、上手く泣けへんの。そんなとき北垣くんが、朔くんが倒れたことを教えてくれた。うち、すぐお見舞い行ったよ。朔くん、ぐっすり眠ってた。看護師さんにそのうち目覚めるって言われて安心したけど、何かその姿見てたら泣いてたわ。不思議な気分やった。ちょっとだけ、嬉しかったんよ。夷川さんのことを引きずるのはうちだけやないって」

その泣き声を僕は思い出した。入院して眠りについていたとき、夢に出てきた泣き声。

僕が撫でられなかった背中。

「それからはずっと家にいた。生き長らえてるけど、死んでるって感じやった。それで年末、お父さんと一緒におばあちゃん家へ帰ったら、京都に戻れなくなっちゃった。帰る想像ができなくなって、甘えて居座ってた。……何か、ずっと微熱を出してるみたいやった。ぼおっとして、眠たくて。うち、おばあちゃんの手伝いしてるとき以外は、ずっとテレビ観てた。おばあちゃんが観てるから。だから、一月から始まったＮＨＫの連ドラのあらすじ全部言えるわ。教えてあげよっか」

僕は首を振った。野宮さんは口をむっと突き出して、それから笑った。

「ずっときっかけが欲しかったような気がするわ。あそこにいつまでもいちゃいけないって気付いてた。でも、動く理由が見当たらなかった。どうなってもいいって思ってた。死んでもよかった。けど、それすらできんかった」

最も冷え込んでしまって、身動きの取り方を失ったあの瞬間。死ぬときよりも死んでいるどん底。僕もきっと近しいところにいた。

「そのときな、朔くんが電話をくれたんや。力が湧いた。これまで空回りしてたものが全部繋がって、うちの体に血がもう一度流れ始めたみたいだった」

僕と緩く繋がれた野宮さんの小さな手は、とくりとくりと揺れていた。

そのとき、彼女は手を放した。

「わ、見て！　真っ白」

僕がはっと顔を上げるとともに、野宮さんは駆け出した。

岡崎公園を南北に貫く大路だった。南には二車線の道路を跨ぐ大鳥《おおとり》居《い》があり、北には平安神宮の応天門が鎮座していた。横断するのに数十歩はかかるその大路は、かつては車も走る市道だったが、今では歩行者専用道路として公園の一部に組み込まれていた。

僕も彼女に続いた。大路の南北の中間地点に僕らは立った。

その道は雪で真っ白に染め上げられ、その南北では応天門と大鳥居がライトを反射して赤く輝いていた。空には雲一つなく、澄んだ光を放つ無数の星が散らばっていた。人の気配はなく、その光景は僕らだけのものだった。

「朔くん、すごいな」

「うん。綺麗だ」

僕らはその景色をたっぷり見渡し、その帰結のように互いを見つめた。完全な光景の中で、僕らの視線は交錯し、動けなくなった。

「ちゃんと帰ってこられて、ほんまよかった」野宮さんは僕に言った。「うちは夷川さんが亡くなって悲しい。でも、もう悲しいだけ。命より大切やと思ってた人を失っても、生きていける程度の悲しみだけ。そんなものしか感じられん自分が無価値に思えて、生きることがどうでもよくなってたみたい」

僕は頷いた。彼女の思いが分かった。夷川さんの死は、曖昧で沈んだ灰色の中に溶けてしまった。夷川さんはもう僕に何も語り掛けなかった。

「でも、違ったわ。うちは死ぬことよりも、自分が朔くんに言った言葉を信じてる。生きていかなきゃいけないって、そう口にしちゃったから、うちは生きてる。後悔なんてあらへん」

僕はその叫びを聞いていた。

『うちは生きなきゃいけないんや』

生きているという目の前の現実を、意志に塗り替えて生きていた。

「うちは、何度だってそれを確認しないといけない」

「多分、僕もだ。右往左往して、同じところをぐるぐる回ってる」

「……朔くんは東京へ行くって決めた」

野宮さんは確認するように言った。僕は頷いた。「それで」と彼女は続けた。

「朔くんの決意の中に、うちはいない」

僕は息を細く吐いた。そして頷いた。

野宮さんは目を細めた。

「知っとるわ」

僕はもう一度、頷いた。野宮さんはにっこり微笑んだ。

「それでも、朔くんはうちの特別な人。忘れないで」

僕は、嬉しくて、悲しくて、胸が震えた。

ずっと野宮さんの特別な人になりたかった。けれど、そうなれたと気付いたときには、彼女を手放さなければいけなかった。彼女は特別な人に何度も傷つけられ、もうその手の人間を信じていなかった。

野宮さんが最後に乗り越えなければいけないのは僕だった。

「忘れないよ。忘れるわけないよ」

「……でも忘れるんよ。どんな思いも風化する。うちは知ってる」

「そうかもしれない。でも忘れたって過去はあって、僕らは過去の先にしか生きてない。それは忘れないってことだよ」

野宮さんは「屁理屈や」と言って笑った。僕も笑った。僕は自分の言葉を信じていた。

「生きるってことは、それだけで、何も忘れないってことだよ」

もう一度、目が合った。僕らは顔を寄せた。

もしそこに誰かがいたらすぐにやめただろう。人の気配がしたら、光が差したら、鳥が鳴いたら、僕らの体は離れただろう。

しかし邪魔は入らなかった。この夜は僕らだけのものだった。

僕は野宮さんを抱き締めた。彼女も僕を抱いた。

「こんな時間は、もう今日だけや」

「うん。そうだね」

「約束、守れるかな」

「守れるよ。今度は」

ろうそくの小さな火を守るように野宮さんを包み込んだ。僕は今、特別な気持ちに貫かれていた。

この気持ちだってすぐに失われると分かっていた。

それでも、今夜はまだ扉を開いたままだった。喜びも悲しみも僕らのものだった。

エピローグ

三月二十九日。

朝の七時にアラームが鳴り、僕は寝袋で目を覚ました。何も敷かなかったから、背中が少し痛んだ。体を起こすと、何もないがらんどうな部屋が目に入った。

昨日、引っ越し業者がすべての荷物を東京へ運び出していた。

京都で迎える最後の朝だった。

顔を洗い、簡単に身支度をしてからベランダに出た。もう息は白くなかった。鴨川には春の光が差し、温められた土の甘い匂いが漂った。空は青く霞み、風が冬の名残の冷たさを運んだ。

空っぽの部屋に来て四年、またここを空っぽにして去っていく。

ぼおっとしているうちに十時になり、不動産屋が来て、僕は鍵を返した。

「あとはやっておきますんで。ありがとうございます」

不動産屋の女性は玄関で僕に頭を下げた。僕もお辞儀をして、扉を閉めた。

さようなら。

僕は扉を撫でた。その向こうはもう僕のものではなかった。

新生ディアハンツはキューチカを出て、新たな場所で再開された。

結局、キューチカは閉鎖されてしまった。これはジッシツの一件もあるが、旧文学部棟の将来的な建て替えも視野に入れているようだった。

部室棟はすでに他のサークルで埋まっていたため、ディアハンツと『やじろべえ』には部室の代替として、急ごしらえの空調と照明をしつらえた倉庫が与えられた。

いい結果とは言えなかったが、これでも後輩たちは頑張った。元々は部室の代替すらしてもらえない可能性もあったらしいが、体育会や教授からも署名を集めて、どうにか使われなくなった倉庫を部室の移転先にさせたそうだ。

ディアハンツのマスターたちは冬休みの間、何日もかけて備品を移し、またこれを機に多くのものを入れ替えた。カウンターは『劇団地平』の大道具班の手も借りながら自作し、研究室でいらなくなったソファや椅子を掻き集めて新たに設置した。部屋の壁は従来通り、真っ黒に塗り潰された。

「どうにか部室は貰えたからいいですけど、歴史を無視していきなり出ていけっていうのはひどいですよ」

小里くんが口を尖らせていた。僕は欠伸をしながら言った。

「これまでがのんびりしすぎていたのかもよ」

「田辺さんは怒らないんですか？」

「……横暴だとは思うけど、どんなものにも遅かれ早かれ危機が迫るって気もする。その都度、新しく始めるしかないんだよ」

「そういうもんですか」

「それに新しく始めるのって楽しくない？　何を持ち込んでも、取りつけてもいいんだよ」

小里くんは後日、知り合いのジャズバーの機材交換でいらなくなったという立派なスピーカーを貰ってきた。そこから音楽が流れ、頭上には村山くんの肝入りで再び取りつけられた立派なミラーボールが回っていた。

昨晩は僕のマスターとしての最後の日だった。たくさんの人が集まってくれて、ディアハンツは客でいっぱいになった。「やあやあやあ」と大桂さんが持参したシャンパンを掲げた。

「マスターの卒業祝い、かつ、私の論文の出版祝いだぞ」

コルクが飛び、歓声が上がった。僕は自分のグラスを持ち、方々を回った。

「田辺、乾杯しようぜ」

北垣が僕を手招きした。そこには三井さんもいた。僕らは三人で乾杯をした。

野宮さんと最後に会った夜から、彼女から連絡が来ることも、ディアハンツに姿を見せることもなくなった。その決意は固かった。僕らはもう同じ場所へ引き戻されてはいけなかった。すでに扉は閉じられていた。

僕らは奇跡を奇跡のまま、仕舞い込んだのだ。


急いで駅に行く必要はなかったが、京都でやり残したこともとくになかった。僕は最後に大学へ寄ることにした。といっても、今朝の三時過ぎまでディアハンツにいたので、今さらという感じではあった。

旧文学部棟に向かった。中庭で煙草を吸おうと思った。

何度も通ったピロティはひんやりとしていて、少し肌寒い風が通り抜けていった。壁を埋めるビラは何年も前から放置されたものばかりだったけれど、時折、新芽のように新たなものが貼られていた。

ふと思い出した。柏さんが梯子を立て掛け、ビラを建物の高いところまで貼っていた夜のこと。少年の顔つきで演説を垂れ、僕を妙に納得させたこと。

中庭に出ると、土と木の匂いがした。日差しが届きにくいせいか、まるで朝の空気をそのまま取っておいたような気配が満ちていた。左奥にあるキューチカへの階段には立ち入り禁止の規制線が貼られたままだった。

僕が過ごした時間にまで封をしているみたいだった。

何だか上手く感傷を持てないまま、僕は京都を去ろうとしていた。結局、僕はここで何を得たんだろうか。その年月をすべて仕舞い込んで、もう手の届かないところへ追いやってしまったような気がした。

カラスが鳴いた。

僕ははっと空を見た。雲一つない真っ青な空だった。何かが降ってきて、僕は目を凝らした。

風に運ばれた桜の花びらだった。

ふと思い出した。春の花見。向こうから北垣と三井さんが手を繋いで歩いてきたこと。バスケットがやたら大きくて、それで二人が揉めていたこと。

僕は煙草に火を点けた。そして花びらに向かって煙を吐いた。ベンチに腰掛けると、その視線の高さにきらりと光るものがあった。

洗い場に花が生けられていた。僕は立ち上がった。フロムザバレルのガラスの瓶に、白く丸い花が数本挿されていた。日の光を一身に浴びて、両手を広げるように花弁が開いていた。

ふと思い出した。ディアハンツで寝落ちした日のこと。この場所で花の光に、そして日岡さんに目が合ったこと。すべてが満ちていた時間のこと。

その場から動けないでいた。

『いつまで吸ってんだよ、そろそろ行くぞ』

ふと思い出した。四条河原町の喫煙所で初めて煙草を吸ったこと。初めてディアハンツを手伝って、夷川さんに街を連れ回された夜のこと。

そんなどうでもいい言葉だけじゃなくて、もっと大切なことを言われたはずだった。

……なのに、僕は今、それを思い出せなくて。

もっと大切なことがたくさんあったはずなのに、僕は何も学んでいない気がして。

ふと思い出すのはどうでもいいことばかりだった。必死に考えていたことはまるで思い出せないのに、蘇るのはくだらない出来事ばかりだった。

そう簡単にまとめられてたまるかと、過去は膨らんでいった。繋ぎ目はなくて、要約もできなかった。すべて分かった気がした後には、もうすべて忘れていた。

『屁理屈や』

どんな理屈かも、僕は覚えていなかった。でもいつか、その理屈もまた現れるはずだった。

二十三度目の春に僕は気付いていた。きっと、これまでのことは何一つ役に立たない。

でも、それがどうしたというんだろう。

何度忘れても、何度だって蘇った。またやってるよと過去が何度も僕を笑った。

本書は書き下ろしです。

本作品はフィクションであり、人物・事象・団体等を事実として描写・表現したものではありません。

本文中の漢詩については『新唐詩選』(吉川幸次郎・三好達治著、岩波新書、1952年)、「三文オペラ」については『三文オペラ』(ブレヒト作、岩淵達治訳、岩波文庫、2006年)を参照しました。

JASRAC出2401315‐401

青羽　悠

AOBA YU

2000年愛知県生まれ。京都大学大学院にて修士号を取得。
高校2年時の16年『星に願いを、そして手を。』で
第29回小説すばる新人賞を史上最年少で受賞し、デビュー。
他の著書に『凪に溺れる』『青く滲んだ月の行方』
『幾千年の声を聞く』がある。

22《にじゅうに》歳《さい》の扉《とびら》

2024年4月10日　第1刷発行

著　者　青羽《あおば》悠《ゆう》

発行者　樋口尚也

発行所　株式会社集英社

〒101-8050 東京都千代田区一ツ橋2-5-10

電話　03-3230-6100（編集部）

03-3230-6080（読者係）

03-3230-6393（販売部）書店専用

印刷所　大日本印刷株式会社

製本所　加藤製本株式会社

 ISBN978-4-08-775467-4 C0093

定価はカバーに表示してあります。